रात में सागर

रात में सागर

चन्द्रकान्ता

रेमाधव पब्लिकेशन्स

ISBN : 978-81-89914-83-7

रात में सागर (कहानी-संग्रह)

पहला संस्करण : 2007
दूसरा संस्करण : 2023

मूल्य : ₹ 695

प्रकाशक
रेमाधव पब्लिकेशन्स प्रा. लि.
जी-17, जगतपुरी, दिल्ली-110 051

शाखाएँ : अशोक राजपथ, साइंस कॉलेज के सामने, पटना-800 006
पहली मंजिल, दरबारी बिल्डिंग, महात्मा गांधी मार्ग, प्रयागराज-211 001

वेबसाइट : www.remadhav.com
ई-मेल : contact@remadhav.com

मुद्रक
बी.के. ऑफसेट
नवीन शाहदरा, दिल्ली-110 032

RAAT MEIN SAGAR
Stories by Chandrakanta

अनुक्रम

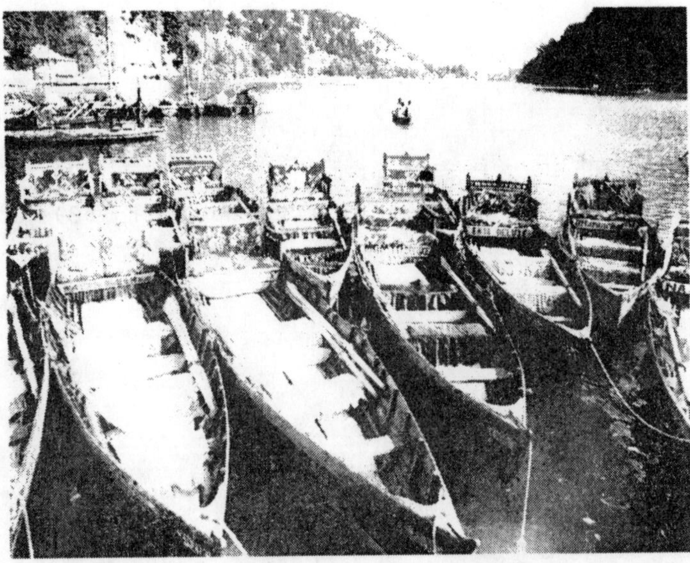

पोशनूल की वापसी

छीजे हुए पुराने लिहाफों जैसे बादलों के बीच से सूरज ने जरा-सा उझककर बर्फ की कब्र में दफन हुई धरती को देखा, तो शिंगल और टिन की झुकी छतों से लटकती पानीदार मूलियों-सी सफ़ेद शिशिरगाँठें उष्णता का स्पर्श पाकर पिघलने लगीं।

चितकबरे पैबन्दोंवाली 'बंडपुरी चादर' में दुबके महदे ने आफताब की आब देखी तो दोनों हाथ आसमान की ओर उठाकर माथा झुकाया—"शुक्र परवरदिगार तेरा! पूरे दो माह बाद बन्दों पर एक सीधी नजर तो डाल दी।"

खदीजा चौके में पटले पर बैठी चावल के आटे से दोहरे फुलके बना रही थी। पति को सुना तो लोइयों को हथेली की चोटों से थपथपाती अकारण तुनक उठी—"अल्लाह-रे-अल्लाह! साल-के-साल आसमान ताकनेवाले से कोई पूछे, सूरज किस घड़ी गांधरबल में छिपा और किस घड़ी हरमुख के पीछे से निकल आया, घड़ी-मिलट सभी बता देगा।"

महदे ने लोहे की पत्तर से काँगड़ी की बुझती आँच करीने से बीचोंबीच जमा दी और गर्म फुलकों से उठती सोंधी महक से खुश होकर मुस्कराया—"तुझे कोई मना करता है आसमान ताकने से? दिन-मिलट याद रखने से? आँय?"

"मैं क्या याद करूँ घड़ी-दिन?" खदीजा ने उबलते कहवे-सी भापीली उसाँस छोड़ी—"अपनी किस्मत में तो दिन के चार पहर खटना ही लिखा है। तिस पर न खर खुश न खरवाला।"

महदे ने करुणा से खदीजा के झुर्रियाते चेहरे पर लिखी उदासी-भरी नाराजगी को देखा और जान गया, सुबह-सुबह बहू या बेटे के साथ कुछ खट-पट हुई है।

खदीजा तवे पर रोटी पलटते ज्यों अपने-आपसे बतिया रही हो—"अलस्सुबह आँख खोलती हूँ तो पहर रात गए ही तखता हुई कमर सीधी कर पाती हूँ। फिर भी सारा गाँव जलता है मेरे भाग से। पूतोंवाली हूँ न! मगर तेरे पूतों की कोई कल सीधी होती न, तो मैं भी कभी आसमान के नजारे देखती।"

"अरी, छोड़ यह रोज-रोज का लैलनामा। दिल बड़ा रख। अपने कोखजायों का बुरा मानेगी तो दीन-जहान एक में चार जोड़कर तमाशा देखेगा। आखिर तो बच्चे ही हैं। समझ जाएँगे अपने-आप।"

समझ जाएँगे अपने तजुरुबों से। महदा यही कहता है, जब भी खदीजा बच्चों की शिकायत करती है, एक ही जवाब। मगर महदा जानता है कि बच्चे पढ़-लिखकर समझदार हो गए हैं। माँ-बाप की हर बात में मीन-मेख निकालना अपना पैदाइशी हक समझने लगे हैं। घर के कुल जमा पाँच अदद जनों में सुबह से शाम तक फिजूल की किच-किच चलती रहती है। नई बहू दोपहर तक बिछौना नहीं छोड़ती। पहर गई रात तक किताब खोले बैठी रहती है। पढ़ी-लिखी है न! उसके अपने शौक हैं, अपनी पसन्द। गाय दुहना वह जानती नहीं। गायें थनों में उसका हाथ लगते ही बिदक जाती हैं। गाँव-घर का चूल्हा। उपलों के धुएँ से बहू की आँखें कड़वाती हैं, शहर में गैस के चूल्हे की आदत जो हुई। खदीजा, अकेली जान, अन्दर-बाहर सब सँभालती है। सौ झंझट। ऊपर से बहू को 'शीर चाय' पसन्द नहीं। अँग्रेजी लपटन चाय ही पीएगी, जैसे सात पीढ़ियों ने वही चाय पी हो। बारह जमात पढ़कर ही दिमाग उलट गया है। तारिख के तो मुँह में दही जमा है। डरता भी होगा। शहर की छोकरी ब्याह कर लाया है। ऊँच-नीच सुनेगी थोड़ी।

एक अपनी नूरी है। शहर में ब्याही गई, मुँह सीये दस जनों का टब्बर सँभालती है। बात-लात सहती हैं। तभी न सास कोखजायी का-सा लाड़ भी करती हैं...!

नूरी के लिए महदे का दिल भर आया। दुर्गी-कमली के साथ पली है नूरी। सलीकेदार लोगों के साथ उठी-बैठी है। गलत काम कैसे करेगी? बहू चार हरूफ पढ़ी नकचढ़ियों से दोस्ताना जोड़ बैठी है, सो सोहबत असर लाएगी। महदे ने सोचा, कहे, पर टाल गया। बेकार की बहस। बात बढ़ाने की आदत भी नहीं है महदे की।

बात बदलने की खातिर ही महदा उठकर जानवरों के बाड़े की तरफ चला गया। नई बियाई गाय का छौना कुनमुना रहा था। महदे ने उसके मुलायम तन में

झुरझुरी उठती देखी तो चौंक गया। अन्दर छाजन से टप-टप पानी की बूँदें टपकने लगी थीं। महदे ने छौने को थपककर उठाया। सूखी जगह पर पुराना गदेला डाल उसे लिटाया और टपकती छाजन के नीचे यहाँ-वहाँ तसला-तगारी रख आया।

"तारिख से कहा था, दस-बीस पूले घास के डाल दे, बाड़े की छत पर। फरजन्दे ने इस कान सुन उस कान निकाल दिया। छप्पर टपक तो रहा ही है, बर्फ के भार से नीचे सरकने लगा है। अब लाट साहब बर्फ तो क्या उतारेगा...?"

"लो, सुनो! इस्कूल-कॉलेज जानेवाले लौंडे तुम्हारा बाड़ा छवाते रहेंगे, मजूरों की तरह बर्फ ढहाते रहेंगे? ऐसी अकल तो तूने बुढ़ापे में ही पाई लगती है।" खदीजा लड़कों की गैरजिम्मेदारी से उपजी कुढ़न पति पर निकालने लगी।

"अकल तो थी ही कहाँ री? अपने तीसमार खाँ बेटों से ही पूछ, जिनकी मसें भींगते ही बाप कमअक्ल हो गया। फिर भी शुक्र है ऊपरवाले का कि अभी हाथ-पैर चलते हैं। चल, पकड़ा बेलचा-तगारी। थोड़ी बर्फ गिराकर छप्पर का वजन हल्का कर दूँ। लौंडों का इन्तजार करते एकाध थक्का बर्फ का और गिरा तो बेजुबान डंगर जान से हाथ धो बैठेंगे।"

सीढ़ी पर एहतियात से पैर जमाते महदा बाड़े की छत पर चढ़ गया। बेलचे में बर्फ भर-भर गिराते उसके भीतर कुछ कोंचता रहा। जब भी तारिख और फजल की बात सोचता है, उसका जमीर उसे फटकारने लगता है—'महदे, तुझे अपना टब्बर सँभालना नहीं आया!'

विचारों के गुंजलक में कसे महदे को तब हाकिम संसारचन्द की बातें याद आती हैं--'महदे, तुम चार दिन भी गाँव चले जाते हो तो मेरे घर का डिसिप्लिन बिगड़ जाता है। बच्चों को तुम ऑर्डर में रखना जानते हो...'

लेकिन महदे के बेटे उसके ऑर्डर में कहाँ रहे? बेटे बड़े स्कूलों में पढ़ने गए तो छोटे बाप की तहजीब पुराने जंग लगे औजारों-सी बेकार हो गई।

पहाड़ों के सिर सफेद ताजों के गुरूर में आसमान छू रहे थे। बर्फानी हवाओं की चपेट से आँगन का शहतूत निरा ठूँठ-सा खड़ा था। सुग्गा, गुगी, बुलबुल, कोई भी पाँखी दूर-दूर तक नजर नहीं आता। नंगी टहनियाँ बर्फ के गुच्छों से लदी सिकुड़ी-सी खड़ी हैं, उदास, अचीन्ही-सी। बहार के मौसम में यही शहतूत का पेड़ सफेद गुलाबी बौरों और लाल रसभरे तूतों से महकता रहता है। तब शर्मीले पोशनूलों* के झुंड नन्हे पत्तों की आड़ में छिपकर चहकते हैं। महदे को वह बहार

---

* पोशनूल—पीलक पक्षी का कश्मीरी नाम

कभी नहीं भूलेगी जब बबलाल बच्चों को लेकर उसके घर आए थे। बच्चियाँ तो इस पेड़ से बँध गई थीं। खट-मिट्ठे रसभरे शहतूत और टहनियों की आड़ में आँखमिचौनी खेलते सुनहरे-पीले रंगवाले पोशनूल—ई ई यो ऽ ऽ ऽ .

"क्या बोलता है पोशनूल, महदू काका?"

"पोशनूल बोलता है—'श्रीकृष्ण गूपियो/वोडि छय न टूपियो'।"

नन्हे हाथों से तालियाँ बजाती कमली महदे के सिर से ईरानी टोपी खींच लेती है।

"हट, यह भी कोई खेल हुआ?" महदा आँखों में तरेर भर झूठ-मूठ का गुस्सा दिखाता है।

"मैंने तो कुछ नहीं किया, तुम्हारी कसम!" दुर्गी टोपी पीछे छिपाकर भोलेपन से निहारती है—"वो तो ले गया पोशनूल।"

"धत्! पोशनूल कोई बन्दर है जो टोपी पीछे लेकर भाग जाएगा?"

महदा दुर्गी की पीठ पीछे छिपी टोपी खींचकर सिर पर जमाता है, कुर्ते के दामन से पोंछ-पाँछकर—"पगली! पोशनूल तो याद दिलाता है, सिर पर टोपी पहनो। टोपी हया बख्शती है, जैसे दस्तार इज्जत बख्शता है, वैसे ही।"

फिर टोपी और दस्तार का अन्तर समझाते महदा बच्चियों को लाज और मर्यादा की बातें बताता। पाँखियों की अर्थहीन ध्वनियों के अर्थ बूझता। मजाल है, कमली-दुर्गी ने उस दिन के बाद कभी महदे की टोपी को हाथ भी लगाया हो।

दुर्गी-कमली अब बड़ी हो गई हैं। बाल-बच्चोंवाली। दूर देशों में अपनी गृहस्थियों के साथ रच-बस गई हैं। लेकिन महदे की नजर में अभी वे नन्ही बच्चियाँ ही हैं। वे ही यादें, वे ही नजारे आँखों के आगे घूमते रहते हैं। ऐसी ही जमी हुई बर्फ में महदा कमली-दुर्गी के लिए बर्फ के जानवर बनाता था—बिल्ली-कुत्ते से लेकर 'राहचोक' तक। कमली के दूधिया गुलाबी कपोल बर्फीली हवाओं से दिप-दिप दमकते।

"तुमने 'राहचोक' देखा है, महदू काका?"

"हाँ, री!" बर्फबारी की रात में नदी-नालों को पार करता है। हाथ में दीया लेकर उलटे पाँव चलता है।"

"आय हाय! नदी में डुबो भी देता है।"

"न, री! डरपोक लोगों को डराता है। जो बहादुर होते हैं उनसे आप ही डरकर नालों में घुस जाता है।"

दुर्गी-कमली कहानियाँ सुनने की दीवानी थीं। दुनिया भर के पखेरुओं की कहानियाँ, शाम ढलते ही जब आसमान की सड़क से पाँखियों का जुलूस गुजरता,

वे महदे को घर के किसी भी कोने-अँतरे से पकड़कर ले आतीं—"किधर जाती हैं ये चिड़ियाँ, महदू काका?"

"चिड़ियाँ इस वक्त अपने घरों को लौटती हैं।"

"बड़ेवाले अखरोट के पेड़ के ऊपर? उधर कौन रहता, महदू काका?"

"उधर उनके नन्हे बच्चे रहते हैं, चोंच खोले, दाने के इन्तजार में। माँ आएगी, बबा आएगा, दाना-दुनका लाएगा। नन्ही चिड़ियाँ खाएँगी।"

"कच्चा दाना खाएँगी, एकदम? पेट में दर्द नहीं होगा?" दुर्गी विस्मय से प्रश्न-पर-प्रश्न दागती।

महदा अपने कथन में संशोधन करता। कच्चे दाने की बात एक बार पहले भी कही थी। कमली बिने चावलों के ढेर से मुट्ठी भर-भर फाँकने लगी थी। काकनी माँ ने डाँटा तो बोली, "चिड़ियाँ भी कच्चा दाना खाती हैं, महदू काका बोलता है..."

काकनी माँ ने महदा को बुलाकर पूछा था, "क्यों महदू, चिड़िया कच्चा दाना खाएगी तो पेट में दर्द नहीं होगा?" महदा इशारा समझ गया।

"हाँ, काकनी माँ! चिड़ियाँ पहले चूल्हा जलाती हैं। चिरौटा तिनका-तुनका लाता है, तब चिड़ियाँ खिचड़ी पकाती हैं। उसके बाद बच्चों को खिलाती है।"

"चिड़ियों के तो हाथ नहीं हैं, कैसे खिलाएँगी?" दुर्गी सफेद दंत-पंक्ति झलकाती महदे के अधकचरे ज्ञान को चुनौती देती।

"वो तो चोंच से चुग्गा खिलाती हैं। देखा न तुमने? चिड़ियाँ सभी काम चोंच से करती हैं।"

दुर्गी-कमली हिल भी कितनी गई थीं महदे के साथ! कुकिल देखकर तो लड़कियाँ खुशी से बौरा गई थीं। ऊँचे चिनार के नक्काशीदार पत्तों के बीच मीठे सुर से गाती कुकिल के गीतों का अर्थ महदे के सिवा बूझ भी कौन सकता था? महदा दोनों हाथों की गुलक बनाकर शंख बजाने के अन्दाज में कुछ इस तरह फूँकें मारता कि बड़ी तरन्नुमभरी आवाजें निकलतीं। हू-ब-हू कुकिल की आवाज—गु गू गु, गू गु गू...!

"क्या बोलती कुकिल महदू काका?" कमली ठुनकती।

तब महदू बताता, किस प्रकार कुकिल दर्द-भरे सुरों से अपने पिटने की शिकायत करती है—"गु गू गु, गू गु गू, माजि लोयनम, काजवटे सूत्य, ब्यनि लोयनम यनि कानि सूत्य..."

"सच्ची-मुच्ची माँ ने मारा सिलबट्टे से?"

"मारती नहीं? रसोई में भात पकाते माँ की कलछी-परात जूठी जो कर दी।"

"बहन ने क्यों मारा?"

"बहन चरखा कात रही थी कि कती हुई पूनियाँ उठाकर खेलने लगी। भला गन्दी नहीं होंगी पूनियाँ? यह भी कोई खेल हुआ? तू ही बता।"

तारिख दूर से ही पिता को बर्फ उतारते देख गुस्सा हुआ। वजनी गीले बूट बरामदे में फटकारता माँ से मुखातिब हुआ—"यह बबा खुद क्यों बर्फ उतार रहा है? ठंड खाएगा तो मुसीबत खड़ी कर देगा। ऐसे ही आठ पहर सीने में खों-खों होती रहती है।"

महदा लँगड़ाती चाल से सुन्न हुई टाँगों को झटकारता पैरों को धरती पर टिका रहा था। घुटनों के नीचे खून जैसे जम गया हो। बेटे की बात सुनी तो जबड़ों में थिरकन हुई, "क्यों रे तारिख, अब गरीब लोग भी अपना काम नौकरों से करवाएँगे?"

"लेकिन बबा, तुम्हें पहले ही सर्दी हो गई है। खामखाह..."

"सो तो है लेकिन करना तो मुझे ही था न?"

महदे के संजीदा स्वर ने तारिख का गुस्सा भड़का दिया—"जरूरी नहीं था, बबा, मगर तुम्हारी उम्र-भर की आदत जो है चाकरी..."

"उम्र-भर की क्या फरजन्दे!" महदे का संजीदा चेहरा तन गया। माथे की नीली नसें गन्दुमी जिल्द के भीतर से फड़कने लगी—"यही कहना चाहते हो न कि मैंने ताउम्र चाकरी की? जरूर की बच्चे! लेकिन ऐसी चाकरी तू करता तो मालिक होने की ख्वाहिश दिल में कभी जगती ही नहीं।"

खदीजा ने आँख के इशारे से बेटे को जबानदराजी से बरज दिया। वह संसारचन्द के घर के साथ महदे का अजहद जुड़ाव जानती है, तभी न महदा कुर्ते की जेब में हमेशा दुर्गी, कमली और निका की तस्वीरें टाँगे रहता है।

चूल्हे में जलती लकड़ियाँ झाड़ दहकते अंगारों से खदीजा ने महदे की काँगड़ी तपा दी। महदा ठंड से सुन्न होते हाथ काँगड़ी पर रख तेज आँच से मीठी खुजली महसूसता अतीत की वादियों में भटकने लगा—हाँ, की है महदे ने चाकरी। संसारचन्द की...नहीं, बबलाल का नाम लेने से गुनाह करने का अहसास होता है। तारिख गलत भी नहीं। वह उसे चाकरी ही समझेगा। पहले काश्तकार, फिर चपरासी और फिर घर का नौकर।

नजर-नजर का फर्क। लोगों ने महदे की चाकरी देखी, बबलाल का सलूक न देखा। खाना खाते महदे के 'बुशकाब' में झाँककर तसल्ली करते बबलाल की सुकूनभरी नजर न देखी। उन्होंने बबलाल को यखनी और रोगनजोश के जायके

की तारीफ महदे से पूछते न सुनी और काकनी माँ का मुस्कराता मोह सना उत्तर—"देख लो महदजू, कल से तुम अपने बबलाल के सामने बैठकर खाना खाया करो। तुमसे बेर-बेर पूछताछ कर मेरी नीयत पर शक करने का गुनाह तो न करना पड़ेगा..."

शर्म और गुमान से महदे के कान की लवें तक लाल हो जातीं—"काकनी माँ! मालिक और नौकर को एक साथ बिठाकर मुझे जहन्नुम में क्यों भेजती हो?"

"ना महदे, ना!" बबलाल फर्शी हुक्के की नै मुँह से निकाल मुलायम आवाज से बोलते—"तुम तो मेरे भाई हो! तुम्हारे अहसान इस जन्म में भूलूँगा तो परलोक में दुर्गत पाऊँगा।"

महदे का अहसान बबलाल भूले न थे, पर क्या महदे ने सचमुच बबलाल पर कोई अहसान किया था? काकनी को वह माँ समझता था और दुर्गी-कमली क्या नूरी से अलग थीं?

अलग होतीं तो महीना-भर महदे के गाँव रहने पर अकुलातीं? गिरती बर्फ में ठंड से सिकुड़ी खिड़की पर बैठकर उसे बुलाती रहतीं? ठीक वैसे ही जैसे कभी-कभार परदेश गए बबलाल को बुलाती थीं...

शीना प्यतो प्यतो, काका। यितो यितो।

(काका आ जाओ...आ जाओ।)

काकनी माँ महदे के लौटने पर बच्चियों की वे बातें उसे चाव से सुनातीं। दुर्गी-कमली के प्यार ने महदे को अनायास ही पिता के आसन पर बिठा दिया था।

एकाएक वक्त बड़ा जालिम हो गया था। अँग्रेज बहादुर गद्दी छोड़कर जाते-जाते मुल्क का बँटवारा करा गया था। भाई-भाई खूँखार दरिन्दे बनकर एक-दूसरे के खून के प्यासे हो गए थे। वही तूफान मुजफ्फराबाद के रास्ते बारहमूला तक पहुँच गया था। बबलाल उन दिनों बारहमूला के हाईस्कूल में हेडमास्टर थे और महदा एक चपरासी। घर-गाँव दूर होने के कारण महदा हेडमास्टर साहब के ही घर में रहता था और बच्चों को खिलाया करता था।

महदा वह रात कैसे भूल सकता है? असोज—कार्तिक मास की हल्की ठंड में लिपटी खामोश रात। दूधिया चाँदनी के आगोश में बच्चे की तरह सोया कस्बा। अचानक आधी रात के वक्त खामोशी का जिगर भेदती बन्दूकों और गोलियों की आवाजें धरती हिला गई थीं। महदू बंगले के दालान में लेटा हड़बड़ाकर जागा था। मिनटों में कस्बा वहशियों की नोच-खसोट और मजलूमों की चीखों-चिल्लाहटों के बीच हाँफने लगा था। महदा माजरा जानने के लिए गली में आ गया था। लोग

बदहवास न जाने कहाँ भागे जा रहे थे और भागने की कोशिश में गोलियों का शिकार हो रहे थे। तहखानों और भूसा कोठरियों में छिपी औरतों को खींच-खींच कर दरिन्दे नोच रहे थे।

उसी वक्त रसूल मियाँ, लतीफ बेग और गफ्फार महदे की तरफ आ गए थे—"महदे, अपने मास्टर की जान बचाना चाहता है तो मास्टरनी को बाहर भेज और उन छोकरियों को भी।"

छोकरियों के नाम पर महदे का खून खौल उठा था। अपनी जान बचाने की खातिर दीन और मजहब के नाम पर वे दुश्मनों के साथ साँठ-गाँठ कर चुके थे। जर, जमीन और औरत के भूखे कबाइलियों को वे औरतें मुहैया कराते थे। उनकी नीयत समझ वह उलटे पाँव अन्दर घुसा और भीतर से फाटक बन्द कर दिया।

भीतर बबलाल राख रंगे चेहरे से उसे देख रहे थे, उन्होंने अपना अबरक माँड से चमचमाता साफा महदे के पैरों पर डाल दिया था। उस वक्त उसे उस भूचाल से ज्यादा बबलाल की याचनाभरी आँखें हिला गई थीं।

उसने साफा जल्दी से उठाकर ताक पर रख दिया और अल्लाह पाक का नाम लेकर बबलाल को माथा नवाया। फिर उनसे माथे का चन्दन पोंछने और जनेऊ निकालने का इशारा किया। अपनी कमीज-सलवार बबलाल को पहनाकर उन्हें दीवार फँदाकर श्रीनगर की राह पर भेज दिया। खुद कमली-दुर्गी और काकनी को लेकर पिछवाड़े के दरवाजे से निकल गया। माँ-बेटियों को घर में छिपा रखा। दो दिन दुर्गी-कमली को नूरी के कपड़े पहना दिए। काकनी ने जब फिरन-तिरंगा छोड़ खदीजा के कपड़े पहने तो महदे की आँखें धरती में गड़ गईं, "काकनी माँ, तुम्हारे लिए मैं अल्लाह पाक से ईमान और अस्मत की खैर माँगूँगा। वह मुझे मेरी ज्यादतियों के लिए मुआफ करे।" काकनी माँ ने धार-धार आँसू बहाते, बेटे की तरह महदू को सीने से लगा लिया।

कुछ दिन बाद जब दिल्ली से फौजें आईं और कबाइली मुजफ्फराबाद तक पीछे धकेल दिए गए तब महदा उन सबको लेकर शहर लौटा था।

महदा गफ्फार और लतीफ के हाथों जलील हुआ। उन्होंने उसे दीनो-ईमानफरोश और काफिर तक कह डाला। "ऐसी भी क्या फर्ज अदायगी? दुश्मनों को पता चलता तो समूचे घर-बार और मोहल्ले-टोले को गोलियों से भून न देते? आखिर जान है तो जहान है..." महदा बिरादरी से कटा रहा। उसकी समझ में दीन से भी बड़ी कोई चीज थी जिन्हें वह उन्हें समझा न सकता था।

महदे ने वह सब क्यों सहा? क्या नौकर-मालिक के रिश्ते के कारण ही?

महदू तारिख से यही सवाल पूछना चाहता है। वह तो पढ़ा-लिखा है, अक्लमन्द है।

मगर नहीं। महदू नहीं पूछेगा। कई साल बाद तारिख ने भी बाप से यही बात पूछी गोकि बेहतर लफ्जों में...

महदा आश्चर्यचकित बेटे को देखता रहा। भीड़ की बात की उसने परवाह न की थी। उसका न दिमाग होता है, न दिल लेकिन उसका बेटा तारिख...? जो बबलाल की मेहरबानी से ही इल्म का हकदार बना। उन्होंने ही तारिख की पढ़ाई का खर्चा उठाया, उसे वजीफा दिलाया। आज उन्हीं की मेहरबानी से तारिख बड़े स्कूल में मास्टर बन गया है, नहीं तो महदा कभी सोच सकता था कि उस जैसे अनपढ़-गँवार का बेटा दूसरों को इल्म देगा? मगर तारिख की बातों में बाप के सोच की कोई भनक क्यों नहीं? इस इल्म का क्या फायदा जो अपनों को ही न समझ सके?

महदा समझ नहीं पाता कि चन्द किताबें पढ़कर आदमी बुजुर्गों के उम्र-भर के तजुर्बे को गलत कैसे करार दे सकता है?

"कैसी तालीम है यह?" महदा बेटे से कहे बिना नहीं रह पाता—"प्यार, ईमान और इनसानियत...ये लफ्ज तुम्हारी किताबों में नहीं लिखे हैं क्या? हमने तो उम्र-भर..."

तारिख पिता के उम्र-भर के हिसाब-किताब में प्यार, ईमान और इनसानियत की इबारत के सिवा कोई सही जवाब देख नहीं पाता। जमा-हासिल जान नहीं पाता। उम्र-भर की दौड़-भाग का कोई तो अन्जाम हो? कुछ हासिल किया हुआ अपना हो...?

पिता की बात को वह तर्कों की कसौटी पर कसता है—"प्यार, मुहब्बत, लिहाज, ईमान का हिसाब बराबरवालों के साथ ठीक बैठता है बबा। यों उम्र-भर सिर झुका कर दूसरों की गुलामी करने को प्यार, लिहाज कहने का जमाना अब रहा नहीं। जजबात की बात छोड़ दें बबा, तो तुम उम्र-भर संसारचन्द के नौकर ही तो रहे। और उनके लिए वही हलीमी अभी भी तुम्हारे भीतर भरी हुई है। तुम समझते हो, बच्चे तुम्हें याद करते होंगे? इतने सालों में तो वे यह भी भूल गए होंगे कि कभी तुमने उन्हें पाला-पोसा था..."

तारिख पिता को आश्वस्त करती मुस्कराहट थमाता है—"तुम उस नवाब के दो नौकरोंवाली बात कहते हो न, जो हर माह एक को अशर्फी और दूसरे को चाँटा इनाम में देता था। चाँटा खानेवाला नौकर जल्दबाज और कामचोर था और अशर्फीवाला मेहनतकश और ईमानदार। समझ लो, तुम उनके अशर्फीवाले नौकर थे। पर थे नौकर ही।"

अब महदा बहस नहीं करता। बाप का जूता जब बेटे के पाँव बराबर आ जाए तो बेटे का भी लिहाज करना पड़ता है न। फिर महदू जानता है कि किताबी सोच जिन्दगी से हासिल किए सोच से अलग होती है। उम्र के अनुभव का रंग उस पर न चढ़े तो कसर रहती है। फिर अब बबलाल की गुलामी वह नहीं करता। बबलाल-काकनी दोनों, वर्ष भर में आगे-पीछे अपने-अपने घर चले गए। जाने से पहले महदे के नाम काश्त करनेवाला खेत लिख गए। बच्चियाँ पहले ही ब्याह कर देश-विदेश में रच-बस गई थीं। निका बेटा भी नौकरी के लिए राजधानी में बस गया। सो महदा काकनी माँ के जाते ही गाँव लौट आया हमेशा के लिए, उम्र-भर की यादों का एक बेअन्त पारावार लिये। अपने बच्चों की अजनबी-सी लगती दुनिया में वह दखल नहीं देता। बदलाव से उसे एतराज भी नहीं। बदलना जरूरी है। कुदरत के बनाए मौसम भी तो बदलते हैं। बहारों में गदराए पेड़ पतझड़ में ठूँठ बन जाते हैं लेकिन उन ठूँठों में भी बर्फ गलने के बाद फिर नई कोंपलें जो उगती हैं! महदे के बच्चे इस सीधी-सी बात को समझ क्यों नहीं पाते कि धरती में नमी चाहिए। परती जमीन में खर-पतवार के सिवा क्या उगता है भला? वे लोग जिस्मानी और रूहानी आजादी की बात करते हैं और महदा उस आजादी की झलक उनकी आँखों में देखना चाहता है। नहीं पाता महदा कुछ भी उनकी आँखों में। तब वह कुर्ते की जेब से दुर्गी-कमली की वही छोटी-सी तसवीर निकालकर देखने लगता है जिसमें वे महदे की गोद में बैठी चमकती आँखों से पोशनूल की चहक सुन रही होती हैं...। महदे की रूह तब हवा में तैरने लगती है। होंठों पर बहुत पुराना गीत मँडराने लगता है—"आजाद बुलबुल बाशे करान पोश डलन मंज।" (आजाद बुलबुल फूलों की झीलों में चहक रहे हैं)

'वारिमुठ-भात' खाकर महदा चिलम पीने बैठा तो तारिख ने तम्बाकू की पुड़िया के साथ लिफाफा थमा दिया—"स्कूल से आ रहा था तो रास्ते में अहदा दे गया। दस घरों से लौटकर यह चिट्ठी उस तक पहुँची। पता बराबर नहीं लिखा है..."

"किसकी है?" महदे ने सोचा, गुले की होगी। उसे अब कौन लिखेगा। कह रहा था, तारिख से कहो, स्कूल में कोई छोटी-मोटी नौकरी दिलवाए।

"हाँ, तारिख किसी मिनिस्टरी के दफ्तर में ऊँची कुर्सी पर बैठा है—फोन खटखटाया और नौकरियाँ हाजिर।"

तारिख भुनभुनाता हुआ रुक गया—"यह चिट्ठी कलकत्ते से आई है—कमली रैना की।"

"कमली बच्ची की?" महदा चौंककर उछला, ज्यों धरती से आसमान छू गया—"इत्ते सालों बाद? भला कैसे याद किया महदू काका को...जरा पढ़ तो...पढ़-पढ़..."

तारिख मुस्कराकर पढ़ने लगा और महदू के जिस्म पर हजारों कान उग आए।

बहार आते ही कमली बच्चों के साथ अपने प्रदेश आएगी। बच्चे पहली बार कश्मीर देखेंगे। वे महदू काका से भी मिलने आएँगे! कमली ने बच्चों को महदू काका की ढेर सारी कहानियाँ सुनाई हैं। वे जानना चाहते हैं, महदू काका कौन है, क्या लगता है हमारा? कमली नहीं बता पाती। कुछ रिश्ते ऐसे होते हैं न, जो सभी नामों से ऊपर होते हैं। महदू काका ही बच्चों को वह रिश्ता समझा सकेगा और मालूम है, बच्चों के नाम क्या हैं—बेटी का कुकिल और बेटे का पोशनूल।

चिट्ठी के एक-एक अक्षर से फूटते खुशियों के गुनगुने आबशारों में महदा भीगता रहा। चिलम का लम्बा-सा कश खींचकर वह ठहाका लगाकर हँसा, "लो सुनो, अँग्रेजी सीखे बच्चों का नाम कुकिल और पोशनूल! तारिख! कमली कुछ भी नहीं भूली...। कुछ भी नहीं...कुकिल...पोशनूल।"

बोलते-बोलते महदे को जबरदस्त धसका उठा। खौं-खौं करते वह बरामदे तक निकल आया। आँखों से आँसू झरते रहे, कानों में गूँ-गूँ की आवाज गूँजने लगी। लेकिन रुक-रुककर आती साँसों के बावजूद उसने बर्फ के गोलों से ढके शहतूत को देखा। लगा, पलक झपकते नंगी टहनियाँ बहारों के बौरों से लद गई हैं। अब जल्दी ही पोशनूल आएगा और इन महकती डालों पर बैठकर चहकेगा :

'श्रीकृष्ण गूपियो
वोडि छय न टूपियो।'

आवाज

अमावस की ठस्स अँधेरी रात! पहाड़ों की पाँत से घिरे गाँव की ढलुवाँ छतें हैं कि कजलाए ढूह और कोयले के ढेर? भूत-प्रेतों की आकारहीन शक्लों में घात लगाए खड़े लम्बे ऊँचे दरख्त। झीना-झीना मेह अभी भी अटक-अटक कर बरसे जा रहा है।

कीचड़ काँदो में घुटनों तक सनी लड़की छाती से पोटली चिपकाए ऊबड़-खाबड़ जंगल से बदहवास गुजरती खंडहरों में पहुँच गई है। अँधेरे में मुड़-मुड़ कर आहटें टोहती वह बूढ़े चिनार के तने से पीठ टिका, चौतरफा के परिदृश्य का अन्दाजा लगाना चाहती है। कौन-सी जगह है यह? पुलवामा? अनन्तनाग? बिजबिहारा तो नहीं?

आसपास कोई बस्ती नजर नहीं आती। काले खम्भे मुँह-नाक ढके मुजाहिदों की तरह आसमान में बन्दूकें ताने खड़े हैं। शायद वह मार्तण्ड के खंडहरों में पहुँच गई है।

उसने आसपास टटोल-टटोल कर धरती को थपथपाया। नोकदार खुरदरे ढोक चट्टानों को हथेलियों से महसूस करते घिसट-घिसटकर सुरक्षित-सी ओट ढूँढ़ ली। चौड़ी-सी चट्टान हाथ लगी, शायद ललितादित्य के समय की कोई ध्वस्त मूर्ति हो।

आसमान में काले बादलों को चीर कर रोशनी की तलवार खिंच गई और पत्थरों का ध्वस्त साम्राज्य आँखों के आगे नंगा हो गया। हाँ वह सचमुच ललितादित्य के आठवीं शताब्दी में निर्मित खंडहर हुए मन्दिरों के प्रांगण में आ पहुँची है। 'उन लोगों से' काफी दूर। वे इधर नहीं आएँगे। आसपास ही कहीं सेना के जवान पहरे दे रहे होंगे।

मन-भर वजनी टाँगें फैलाते उसके आँसू निकल आए। घुटनों में पीप पड़े फोड़े की तीखी पीर चीस रही है। गोद में ढकी-मुँदी बच्ची में साँस की आवन-जावन भी नहीं लग रही। शायद बेहोश हो गई है। मर नहीं सकती। दम घुटाकर बैठने की आदी हो गई है। उसने कपड़ा हटाकर बच्ची का मुँह खोल दिया। नाक के पास हथेली रख उसकी साँस महसूस की। ठंडे हाथों से गुनगुनी साँस छू गई तो भीतर कुछ सख्त-सा जमा बूँद-बूँद पिघलने लगा। आदी हो जाता है हर जुल्म का आदमी, चारेक मास की बच्ची भी इस नियम का अपवाद नहीं।

उसने बच्ची के कोमल गाल अपने गालों से सहलाए, हिलडुल से बच्ची कमजोर आवाज में किंकियाई इयाँ...इयाँ...।

लड़की की छाती में गुनगुनी लहर उमड़ आई। उसने कमीज के बटन खोल दिए। उँगली से बच्ची के होठ टटोले और उसकी नाक बचाकर दूध पिलाने लगी। भूखी बच्ची के होठों में हरकत हुई, हल्की-सी, पर जल्दी ही वह आकुल खोज में यहाँ-वहाँ मुँह मारती, नन्हे हाथ माँ की छाती पर रख दूध चूँधने लगी।

लड़की ने बाँहों में लगभग भींच कर बच्ची के बालों में उँगलियाँ फेरीं। दूध पीते उसकी आधी गज-भर देह, रह-रह सिहर उठती थी। कपड़ों के भीतर ढकी होने पर भी बच्ची भीग गई थी। लड़की ने चुन्नी का छोर निचोड़ बच्ची का सिर-माथा पोंछ दिया और अपने शरीर से चिपकाकर गर्मी देने की कोशिश की।

पत्थरों की ओट में बैठी लड़की अब वर्षा से सुरक्षित थी। चट्टानों के बीच यहाँ-वहाँ उगी जंगली घास और बिच्छू बूटियों के बीच कहीं-कहीं जुगनू चमक रहे थे जिससे अँधेरे में छिपी अपशकुनी आकृतियों का अहसास तीव्र होकर भयावह लगने लगता था।

दूर बहते किसी नाले की हहराती शाँय-शाँय गहरी खामोशी को तोड़ रही थी।

किसी खंडित मूर्ति की टेक लगाकर बैठी लड़की की चेतना सुन्न हुई जा रही थी। भागते छिपते किसी कटे पेड़ की जड़ से टकरा, पैर के अँगूठे में खोंता लगा था। वह जगह बराबर टीसे जा रही थी। खून भी बह रहा हो शायद। गीली मिट्टी में लथपथ पैरों को खून और पानी का फर्क समझ नहीं आता।

तृप्त होकर बच्ची माँ की गोद में गुड़ीमुड़ी होकर सो गई। लड़की भी सोना चाहती थी पर अपशकुनी अँधेरा उसकी नसों पर हावी हो रहा था। करकती आँखों से वह आठवीं शती के उस महान सम्राट के साम्राज्य को चीह्नने की कोशिश कर रही थी जो अपने ही विश्वस्त सेनानायकों द्वारा छल से मारा गया था।

इस काली रात में क्या उस सम्राट की रूह यहीं कहीं भटक नहीं रही होगी? विजेताओं को अपने अमर साम्राज्य का खंडित चेहरा देखकर कैसा लगता होगा?

नींद के झोंकों से लड़की की गर्दन झकोले खा रही थी? आधी जाग्रत आधी सुषुप्तावस्था में कभी आँखें मुँद जातीं, कभी चौंक कर खुल जातीं।

पत्थरों के बीच किसी रेंगते जीव के खिसकने-सरकने की आवाज से वह चौकन्नी हो आई। काई-भरी दरारों से लम्बा-सा साँप सरककर उसके पास से गुजर गया था। कितने भयानक साँप रहते होंगे इस खंडहरों में! कहीं काट लेता तो इस नन्ही जान का क्या हाल हो जाता? उसे तो खैर क्या डस लेते। साल भर से जहरीले नाग और बिच्छू उसकी देह में इतना जहर भर गए हैं कि साँप काट भी ले तो खुद ही मर जाए।

साँप की तरफ ध्यान जाते उसकी जबरदस्त इच्छा हुई कि वह उन्हें एक बार देख ले। मरे हुए साँपों का दाह-संस्कार करना चाहिए, माँ कहती हैं। नहीं तो उनका कोई वंशज बदला लेने जरूर आ जाता है।

लेकिन क्या पता, साँप मरे ही न हों और उसका पीछा कर रहे हों, दबे-दुबके खोहों-दर्रों में रेंग-रेंग कर।

उसे लगा सफेदो के जंगलों के बीच भागते, खलिहानों की कीच में धँसते पैर खींच कर निकालते अधमरे साँप बराबर उसका पीछा कर रहे थे। बच्ची की चीखों से उन्हें दिशाबोध न हो, इस खयाल से उसने बच्ची का मुँह ओढ़नी से बाँध दिया था। ऐसा करते उसके भीतर हूक-सी उठी थी। वे लोग लुकने-छिपने के दौरान हमेशा बच्ची का मुँह कपड़े से कस कर बाँध देते थे। उसकी चीखें बन्द हो जातीं और नन्हे गालों पर पानी ढुलक आता।

लेकिन भावुकता के लिए उसके पास वक्त नहीं था। वे उन्हें पा गए तो छोड़ेंगे नहीं, यह तय था। बच्ची की आवाज बन्द हो गई तो पेड़-पौधों के बीच साँस लेती जीव-जन्तुओं की ध्वनियाँ मुखर हो उठीं।

वे लोग शायद वापस लौट गए हों, कमांडर ने लौटने का आदेश दिया होगा। या लड़की के पीछे भागने से ज्यादा जरूरी काम याद आ गया होगा। क्या पता? नया साम्राज्य बनाने की ज़िद में जेहाद करनेवाले तो कहते भी हैं कि उन्हें अगले पल का कोई अता-पता नहीं होता।

लड़की ने मार्तण्ड के खंडहरों के प्रति आभार-सा महसूस किया। यह ओट न मिलती तो अपने पैरों की आहटों से ही वह मारी जाती। साल-भर उसने मरने की

कामना भले ही की हो, अब वह जिन्दा बच निकलना चाहती थी।

बैठे-बैठे पीठ पर सुरसुराहट-सी दौड़ी, उसने खम्भे से पीठ रगड़ ली। कोई कीड़ा था शायद मसल गया होगा। पास ही कहीं बिच्छू बूटी के झाड़ होंगे। टटोल-टटोल धरती छूने और रास्ता तलाशने से हाथों में खासी खुजली-भरी जलन मच रही थी। उसने नोकदार पत्थर से रगड़-रगड़ अपनी हथेलियाँ छील दीं।

दूर से नदी का स्वर विलाप कर रहा था। अँधेरी रात का स्यापा। चूर हुई देह इस एकान्त रुदन की गूँज से सुन्न हुई जा रही थी। या शायद वनस्पतियों की महक का प्रभाव हो।

काले कैनवस पर तेजी से रीलें खिंचती जा रही हैं। एक के बाद दूसरी। लम्बे-लम्बे हाथ झपटकर अन्धी खोह में खींचे जा रहे हैं।

विनी। विनू। निकी। रा...नू...पास से गुजरती आवाजों का कारवाँ।

'हिकटा मिकटा बोय अनिनम डून्य काह...

कीकली कलीर दी। पग मेरे वीर दी...

कीकली कि खैनू? कि चोर सिपाही?

नहीं। आल माल पहला थाल, माँ मेरी के लम्बे बाल...'

कितने लम्बे बाल थे माँ के, जब उन्होंने केश पकड़कर माँ को घसीटकर कमरे में पटक दिया तो उनके बाल कमर तक फैल गए थे।

वह शायद प्रलय की रात थी। ओले, तूफान और आँधी। खिड़कियों, दरवाजों की चूलें हिल उठी थीं। माँ-पापा के साथ वह भी खिड़कियों की चिटकनियाँ लगाने में जुट गई थी।

उस दिन शहर में कर्फ्यू था। जंगजुओं का कर्फ्यू। बिजली गुल। साँसें भी डर-डर कर बाहर आ रही थीं। माँ-पापा और वह एक ही रजाई में घुसे सोने की कोशिश कर रहे थे। तभी दरवाजे पर थापें पड़ने लगी थीं। पापा दरवाजा खोलने उठे तो माँ ने रोक लिया था—"पहले झिर्री से देख लो।"

"कुछ नहीं होगा।" सफेद यख चेहरे से पापा दरवाजा खोलने मुड़े कि चार युवक लातों से द्वार तोड़ ठसके से घर में घुस आए। काले कपड़े से मुँह-आँख ढके।

माँ की चीख निकल आई—"ये...ये तो यमदूत हैं।"

"डरो नहीं, हम तुम्हें मारने नहीं आए। रात-भर रहकर सुबह-सवेरे चले जाएँगे।"

"हाँ...हाँ..." पापा ने जाने कहाँ से बेजान हाथों में हरकत लाई, "आइए... आओ बेटा!"

"हमारे पीछे पुलिस लगी है। कोई इधर पूछने आए तो कहना, यहाँ कोई नहीं है। समझे?"

"हाँ...हाँ..." में सिर हिलाते पापा खातिरदारी में लग गए। माँ ने दूसरे कमरे में गद्दे-खेस बिछा दिए।

"हमें भूख लगी है, खाना खाएँगे।" उन्होंने हुकुम दिया। जैकेटवाला युवक शायद उनका सरदार था। अपनी तरफ का तो नहीं लगा। किताबी उर्दू बोल रहा था।

"हाँ, क्यों नहीं, तुम्हारा ही घर है।"

माँ ने सोचा होगा, आवभगत करेंगी, तो हमें बख्श देंगे। "तब तक हाथ सेंक लो।" माँ ने दहकती काँगड़ी थमाई और चौके का रुख किया।

वक्त जैसे ठहर गया। हवा में ऑक्सीजन की इतनी कमी कि माँ-पापा और विनी एक-एक साँस के लिए हाँफने लगे। तभी दाढ़ीवाले ने धमाका-सा कर दिया।

"सुनो, अपनी इस लड़की को पानी देकर भेज दो। हमें रात को प्यास लगती है।" दाढ़ीवाला साथियों की ओर देख भद्दे ढंग से मुस्करा दिया।

माँ-पापा पानी का जग-गिलास लिये कमरे की चौखट पर खड़े हो गए तो दाढ़ीवाले का माथा सिकुड़ गया—"सिर पर कफन बाँधकर निकले हैं हम। एक खून की सजा फाँसी तो दस खून की सजा भी वही फाँसी। समझे ना? ज्यादा चालाकी करोगे तो जान से हाथ धो लोगे।"

उसका हाथ पिस्टल पर चला गया, विनी की टाँगें थरथराने लगीं। वह बदहवास हो घर के कोने-अँतरे ढूँढ़ने लगी। लपककर खिड़की की चिटकनी खोल दी और गली में कूद गई। बाहर सन्नाटा साँस रोके बैठा था। दूर तक कोई आदमजात नहीं। पस्त खिड़की से कूदने पर भी उसकी टाँगों में चोट लगी। घुटनों पर हाथ दिए वह उठकर भागनेवाली ही थी कि दाढ़ीवाले ने फुर्ती से झपटकर बाँह पकड़ ली और बेदर्दी से अन्दर खींच लिया।

"वाह छोकरी! अपने प्यारे अब्बा-अम्मी की लाशें देखना चाहती है?"

कमरे की ओर घसीटते उसने विनी की ढकी-मुँदी देह उघाड़नी शुरू कर दी।

"प्लीज ऐसा मत करो। नहीं...नहीं..."

विनी ने हाथ-पैर मारे। दाँतों-लातों से अपना बचाव करने की कोशिश की। रोते-गिड़गिड़ाते श्रीकृष्ण को याद किया। पर श्रीकृष्ण ने चीर नहीं बढ़ाए। माँ-पापा बन्द कमरे में बेटी की दबी-घुटी चीखें सुनते रहे और ईश्वर से सहायता माँगते रहे। लेकिन ईश्वर कर्फ्यू की रात में कैसे आ पाता?

विनी को मरना था, मर गई। एक देह बच गई, तुड़ी-मुड़ी टुकड़ा-टुकड़ा

हुई देह जिसे लार टपकाती नजरों से देखते कंजी आखोंवाले युवक ने माँ से कहा, "तुम्हारी लड़की हमारे सरदार को भा गई। खुश किस्मत हो। यों अब यह तुम्हारी बिरादरी में किसी काम की नहीं रही। नापाक हो गई।"

उस वक्त पापा के हाथ बँधे थे। माँ के मुँह में कपड़ा ठुँसा हुआ था। कमरे के बीचोंबीच चित पड़ी माँ मरी हुई लग रही थी। यों हाथ खुले भी होते तो भी क्या होना था?

वे लोग विनी को भी अपने साथ ले गए। जहाँ-जहाँ गए मुँह-आँख पर पट्टी बाँधना कभी भूले नहीं। वह चलती रही उनके साथ-साथ। एक जगह से दूसरी, दूसरी से तीसरी, कभी गाय बाड़े में, कभी भूसा कोठरी में, कभी धुर जंगल की खोहों-खन्दकों में। उनके पिस्टल बारूद, ए. के. सैंतालीस, कलाश्निकोव आदि जरूरी नगों के साथ एक और जरूरी नग...विनी।

साल भर वह कड़े पहरे में रही। एक रात वे देर तक डेरे पर नहीं लौटे। अच्छा मौका था भाग निकलने का लेकिन भागना आसान नहीं था। उनके लोग हर नाके-कोने में छिपे उसकी गतिविधियों की टोह लेते रहते थे। विनी को मरने की इजाजत नहीं थी। भागने की गलती को उन्होंने माफ नहीं किया, तीन जने चले जाते तो चौथा उसकी चौकीदारी पर तैनात रहता।

"तुम भी जाओ, मैं कहीं नहीं जाऊँगी। वे लोग जरूरी काम कर रहे हैं।" विनी उसे टरकाने की कोशिश करती, पर वे लोग खूँखार दरिन्दे भले हों, बेवकूफ नहीं थे।

उनकी नोच-खसोट से विनी की आत्मा जख्मी हो गई थी। "अपने माल की हिफाजत भी तो जरूरी काम है।" वे हँसते तो उनके काले मसूढ़ों में फँसे खून सने कच्चे गोश्त के रेशे नमूदार हो जाते। विनी अपने भीतर घुस जाती। इन दागदार मसूढ़ों में चाकू घोंप दे तो क्या हँस पाएँगे ये कच्चे गोश्त के आहारी?

पहले विनी को उबकाई आती थी। उसने उनके कपड़ों पर उल्टी करने के अपराध में लात-घूँसे भी खाए थे। लेकिन अब आदत हो गई है।

हर रात तारे मेखें बनकर आसमान में ठुक जाते। विनी के भीतर कोई हिंस्त्र जीव जबड़े कसता रहता। काश! वह ये मेखें उनकी आँखों में ठोंक पाती।

रात-भर वह तरकीबें सोचती रहती। सुबह उनके लिए खाना बनाने में जुट पाती। देर होने पर वे बौखला जाते थे।

इस बीच वह एक बच्ची की माँ बन गई। उस रात गौशाला में पुआल के ढेर पर छटपटाते उसने ईश्वर को जी-भर कर कोसा। लिजलिजे होठवाला गाँव से किसी

औरत को बच्ची की नाल काटने के लिए पकड़ लाया था, औरत सहमी हुई थी। उसने रक्त सने पुआल के ढेर पर मटका औंधा कर जगह साफ कर दी तो खून का नाला गौशाला के बीच बह निकला। उस वक्त जन्म और मृत्यु की मिली-जुली गन्ध सूँघते लड़की को लगा कि वह रक्त नदी में बह रहा है। गाँव से लाई गई औरत ने चिथड़े से विनी को पोंछ-पाँछकर सूखे पुआल पर लिटा दिया। उस वक्त उसके हाथों के साथ होठ भी काँप रहे थे।

वे लोग बच्ची से मुक्त होना चाहते थे। उन्होंने बच्ची औरत को थमाकर कुछ आदेश—निर्देश भी दिए। लेकिन औरत जाते-जाते लौट आई और उन लोगों के मुड़ते ही बच्ची को कपड़े में लपेटकर माँ की बगल में लिटा दिया। लड़की की छातियाँ अपने अधमैले दुपट्टे से पोंछ उसने बच्ची के होठ छुआ दिए। लेकिन बच्ची और माँ दोनों को तमाम तमाशे से तटस्थ देख औरत ने गरम उसाँस भरी, 'हय बदबख्त, खोदाय मोकला विनय।' (हाय बदकिस्मत, ईश्वर तुझे मुक्ति दे।)

उसके आखिरी शब्द विनी भूल नहीं पाती। वह दुआ थी या बद्दुआ? बदबख्त विनी थी या यह निष्पाप बच्ची, जिसकी मौत की कामना उन लोगों के साथ औरत ने भी की थी?

विनी ने उस वक्त होश में आते ही चाहा था कि इस नन्ही मांसपिंड की गर्दन पर दबाव डाल अपनी टूटी देह-आत्मा का बदला ले। पर इस बेहद आसान काम के लिए उसके हाथ नहीं उठे। उसके भीतर बैठा हिंस्र जीव इतनी आसानी से तृप्त नहीं हो सकता था बल्कि उसकी इस हरकत से तो उन शैतानों को ही मुक्ति मिलनी थी।

दूसरे दिन जब बच्ची की नाभि में पीप पड़ गई और वह जोर-जोर से चीखने लगी तो उन्होंने अपने बचाव के लिए उसे खत्म करना निहायत जरूरी समझा। विनी के भीतर अचानक अन्धड़-सा उठा। विचित्र-सा अन्धड़। उसने उनके पैर पकड़ लिए—"मैं इसका मुँह बाँध दूँगी। यह नहीं रोएगी। देखो, इस बेचारी को कितनी तकलीफ हो रही है। रहम करो इस पर..."

वे लोग विनी को आश्चर्य से देखते रहे। शायद तरस भी खा गए या सोचा हो कि इस पिद्दी-सी जान को टेंटुआ दबाकर कभी भी चुप कराया जा सकता है। फिलहाल उन्होंने बच्ची का मुँह विनी की पुरानी चुन्नी से कसकर बन्द कर दिया और बच्ची को लगभग उछालकर विनी की गोद में डाल दिया—"तुम तो क्या बाँधोगी इसका मुँह। तुझे तो बेकार की इल्लत से 'अमार' हो गया है।"

वे बार-बार बच्ची की आवाज से गुस्साते। हर बार कपड़े का पट्टा कस कर उसके मुँह पर बाँधा जाता। उनके आँख ओट होते ही विनी बच्ची का मुँह खोल देती

और उसे फिरन के अन्दर छिपा लेती। बच्ची के दूधिया चेहरे पर कपड़े के अक्स खुद गए थे। कपड़ा खुलने पर भी वह दूध पीने के लिए होठ हिला नहीं पाती। विनी आँच पर कपड़ा गरम कर उसके मुँह और पेट पर टकोरे देती। माँ के बताए घरेलू नुस्खे बच्ची पर आजमाती। बच्ची उसकी कुच्छड़ में सिकुड़कर चिपक जाती। उसकी दो हाथ की हड्डियल देह अकसर घुटी-घुटी सिसकियों से सिहरा करती। विनी का बेहिस्स होता मन ऐसे में गर्म मोम की तरह टपकने लगता। अपनी देह की छीछालेदर की गवाह इस निष्कलुष जीव में उसका अपना ही अंश, अपने से बाहर आकर उसका हमराज बन गया था। इसे वह हर हाल में सुरक्षित रखना चाहती थी।

सड़क से कोई ट्रक गुजरा है। घरघराती आवाज के साथ ट्रक की हेडलाइट्स अँधेरे को चीरकर खंडहरों के बीच आगे बढ़ गई है। सेना की गश्त होगी। विनी खंडहरों के बीच उकड़ूँ बैठ दुबक गई। भीतर बैठे डर से वह अभी भी मुक्त नहीं हो पाई। सेना तो रक्षक है पर अकेली औरत को देखकर रक्षक का मन न डोल जाए इसकी गारंटी तो इतिहास पुराण भी नहीं देते। फिर रात के अभेद्य अँधेरे में पसरे सुनसान के बीच खंडहरों में प्रेतिनी-सी घूमती औरत शक के दायरों में आएगी ही आएगी।

यों वह अब अच्छी लड़की कहाँ रह गई? उसकी राह में पलक-पाँवड़े बिछानेवाले लोग अतीत हो गए। माँ-पापा बचे ही होंगे तो क्या बाँहें खोल उसे अँकोर लेंगे?

उसे उग्रवादियों के बीच रही उस लड़की की याद आई जो उनकी चंगुल से निकल, मीलों-मील खतरों के जंगल पार करती शरणार्थी शिविरों तक पहुँच गई पर स्वयं याचक बने शरणार्थी समाज ने उसे अपने शिविर में गज-भर जगह भी न दी। सचमुच विपत्ति व्यक्ति को ही नहीं तोड़ती, उसके विवेक को भी ध्वस्त कर देती है।

विनी के भीतर गुस्सा धधक उठा। वह अभिजात्य ब्राह्मणों के घर क्यों जन्मी? अपनी जाति का नाश करनेवाले देवस्वामियों की पवित्रता पर रोने का मन हुआ। लेकिन उसकी आँखों की नमी बहकर निःशेष हो चुकी थी। अब उसमें शुष्क जलन करक रही थी। साल भर दरिन्दों के साथ रहकर उसने अपने सीने में एक हिंस्र जीव पाल रखा था, जो साँप-बिच्छुओं से अँटे खंडहरों के बीच भी उसे जीने के लिए उकसा रहा था।

उसने उस हिंस्र जीव से दोस्ती कर ली। क्योंकि उसके साथ माया, मोह, ममता, प्यार-व्यार की कोई बन्दिशें या तवालतें नहीं थीं... वह एक अग्निपिंड था जिसने विनी को ग्लेशियर होने से बचा लिया। वह न होता तो इतनी आसानी से विनी कब्र से बाहर आ पाती?

विनी पूरी तन्मयता से उन लोगों की सेवा में खड़ी रहती। वे बर्फबारी में कभी सीमा पार सामान लाने चले जाते। उनके पैर बर्फीली ठंड से सूज जाते। वह चिलमची में नमक डला गरम पानी लाकर उनके पैर सेंकती। एन्काउंटर में कोई जख्मी हो जाता तो एहतियात से पट्टी बाँध देती जैसे जन्म की नर्स हो। वे भी उससे खुश रहने लगे थे।

"तू तो डॉक्टर बनना चाहती थी न? लो, हमने तुम्हें इम्तहान दिए बिना ही डॉक्टरी का सर्टिफिकेट दे दिया।"

इधर भूसा कोठरी में चूहों ने आतंक मचाना शुरू कर दिया था। एक रात लम्बी नाकवाले का अँगूठा काट खाया। गोली दागने में माहिर लम्बी नाकवाले को हाय-हाय करते देख विनी ने बाहर से संजीदा, भीतर से खुश होकर सोचा, इसकी नाक कुतर डालते तो अच्छा था।

उस दिन सरदार परेशान था। उसके कुछ यार दूसरे गुट में शामिल हो गए थे। 'कोई ईमान ही न रहा सालों में?' उसे जबरदस्त गिला था।

विनी माथा दबाती रही। रात-भर चूहे सरदार की टाँगों पर उछलकूद करते टप्पे खेलते रहे। उसने गुस्से में आकर दो-चार चूहों को गोली से भून दिया और पूँछ पकड़ दरवाजे से बाहर फेंक आया।

विनी को दहशत हुई। ऐसे ही आदमियों के साथ भी करता होगा? उसने चिन्ता से कहा—"कितनी गोलियाँ बरबाद करोगे। चूहे मारने की दवा क्यों नहीं लाते?" इस पर मोटे होठवाले ने उसे खा जानेवाली नजरों से देखा, "हमें मारना चाहती है बदजात? पिंजरा चूहों के लिए काफी है। तुम इसकी फिक्र मत करो, अपने काम से काम रखो।"

लेकिन वे जंगली चूहे थे। पिंजरे में रहना उन्हें कबूल नहीं था। "ला दो दवा, मैं आटे की गोली में मिला बिलों के मुँह पर रख दूँगी या 'होगाड' (सूखी मछली) में लपेट दूँगी। तुम लोग भी चैन से सो पाओगे।"

उस रात विनी ने सरदार की बड़ी सेवा की। वह शायद उसकी बच्ची का बाप था। या क्या पता वहवाला जो उसके मुँह पर कपड़ा कस देता था।

सरदार प्यार के अतिरेक में मारा गया, टिक ट्वेंटी या नीला थोथा जैसी कोई जहरीली पुड़िया लाकर उसे थमा दी—"जरा खयाल से रखना। बाद में साबुन मलकर हाथ धो लेना, नहीं तो चूहों के साथ हमारी चुहिया भी जन्नत को रवाना होगी।" सरदार ने प्यार से हिदायत दी।

वे लोग खी-खी कर दाढ़ें दिखाते रहे। विनी ने उनके खून सने जबड़ों को अनदेखा कर दिया।

"कैसे मरूँगी मैं? मुझे तो तुम लोगों की सेवा करनी है।"

"यह हुई न बात। हमारा राज्य बनेगा तो तुझे जरूर मिनिस्टर बना देंगे।" सरदार ने उसे नई नजर से देखा। "तू पढ़ी-लिखी समझदार लड़की है।" विनी उसके विश्वास की पात्र बन गई थी।

रात उसने रोगनजोश पकाया। खूब मसालेदार। कोई महक मुश्क नहीं। उन्होंने दारू की बोतलें गले में उँड़ेलीं। छक कर खाया। तारीफें कीं और खाते-खाते ही लम्बे हो गए।

विनी थोड़ी देर बर्तन समेटती खटर-पटर करती रही। रोएँ कान बनकर आवाजें टोहते रहे। पुआलों के बिछौनों से पहले गँगुआती आवाज उठी फिर आक् आक् उल्टियाँ। विनी ने चार फौलादी जिस्म ऐंठते देखे। उसके भीतर का हिंस्र जीव तृप्त हो गया।

बच्ची को गोद में समेट विनी नंगे पैर भूसा कोठरी से बाहर निकल आई। मनवन्तरों बाद उसकी कब्र का मुँह खुल गया था। सूने आँगन में पल-भर खड़े होकर उसने बौने पहाड़ों को सिर उठाकर देखा और देखी दीये की आखिरी लौ, जो भड़ककर थरथराई और गुल हो गई। दूर से किसी ने टॉर्च घुमाया। उन लोगों के लिए कोई सन्देशा था शायद, वे जवाब न पाकर कोठरी की तरफ आ सकते हैं।

विनी बेतहाशा भागने लगी। दुनिया के आखिरी छोर तक। हवाओं को चीरती। धरती रौंदती। जख्मी और लहूलुहान होती। उसका अभियान सफल हो गया था। शिथिल और सन्तुष्ट वह मार्तण्ड के खंडहरों में थम गई।

मुर्गे की पहली बाँग से ध्वस्त मूर्तियाँ जाग उठीं। हड़बड़ाकर विनी ने आँखें खोलीं—"उनका क्या हुआ? टॉर्चवालों ने उनकी कब्रें खोदीं या भूसा-कोठरी में ही अग्निदाह कर दिया?"

"गु गू गु..." पूर्वी आकाश से उजास फूटा। चिनार के पत्तों के बीच छिपी गुगी ने कुहुककर उसका ध्यान खींचा। विनी कीचड़ से लथपथ देह लिये उठी। वर्षा ने जगह-जगह पानी के ताल बना दिए थे। साफ तलैया के पास पहुँचकर उसने बच्ची को चौड़ी चट्टान पर लिटा दिया और पानी में घुसकर देह से मिट्टी उतारने लगी। बच्ची चट्टान का सख्त स्पर्श पाकर पहले कुनमुनाई, बाद में चीख मार कर रोने लगी। विनी को उसके रुदन की आवाज अनूठी लगी। जैसे पहली बार सुन रही हो। उसने हथेलियाँ भर-भर पानी बच्ची पर उछाला और उसकी ऊँची उठती आवाजों को खंडहरों में गूँजते और आसमान को छूते देखती रही। उसके दिल से सारा डर निकल गया।

काली बर्फ

हमारी दादी-नानी जब किसी असम्भव अनहोनी की सम्भावना को समूल उखाड़ना चाहतीं तो एक छोटे से वाक्य का सहारा लेकर सभी सम्बन्धित आशंकाओं को निरस्त कर देतीं—"आह! क्रुहुन शीन छा प्योमुत जाँह?" कभी काली बर्फ भी पड़ी है? यानी कि अगर आकाश से काली बर्फ गिरे तो इनसानियत को बचाए रखते सारे विश्वास और सभी उम्मीदें अपनी अर्थवत्ता खो देंगे।

उन्हें विश्वास था कि काली बर्फ कभी नहीं पड़ेगी क्योंकि उन्होंने कड़ाके की ठंड में भी वादी में सफेद बर्फ के मुलायम फाहे ही गिरते देखे थे। बर्फ भले ही माघ मास में 'शिशिरगाँठों' और 'तुलकतुर' में जमकर बेइन्तहा तकलीफें देती, वह तो खैर स्वभाव है बर्फ का, पर काली बर्फ? और उसके साथ जुड़े सृष्टि के आतंक? जो उन्होंने नहीं देखा, उसे मान कर वे अच्छी-भली सुकून-भरी जिन्दगी मुहाल क्यों कर लेते?

तब की बात तब, इधर उन विश्वासी बुजुर्गों के कूच करने के बाद, कुछ ही समय पहले, एक दिन यह अनहोनी होकर रह गई। आश्चर्य! जी नहीं, इस बीच वक्त कई आश्चर्यों के दौर से गुजर चुका था।

हुआ यों कि जाड़ों की एक सुबह, सोनमर्ग की पहाड़ियाँ चढ़ते कुछ पहाड़ी गड़रियों ने रात गिरी बर्फ पर पैर रखा तो डर और वहम से पत्थर हो गए। आँखें फाड़कर चौतरफ नजरें दौड़ाईं, पहाड़ तो पहाड़, चीड़, देवदार और चिनार की ठूँठ डालियाँ भी

स्याह बर्फ की परत से ढँक गई थीं। जी हाँ! अनहोनी होकर रह गई थी। काली बर्फ ने पूरी वादी को अपनी लपेट में ले लिया था। प्रलय की सम्भावना सूँघ लोग बदहवास हो गए, "हे शम्भो, रक्षा कर! या अल्लाह, खैर कर!"

बाद में विशेषज्ञ आए। प्रयोगशालाओं में बर्फ की जाँच हुई। निष्कर्ष निकला—दूषित वातावरण। उधर युद्ध के दौरान, कुवैत में सद्दाम हुसैन ने तेल के कुओं में आग लगा दी थी। दमघोंटू धुआँ दूर-दूर तक फैलकर शफ्फाक बर्फ पर भी कालिख पोत गया था। लोग सोचों में अटकलें लगाने लगे। थोड़ी राहत जरूर हुई कि चलो दैवी प्रकोप तो नहीं है।

उसी वादी के किसी गड्ढे में लेटी एक जवान लड़की भी ठंडी बेलौस आँखों से आसमान के खोखे से झरते काले कहर को एकटक देख रही थी। वह सोच की किन गुफाओं से गुजर रही थी? जानना चाहेंगे?

गड्ढा-सा था, या कोई गहरी खाई थी शायद! सख्त यख पहाड़ों के बीच दर्रा-सा! नुकीले पत्थरों से लड़की का जिस्म जगह-जगह छिलकर कट गया था। दीनेश्वर की गुफा का गर्भगृह तो नहीं लगता! लड़की गई थी माँ के साथ एक बार वहाँ। श्रावण पूर्णिमा को शिव के दर्शन होते हैं वहाँ। काकनी ने बेटी को चेताया था—"गर्भयात्रा से गुजरना है।" गुफा के भीतर ऊपर-नीचे, दाएँ-बाएँ नोकदार पत्थरोंवाले तंग रास्ते से खुद को सिकोड़कर बचाना पड़ा था। गर्भयात्रा! अँधेरी कोख से छिलते-छिलते प्रकाश में निकल आना! वैसे ही राहत की साँस ली थी उसने। नीचे घुटनों तक बर्फीले पानी की धार तीखी बर्छियाँ खुभाती जा रही थी। लेकिन यहाँ तो बर्फीली नदी के सिहराते पानी में आधा शरीर डूबा हुआ है। सुन्न, बेजान, बेहरकत! धुलकर खूब साफ हो गया है। धब्बा-भर खून भी नहीं दिखाई पड़ता। खुली आँखों के सामने बादलों की मैली परत के नीचे उदास आसमान मुँह ढाँपे सो रहा है। क्या इस पर अब सूरज कभी नहीं उगेगा? प्रलय! शायद प्रलय ही है। पानी, हवा और काला कहर! इतना मैला आसमान कभी देखा हो, लड़की को याद नहीं आता। मस्तिष्क बेजान मांस का लोथड़ा-सा है। वह कुछ नहीं सोच पाती। कैसे पहुँची वह इस गहरी खन्दक में?

लड़की पर नींद की खुमारी-सी छाई है। नींद में ही कुछ चित्र दिखाई पड़ रहे हैं। बेतरतीब...रील-दर-रील! एक ऊँचा पहाड़, हरा या नीला। लम्बे चीड़ों से ढँका। हरी पोशाकवाले उस पहाड़ के दामन में दूर-दूर तक फैले मक्का के खेत! वह शमा के साथ वहाँ जा रही है। ढेर सारे भुट्टे तोड़कर लाती है। शमा टोकरी के ऊपर जरा-सी लकड़ियाँ रखकर भुट्टे छिपा देती है। उसे तो बस भुट्टे चाहिए। लेकिन

लड़की बावली-सी ऊँचे उठते पहाड़ों को देखती रह जाती है—'क्या होगा वहाँ? उस जंगल की गहराइयों के बीच?'

उसने बबा से एक बार पूछा तो बेबात डाँट खाई—"उधर न जाया कर परमी! उस घने जंगल में बाघ रहता है। खा जाएगा कभी!"

बाघ! बबा डराते। पर डर शब्द तो परमी के शब्दकोश में था ही नहीं। वह उत्सुक हो उठती। क्या वह बाघ देख पाएगी कभी, सचमुच का? जंगल में बेधड़क घूमता हुआ। पिंजरे में बन्द बाघ तो उसे जंजीर में बँधा कुत्ता जैसा बेबस लगता है।

एक शाम उसने शमा से पूछा था—"तूने देखा है बाघ कभी?"

"मैंने? बाघ? नाम न लो परमी! हम तो शाम को न साँप का नाम लेते हैं न बाघ का।"

"अच्छा, नहीं लेती नाम। मेरी काकनी भी यही कहती है। अपशकुन होता है। पर तूने कभी जंगल में देखा है उसे? बता तो!"

परमी की उत्सुकता का कोई ओर-छोर नहीं—"ना बी, मैंने नहीं देखा। देख लेती तो आज जिन्दा होती? वह मुझे चीरकर मेरा खून न पी गया होता?"

"तू बड़ी डरपोक है।" परमी हँस देती—"मेरा मन करता है कि एक दिन रात को खूब-सा अलाव जलाकर बैठूँ उस जंगल के बीच। बाघ आएगा भी तो आग के डर से झपटने की हिम्मत नहीं करेगा। कैसा बेचारा लगेगा! बाघ को चिढ़ाने में कितना मजा आएगा...!"

"तू चिढ़ाएगी बाघ को? अह! बाघ न हुआ खरगोश हो गया। दिमाग चल गया है तेरा। अलाव जलाकर जंगल में बैठेगी। तेरे बबा सुनेंगे तो तेरा घर से बाहर निकलना बन्द कर देंगे!"

पर बबा जल्दी ही उसे छोड़कर दूसरी दुनिया के लिए प्रस्थान कर गए। उसका घर से निकलना बन्द नहीं हुआ।

लेकिन उसने बाघ देखे थे। उनके लम्बे-लम्बे नख और तीखे दाँत अपने जिस्म में खुभते महसूस किए थे। उसने भी कम नोच-खसोट नहीं की उनकी। पूरा मुँह छील दिया था एक का। उस वक्त उसके भीतर से लावा फूट पड़ा था, नीला-लाल उबलता लावा। जब तक उसके हाथ लटककर बेजान न हो गए और सिर पत्थर से टकराकर बेहोशी न छा गई, उसने अपने सभी हथियारों का इस्तेमाल किया। वह हारना सीखी ही कहाँ थी! लेकिन...वह अकेली थी और बाघ झुंड में आ गए थे। उसे कुछ-कुछ याद आ रहा है, धुँधला-सा। वह चक्रेश्वर जाना चाहती थी। मनौती के धागे की गाँठ खोलनी थी।

इधर काकनी को वहम हो गया था। वह बार-बार कहती—"पता नहीं, कहाँ मनौती की गाँठ खोलना भूल गई! नहीं तो इतना दु:ख सहना पड़ता! इतना कोप झेलना पड़ता! पीर, पंडित, बादशाह से लड़कर लाई हूँ तुझे। भैरव के थान पर बकरा भी चढ़ाया। मालूम नहीं कहाँ क्या गलत हो गया। शायद चक्रेश्वर में मनौती की गाँठ खोलना भूल गई...।"

माँ ने सचमुच परमी को अतलस की तह में लपेट-सँजोकर पाला। उसकी हर इच्छा, हर जिद पूरी कर ली। गाँव से शहर आकर बस गई। परमी तो पढ़ाई करना चाहती थी। वह डॉक्टर बनना चाहती थी, पर पिता बीच राह छोड़कर गुजर गए। माँ ने दिलासा दिया। नर्स की ट्रेनिंग करवाई। डॉक्टर की पढ़ाई के लिए बड़े खर्चे करने की कूव्वत उसमें न थी, यह तो परमी भी जानती थी।

परमी नर्स बन गई लेकिन क्या डॉक्टरों से कम इज्जत पाई? मान, प्रसिद्धि और स्पर्श में गजब की राहत! हीलिंग टच! नरेन्द्र कहता था—"तेरे हाथों में कोई जादू है परमी! जरा-सा छू दे तो जले पर बर्फ का-सा सुकूनदेह अहसास होता है!"

सर्जन डॉ. सलमा ऑपरेशन के वक्त उसे हमेशा अपने साथ रखतीं—"तुम्हारे बिना मेरा काम चलनेवाला नहीं परमी।"

परमी उसके साथ रहकर छोटे-मोटे ऑपरेशन करना सीख गई। औरतें बच्चे जनने आतीं तो उनकी माँएँ परमी की मनुहार करतीं—"हमारी बच्ची के साथ रहना सिस्टर! तुम्हारे हाथ में शफा है। अल्लाहताला की मेहर है तुम पर! बेटी को तुम्हें देख राहत मिलेगी।"

माँ बनने के नए-नकोर अनुभव से गुजरती बहू-बेटियाँ जिस्म के कोरेपन की दर्दनाक छीछालेदर से त्रस्त, चीखती-छटपटाती उससे लिपट जातीं। 'मोज्य हय छख' कहकर बार-बार उसे माँ की जगह देतीं। पहले-पहले उसे अजीब-सा लगता। बीसेक साल की कुँआरी परमी तीस-पैंतीस साल की औरतों की माँ! उलझन से कपोल दहक उठते। पर धीरे-धीरे वह अपने पेशे से एकात्म होती गई। अपनी लम्बी पतली उँगलियों से दर्द झेलती नवेलियों के पसीने पोंछती वह सचमुच उनकी माँ बनकर उन्हें तसल्ली देती, पीठ-पैर मलती। नन्हे बच्चों के होंठ माँओं की कोरी छातियों से छुआती, दूध पिलाने के सही ढंग सिखाती वह। शायद नानी-दादी की जगह पर भी बैठ जाती— इस तरह, ऐसे, बच्चे का सिर थोड़ा ऊँचा, कहीं धसका न लग जाए...।

सब ठीक चल रहा था। परमी को भी किसी से कोई शिकायत न थी। जल्दी ही नरेन्द्र से उसकी शादी भी होनेवाली थी, पर इसी बीच हालात बदल गए। वादी

के आसमान पर जो काले बादल काफी दिनों से इकट्ठा हो रहे थे, अचानक कहर बनकर बरस पड़े। किसी ने काले मेघ के छितरे टुकड़ों पर कभी गौर ही नहीं किया। सोचा भी नहीं कि इकट्ठा होकर वे सदियों की मजबूत इमारतों को पलक झपकते तहस-नहस कर देंगे। पर हुआ कुछ वैसा ही। राजाओं के जोड़-घटाव भी गलत साबित हो गए। प्रजा को बाढ़ में बहना ही था। तूफान में दोस्त-दुश्मनों के चेहरे यकसाँ हो गए। लोगों ने सैलाब में छटपटाकर उबरने की कोशिश की और किनारों की कच्ची-पक्की मेड़ें, पेड़ों के ठूँठ जकड़ लिए। कुछ बह गए और कुछ उबरे, परमी के चाचे-ताये लोगों के हुजूम के पीछे घर-द्वार छोड़कर पहाड़ों के पार, मैदानी इलाकों में आसरा ढूँढ़ने चले गए।

चारों ओर आँधी उठी कि सदियों पाले विश्वास चरमराकर ढह गए। माँ, बहन, बेटी महज एक लावारिस औरत रह गई, एक भोग्या! दीन धर्म की आड़ में इनसानियत का खून हो गया। कुछ कठपुतलियों को हथियारों से लैस कर दुश्मन सियासत ने दो भाइयों के बीच दरार डाल दी। माँ ने परमी से कहा, "अब यहाँ से चल, कहीं देर न हो जाए...।"

परमी ने माँ के डर को नाक पर बैठी मक्खी-सा हटा दिया—"कहीं नहीं जाएँगे हम, तू डरा मत कर। सभी हमारे अपने हैं यहाँ। शमा, अजहर के रहते हम बेघर कैसे हो सकते हैं? फिर हमने किसी का कुछ बिगाड़ा तो नहीं है...।"

माँ ने दलीलें दीं—"लीला-रैना का क्या हुआ, अवतार कौल की रजनी तो कॉलेज से घर लौट रही थी, उसने किसी का क्या बिगाड़ा था? सर्वानन्द की बहू जया तो पड़ोस में सब्जी लेने निकली थी, उनका हश्र तुमसे छिपा है? हमारे घर में तो कोई मर्द भी नहीं है।"

लेकिन परमी को विश्वास था खुद पर। परमी एक नर्स है। रात को भी पेशेंट घर आए या बीमार के घर जाना पड़े तो किसी को निराश नहीं करती। तभी तो दहशत के दिनों में भी वह अकेली नहीं रही। हथियारों की भाषा में बात करनेवालों ने उसे अभयदान दे दिया—"हमारे रहते तुम्हें क्या डर आपा? तुम हमारे लड़कों की जान बचाओ, हम तुम्हारी जान बचाएँगे। मजाल है कोई तुम्हें मैली नजर से देखे...।"

परमी को आत्मीयता की डोर से बँधे उन गैरों पर भी तो भरोसा था, जो पिता के गुजरने पर उसके चाचे और भाई बन गए थे। घर में मर्द की कमी तो उसने महसूस ही नहीं की।

लेकिन माँ की आत्मा में डर बैठ गया था, कुंडली मारे! बेटी उसे निकाल न सकी। माँ ने बेटी की जिद पर माथा पीटा। इतना हठ! तभी उसे लगा कि कहीं कुछ

गलत हुआ है। मनौती की गाँठ कहीं अभी भी बँधी पड़ी है। इसी से लड़की चौतरफ के हालात देखकर भी जिद ठाने बैठी है...।

परमी माँ जैसी सहज विश्वासी नहीं है, पर वह माँ के विश्वासों को चुनौती नहीं देती। माँ का मन रखने के लिए ही उसने कहा था—"कल शमा जाएगी दरगाह अजहर के साथ। मैं भी उनके साथ चली जाऊँगी। चक्रेश्वर मन्दिर में माथा नवाऊँगी। तेरी मनौती की गाँठ भी ढूँढूँगी। तू मुझे बता किधर बाँधी थी? रंग-रूप, जगह, सब बता! कुछ याद तो होगा तुझे?"

लेकिन माँ आश्वस्त नहीं हुई थी। हस्पताल तक जाना तो मजबूरी थी, पर उससे बाहर जाना तो मौत के मुँह में कदम रखना था। माँ के विश्वास भी तो ढह गए थे। जिस दिन नरेन्द्र के दरवाजे पर दूसरी बार घर छोड़ने का रुक्का चिपका मिला, उसका धैर्य जवाब दे गया था। उस दिन पहली बार माँ ने अजहर के सामने दामन फैलाया—"बेटा, तू कुछ कर! कह दे उनसे नरेन्द्र को तंग न करें। वह चला जाएगा तो हमारा क्या होगा? अगले माह तो परमी की शादी होनी है। नरेन्द्र जाएगा तो सब बिखर जाएगा।" एक ही आसरा तो बचा था माँ के पास!

अजहर ने दिलासा दिया था। सरदार गुलमुहम्मद से बात भी की नरेन्द्र के बारे में। गुलमुहम्मद आभारी था परमी का। वह उसके जख्मी जंगजुओं को बिना सवाल पूछे मरहम-पट्टी करती थी। घर पर भी देखा करती। हस्पताल में तो सी.आर.पी. और बी.एस.एफ. के जवान शिकार की तलाश में घूमते रहते। परमी लड़कों का पूरा ध्यान रखती, अपने पेशे को उसने सियासत से दूर रखा।

चार-चार मास का भ्रूण लिये कुंआरी लड़कियों को माँ की तरह दिलासे देती, उन्हें अपमान की जिल्लत से मुक्त कर देती—"इसमें तुम्हारा क्या कसूर सलमा? समझो एक खौफनाक हादसा होकर गुजर गया। नूरी! रोने से हालात बदल नहीं जाएँगे, हौसला रखो। पाकीजगी तो मन की होती है। वक्त के कहर पर हमारा क्या जोर?...जया, बीना, लता...कितनी मासूम लड़कियों की जिन्दगी मौत का स्यापा बन गई लेकिन परमी साएदार चिनार बनकर उनके दहकते तन-मन को थपकती रही। उसका काम तो जख्मों पर मरहम लगाना था।

लेकिन दुश्मन कई गुटों में बँट गए थे। अगली बार दूसरे गुट ने नरेन्द्र को धमकी दी—"जान प्यारी है तो यहाँ से चले जाओ और अपनी महबूबा को हमारे लिए छोड़ दो।"...तब नरेन्द्र ने परमी और काकनी से भी साथ चलने के लिए मिन्नतें कीं, पर वे लोग जा नहीं पाईं। गुलमुहम्मद के लड़के घर के बाहर पहरा दिए बैठे थे। वे लोग उसे खोना नहीं चाहते थे। परमी ने नरेन्द्र का डरा हुआ स्याह चेहरा

देखा। उसकी कातर आँखें परमी का कलेजा चीर गईं, पर वह सिर्फ कुछ शब्द कह पाई—"तुम चिन्ता मत करना, हम यहाँ सुरक्षित हैं। सब ठीक हो जाएगा...तुम जल्दी अपने घर लौट आओगे...।"

तब से काकनी सभी प्रार्थनाएँ भूल गई है। उसके मन में वहम घर कर गया है कि उसके सभी देवी-देवता सो गए हैं, उन्हें वह कभी जगा न पाएगी। वह बौराई-सी बेटी के सायों की रखवाली करती है। चारों ओर कलाश्निकोव और ए.के. 47 के धमाके और बम फटने की आवाजें सुनाई पड़ती हैं। इन सदाओं से उसके कान बहरे हो गए हैं। घर के पेड़ों के पाँखी भी इन आवाजों के डर से किसी खोह में छिपे बैठे हैं। घर की 'काकपट्टी' पर सुबह का रखा भात शाम तक अकड़ जाता है। कोई कौआ भी उसे खाने नहीं निकलता।

सुन्न होती परमी आकाश में किसी पाँखी को ढूँढ़ रही है। कोई भी पंछी! कुकिल, पोशनूल न सही, कोई भटकी हुई मैना, कोई थकी-हारी चिड़िया, लेकिन वहाँ सिर्फ कुहासा है। झर-झर झरता कुहासा! आह! काकनी इस कुहासे को देखकर पूरी मर जाएगी। वह तो मानकर चली थी कि काली बर्फ कभी नहीं पड़ती।

उसने बन्द आँखों से माँ को देखा। घने कुहरे को देखती, अन्धी हो रही काकनी! लोहे के जंगले पर सिर पटकती, लहूलुहान, किसे ढूँढ़ती है काकनी? तेरे आँगन की चिड़िया तो आसमान के खोखे में समा गई। काली खोह में बन्द हो गई। उसने तेरी बात नहीं मानी। तूने कहा था—"टेंटों में रहेंगे, पर आबरू तो बचा लेंगे..." लेकिन उसे बेघर जीना मंजूर नहीं था। उसे भरोसा था हालात ठीक हो जाएँगे। फिर सभी तो उसके अपने थे।

काकनी का स्यापा खत्म नहीं होता। एक-एक कर घर छोड़कर चले जाते नाते-रिश्तेदारों को वह छाती पीट-पीटकर विदा देती है।

"गए तुम भी? कब देखूँगी तुम्हें, आँखें पथरा जाएँगी। प्राण निकल जाएँगे... इस देह को आग कौन देगा?"

"आग! आग के लिए इतना स्यापा? मरके भी तुझे देह की सद्‌गति की चिन्ता रहेगी काकनी? मरे को तो चील-कौए खाकर तृप्त होंगे! लाशों के लिए क्या चिन्ता?"

"तू नहीं जानती परमी! मरी देह का भी एक धर्म होता है! माँ शारिका, मेरा धर्म बचाना!"

"लेकिन माँ शारिका अपना थान छोड़कर चली गई है! देवद्वार सूने पड़े हैं। खीर भवानी के कुंड का रंग काला स्याह हो गया है।"

"तुम किसलिए रुकी हो परमी?" माँ की आँखों में एक ही सवाल ठहर गया है! "किसलिए? अब और क्या देखना बाकी है?"

"सब हमारे अपने हैं माँ! देखती नहीं? आए दिन कर्फ्यू में तुझे कभी राशन-सब्जी की तंगी हुई अजहर के रहते? तेरा अपना कोई बेटा होता तो इससे ज्यादा तेरी चिन्ता करता?"

"हुम्म!" भात का कौर माँ के गले में अटकता है। धसका लगा है शायद! सामने सूने घर कपाट बन्द किए सहमे-सहमे खड़े हैं। माँ नजर हटा लेती है।

धड़ाम...धम्म..ठ ठ ठ क..ठ ठ। क...।

बाहर कोई बम फटा है, गोलियाँ भी चली हैं। सहमे घर काँप गए हैं।

"कौ..न है? परमी, आ रहे हैं वे, उठ मत। खिड़की मत खोल। किसने अँधेरे की छाती छलनी कर दी?" परमी माँ को पानी का गिलास थमाती है। हाथ हल्के से काँप जाता है—"सो जाओ माँ, इधर कोई नहीं आएगा। हमने किसी का क्या बिगाड़ा है?"

वह अपने आप से प्रश्न करती है या भीतर उगते भय को प्रश्नों की चुनौती देती है? जानती है, कोई कानून नहीं रहा। जो भी है, बन्दूक की नोक पर टिका है, व्यवस्था, कानून, रोजमर्रा के दन्द-फन्द, साँसों को बरकरार रखने की शर्तें।

बदलते हालात में परमी की ड्यूटी मैटरनिटी वार्ड के अलावा आपातकालीन विंग में भी लग गई। तब से जख्म धोते, मरहम-पट्टियाँ करते अकसर वह ओवरटाइम काम करती रही है। गुमराह जवानों के खून और पसीने से विकृत चेहरों को साफ करती कराहती नसों पर शफा का हाथ फेरती...। कुछ वैसा ही स्पर्श उसने भी चाहा था। शफा की छुअन..जब खून और मैल से लिथड़ी वह युद्धक्षेत्र में बिखरी पड़ी थी, थकी-हारी, जहाँ न कोई आदमी था, न आदमजात। सिर्फ बाघों का झुंड। लहलहाती फसलों को रौंदते जानवर, आखिरी लोथ पर झपटने को आतुर...। कैसा लगा होगा लड़की को तब?

क्या पता लड़की तब अपने शरीर के अहसास से मुक्त हो गई हो और योगमाया से अपने से बाहर आकर खुद को दूर से देखने लगी हो! हारी पर्वत के दामन में...दरगाह से कुछ कदम दूर...सेबों के पास बदरंग आसमान के नीचे, उजाड़ धरती की तरह फैली!

मनौती! माँ ने मनौती माँगी थी। राजा के आँगन में, पीर के अस्तान में। परमी ने भी शायद कोई मनौती माँगी हो, पानी के सैलाब में छटपटाते किनारे कोई खूँटा, कोई कटे पेड़ का ठूँठ, कोई नरकुल शैवाल...पकड़ने की कोशिश की हो। किसी खुदा, किसी भगवान् को पुकारा हो...।

उसने एक चेहरा पहचान लिया था। उस पर झुका एक खूँखार चेहरा। जिसके जख्म साफ करते हुए उसने कहा था—"ठीक हो जाओ तो पीर बाबा को नियाज ले जाना। उसने तुम्हारी जान बख्श दी है।"

हाँ...शायद हल्की-भूरी आँखें, फ्रेंचकट दाढ़ी, नाक के ऊपर किसी ताजा घाव का निशान...! परमी ने उस चेहरे की पीड़ा की ऐंठन को अपनी चुन्नी के छोर से सहलाया था। वही अफजल! जिसे दूरदर्शन पर लाखों लोगों ने सवालों के जवाब देते सुना था।

"जिस दुनिया में हम जी रहे हैं, वहाँ कोई माँ नहीं, कोई बाप नहीं। सिर्फ हुकुम की तामील है, वही दीन, वही धर्म है। आँख उठाकर सवाल करने की इजाजत नहीं।"

परमी का धर्म? दोस्त, दुश्मन दोनों को राहत देना।

वही, परमी के राहत देते हाथ मरोड़ रहा था—"क्या कहा था तूने? बेदीन हैं हम? और क्या कहा था जेबा से? तू किस पुलिस से पकड़वाती हमें? बुला तो अब अपनी पुलिस को? अपने यार को, हम रचा देंगे तेरी शादी...।"

उस दिन अस्पताल एमरजेंसी केसों से अटा पड़ा था। सोलह साला लड़की का भ्रूण साफ करते उसने नर्स जेबा से गुस्से में भरकर कहा था—"बहुत गलत काम कर रहे हैं लड़के। सिर फिर गया है। क्या दीन यही सिखाता है?" परमी खुद पर काबू नहीं पा रही थी उस दिन। पहली बार मुँह खोलकर गलत को गलत कहा था।

जेबा जलती थी परमी से। नहीं, परमी की ताकत से। उसके हाथ में जो शफा थी। जेबा ने बात अफजल तक पहुँचाई।

शमा ने सुना तो परमी को डाँटा, "तू इतनी सीधी क्यों है परमी? वक्त पर अब ऐतबार नहीं। जेबा पर तो बिलकुल नहीं। अपनी सलामती की कुछ फिक्र किया कर!"

परमी हँसकर टाल गई। उसने खरी बात कही है। उसे क्या डर! शमा हमेशा से डरपोक लड़की रही है!

"नहीं परमी, आजकल अजहर बहुत परेशान है। उसके कई दोस्त अलग-अलग गुटों में शामिल हो गए हैं। वह कब तक बचा रहेगा? उसे कोई बचने देगा भी नहीं।"

"सब ठीक हो जाएगा।" परमी ने सहेली को तसल्ली दी। उम्मीद। परमी के पेशे ने उम्मीदें देना ही सीखा है। साँस की आखिरी उठान तक—"हम लोग दरगाह जाएँगे। मस्जिद की चौखट पर माथा नवाएँगे। मैं भी बड़े दिनों से हारी पर्वत नहीं गई, बड़ा मन है।"

उस वक्त नरेन्द्र का उदास चेहरा जेहन में कौंधा था। कैसा होगा? सुना नगरोटा

के पास शिविर में रहता है। बेघर, अकेला। मन तो परमी के पास ही छोड़ गया था। यहीं, अपने पुरखों की माटी के पास।

काकनी ने सहम-भरी नजर से बेटी को देखा था। अजहर ने जीप स्टार्ट करते वेव किया—"फिक्र मत कर काकनी, हम हैं न?"

जीप की रफ्तार में तीखी हवा दम घुटा रही थी। तीखी बर्छियों-सी ठंड फिरन के भीतर घुसी जा रही थी। दोनों लड़कियों ने दुपट्टों से सिर कसकर ढँक दिए थे। कान, माथा, मुँह सब। सिर्फ आँखों के जोड़े और नाक की नोक दुपट्टे के बीच से बाहर झांक रहे थे। शहर खामोश था। जगह-जगह पुलिस और रेत के बोरे!

हारी पर्वत की पहाड़ी पर चक्रेश्वर का मन्दिर दूर से दिखाई दे रहा था। मन्दिर के शिखर पर फहराता ध्वज, और नीचे दामन में मस्जिद की ऊँची उठी नक्काशीदार इमारत! अकबर बादशाह के सर्वधर्म समभाव का अद्‌भुत नमूना! मन्दिर-मस्जिद एक साथ! क्या सोचकर बनाया होगा? जब धर्म के नाम पर सिर फुटौव्वलें होंगी तो सभी अपने-अपने अल्लाह-ईश्वर को एक जगह याद कर अपनी भूलों का प्रायश्चित्त करेंगे? अकबर बादशाह, आकर देख लो! हालात के मोड़ ने तुम्हें गलत साबित कर दिया।

अचानक भूचाल का झटका-सा लगा। जीप के आगे, बीच रास्ते रायफल-पिस्तौलों से लैस चार युवकों ने अजहर को रोक लिया। अजहर ने किनारे के खेतों से जीप निकालने के लिए स्टेयरिंग मोड़ दी। पर तभी धमाका-सा हुआ। जीप घिसटकर एक तरफ रुक गई। शायद उन्होंने टायर पंक्चर कर दिया था।

फिर आसमान से कहर बरस गया। धरती डोलने लगी। जगह-जगह दरारों, खाइयों और खन्दकों के बीच वे घिसटते रहे। किसी ने अजहर के सिर पर रायफल के कुन्दे से वार किया। वह चीख मार वहीं जीप के पास ही लुढ़क गया। दोनों लड़कियाँ, जो आखिरी उम्मीद की तरह उससे चिपट गई थीं, उन्हें खींचकर अलग कर दिया गया।

वे अलग-अलग दिशाओं में घसीटी गईं। एक को दूसरी की खबर नहीं रही। सिर्फ चीखें हवाओं को चीरती गईं।

"शमाऽऽऽ।"

"परमीऽऽऽ।"

आर्तध्वनियाँ कुछ देर हवा में गूँजीं, फिर विलीन हो गईं। पता नहीं पुलिस के कानों तक पहुँचीं कि नहीं।

परमी ने बाघ देखे। एक साथ कई बाघ। शिकार नोचते। वह लड़ती रही, जब

तक कि पंजों और लातों के हथियार भोंथरे न हो गए। टूटती हड्डियों और चटखती नसों की दहशत देखती रही, खुद से अलग होकर। तब उसने देखा, चक्रेश्वर मन्दिर का पुजारी रस्सों से बँधा पड़ा है और देवी थान से गायब है। परमी ने धरती को फटते देखा। जहाँ ठंडे पानी के सोते ने उस पर शफा का हाथ फेरा! आह! हब्बाखातून का ठंडा चश्मा। पाक, पवित्र थान! नापाक लहू धुल-पुँछ गया। हवाओं ने माथे का पसीना पोंछ दिया, उसी तरह, जिस तरह वह जख्मियों की पीड़ा पोंछ देती थी। परमी को लगा, किसी ने उसकी अनावृत देह को सफेद चादर से ढँककर इज्जत दी। क्या अजहर उस तक पहुँच गया? अचानक उसे मस्जिद की अजान के साथ सूने चक्रेश्वर की घंटियाँ बजती सुनाई पड़ीं...अरे! नरेन्द्र वापस घर लौट रहा है। ढेर सारे नाते-रिश्तेदार जवाहर टनल के भीतर से वादी में अपने घरों की तरफ लौट रहे हैं...। परमी जानती थी, सब ठीक हो जाएगा।

परमी हवा में रुई के फाहे-सी उड़ने लगी, हल्की, बेहद!

परमी की आँखों में दीये की आखिरी लौ काँपी। शायद अजहर और शमा को उन्होंने छोड़ दिया हो, दीन का लिहाज करके। आखिर वे लोग दीन के लिए जिहाद कर रहे थे। कम-से-कम जिन्दा काकनी को तो कोई अन्धी कब्र से बाहर निकाल लेगा। लेकिन परमी नहीं जानती थी कि कुछ ही दूर पर मनौतीवाले पत्थर की ओट, शमा भी उसी की तरह लहूलुहान पड़ी है। उसने भी आखिरी चीख से पहले यह उम्मीद की है कि उन्होंने परमी को छोड़ दिया होगा। वह जो उनके जख्मों का इलाज करती थी। उन्हें उसकी जरूरत थी।

लेकिन सभी सोच गलत हो गए थे। क्योंकि काली बर्फ ने सभी उम्मीदों, सभी विश्वासों को स्याह लबादे से ढँक दिया था।

बदलते हालात में

पता नहीं यह यात्रा जरूरी थी या गैर-जरूरी।

यों सलाह-मशविरा देनेवालों के अपने-अपने कचोटते अनुभव थे। 'भागते चोर की लँगोटी ही सही'—वाली मुद्रा में अधिकांश ने 'घर' जाने की सलाह दी, तो दूसरे सिरे की अनिश्चितताओं, आतंक और आशंकाओं के साये में वहाँ तक पहुँचने का यह मुहिम-भरा अभियान खासा व्यर्थ लगा। एक बार जीवन के ऊपर मृत्यु का दर्शन भी हावी हो गया। छोड़ो झंझट। जब सब खतम ही हो गया तो छायाओं के पीछे भागने में क्या तुक? यह भी सोचा कि आखिर खाली हाथ आए हैं, जाना भी खाली हाथ है।

लेकिन उम्र के आखिरी सिरे पर इन्तजार करती माँ, बोधिसत्त्व की मुद्रा में भी अपने 'छूटे हुए' के लिए अशान्त थी। 'घर वंदहय घर सासा', वाले अपने तकियाकलाम को हर आते-जाते के आगे दुहरानेवाली माँ, यों अब 'घर पुराण' भूलने की कोशिश में ज्यादा सुनती और कम बोलती है, पर हिदायतियों-सलाहकारों की भीड़ में जो दो-चार वाक्य उन्होंने बोले, वे खासे असरदार रहे।

"हाँऽऽऽ बच्चों! तुम सही कह रहे हो, हम ही बेवकूफ निकले।"

"बेटी! अभी तो मेरे नाखूनों से घर की रेत-मिट्टी निकली नहीं..."

"मुझे क्या सँजोया-बटोरा साथ ले जाना था...?"

यानी कि तुम्हीं लोगों के लिए तो उम्र-भर खटते रहे। लम्बी साँसें ऐसी छुतहा कि लाख चाहो पर बचना मुश्किल। फिर अपने 'असल' पशमीने के जामावार शाल, बादामी बौरोंवाले सिल्क कार्पेट, पुश्तैनी बर्तन-भांडे, कंडाल, देगचियाँ समावार...। उस पर

छोटा-सा गझिन वाक्य—"तुम्हारे बाबू जी कोई सेठ-साहूकार तो नहीं थे।"

वह तो जाने दो लेकिन पुरखों की थाती, जन्म नाल गड़ी धरती का 'अपना टुकड़ा', घर की रसोई के बाहर लगी 'काकपट्टी!' जिस पर वे रोज गरम भात और पानी की कटोरियाँ रखती थीं कौवों, चिड़ियों के लिए! पाँखी आकर उन्हें ढूँढ़ते होंगे—कहाँ खो गए घर के लोग!

कोई पूछे, भला पक्षियों को क्या पड़ी कि तुम्हें याद करें? तो माँ उसाँस भरती—"वे हमारे पुरखे हैं, बच्चो! पाँखियों की शक्ल में आते हैं हमारा सुखसान पूछने। तुम लोग क्या जानो!"

माँ के विश्वासों पर टिप्पणी किए बिना भी यह अन्दाजा लगाना मुश्किल नहीं था कि आतंकवाद से जुड़ी लूटपाट और चोरी-चकारी बीच भरा-पूरा घर खाली हो गया होगा। जमीन का टुकड़ा भले वहीं हो, राख-मिट्टी बनी जन्मनाल भी। शायद पुरखों की कोई निशानी, कोई महक-भर बची हो, किसी कोने-अँतरे में।

अजय, उमा को ज्यादा उम्मीदें नहीं थीं। पिछले छह वर्षों में जितना कुछ घटा है वादी में, उससे उम्मीद रखना महज भावुकता ही हो सकती थी। लेकिन फिर भी वे जाने को तैयार हो गए, वहीं, जहाँ डर कुंडली मारे बैठा हो। शायद किसी दरो-दीवार के पीछे लुकी-छिपी दरार में उनका बचपन दबा-दुबका बैठा हो! यौवन की कोई हवस, कोई हादसा, किसी बुखारचे, बरामदे या एटिक में साँस ले रहा हो। एक बार तो देख लो।

ऐसे ही कई जाने-अनजाने कारणों ने अजय, उमा को जम्मू-कश्मीर की चक्करदार यात्रा पर धकेल दिया।

जम्मू से अजय का दोस्त अशोक भी साथ हो लिया, यह कहकर कि तुम लोग तो अब अपनी गली-मुहल्ले के लिए परदेशी हो गए हो। वहाँ तुम्हें पहचानेगा कौन? कर्णनगर में यों भी अब इक्का-दुक्का 'बटा' ही रहता है।

तीस वर्ष! सचमुच एक अरसा हो गया। इस बीच साल-दो साल में एकाध महीने के लिए जाते भी तो विजिटर की तरह। कभी पहलगाम-गुलमर्ग, कभी यूसमर्ग-अहरबल। जो समय बचता, वह आते-जाते समय नाते-रिश्तेदारों का आतिथ्य स्वीकारते गुजर जाता।

लेकिन इतने वर्षों बाद भी जेहन में जो रुका-ठहरा है, उसे महज भावुकता कहकर परे भी नहीं किया जा सकता।

दरअसल, अशोक के साथ चलने के दूसरे कारण थे, जो वह उन्हें बताना नहीं चाहता था। पिछले छह-एक वर्षों में घर की टूट-फूट के अलावा भी काफी

कुछ पराया हो गया था। एक बार जो घर से निकले या निकाले गए, उनका लौटना उपद्रवियों को मंजूर नहीं था। अशोक उन्हें सम्भावित खतरों से बचाना चाहता था। वह अपनी रिश्ते की बहन 'बबली' को भूला नहीं था, जो कुछ जरूरी सामान लेने घर गई और वापस लौटने से पहले आतंकवादियों की गोली का शिकार हो गई थी।

रास्ते-भर अशोक भूमिकाएँ बाँधता रहा। छह-एक वर्षों से महज कुछेक ताले पड़ा खाली घर, जो उस वक्त नए-पुराने फर्नीचर, पुश्तैनी विरासतों और घरेलू सामान से ठूसमठूस अटा पड़ा था, उसमें बाकी क्या बचा होगा? जबकि जम्मू में ही उसने बता दिया था कि वहाँ कुछ लोग रह रहे हैं। यानी ताले-शाले टूट चुके हैं और लूट-खसोट मच चुकी है।

कुद, बटोत, रामबन, रामसू—एक-एक पहाड़ी पड़ाव आकर निकलते गए। जाने-पहचाने रास्ते! लगा, अभी-अभी तो इधर से गुजरे थे हम। रामबन के पंजाबी होटल में, राजमा-भात परोसते मुन्ना सरदार से खूब बातें हुईं। उसके चेहरे पर समय ने झुर्रियों के जाल बिछाने शुरू कर दिए थे, मगर आत्मीयता ज्यों-की-त्यों। भर-भर कड़छियाँ राजमा परोसता वह अफसोस करता रहा कि अब मिलिट्री कॉनवायों और ट्रकों के अलावा देशी-विदेशी टूरिस्ट दिखाई नहीं पड़ते। हँसते-चमकते चेहरे और हसीन बुलबुलें तो ख्वाब ही हो गए।

अजय उमा को वादी में नौकरी कहाँ मिली? आजीविका के लिए वृहद् राष्ट्र के एक कोने से दूसरे कोने तक भटकते रहे। मन कहीं टिका नहीं। सोचते रहे कि रिटायरमेंट के बाद घर लौटेंगे, अपनों के बीच। घर आकर कोई पूछता, क्या तुम्हारे लिए यहाँ भात नहीं था? तो वे हँसकर उत्तर देते—"आप लोगों ने ही तो निकाल दिया।"

माँ-पापा वर्ष के दस महीने घर-द्वार से ही चिपके रहे। चिल्लयकलान के दो-एक बर्फीले महीनों में बच्चों के पास दिल्ली, बम्बई आते रहे पर मन तो वहीं कर्णनगर के घर, दरो-दीवारों और आँगन में खड़े लम्बे सफेदों की ऊँची फुनगियों के आसपास डोला करता। हरदम लौटने की बेताबी।

"वहाँ बाथरूम का पलस्तर उखड़ गया है। फ्लश खराब पड़ा है। नाथजी ने कहा है, इस बार निशात बाग से गुलाब की कटिंग ले आऊँगा। अब्दुल माली उसका दोस्त है न? पिछले साल जो सेब के पेड़ तुमने देखे, वे भी उसी ने शालीमार से लाकर दिए थे। अम्बरी सेब की वैसी किस्में यहाँ कहाँ?"

जितने दिन माँ-पापा बहू-बेटे के साथ रहते, घर के साथ वहाँ के फल-फूल, किचन गार्डन की लौकी, बैंगन, निका-निका सोंचल का साग भी उनके साथ रहा

करते। कुछ भी पकाकर खिलाओ पर वह स्वाद कहाँ से लाओगे। "स्वाद तो आबोहवा में होता है बेटा। जाहिर है, उसे यहाँ नहीं ला सकते।"

नाशरी नाले के पास पहाड़ों से रिड़के ढोक-पत्थर और मलवे बीच पर्वतीय नाले बह-बह सड़क खासी फिसलनी बना गए थे। सड़क की एक तरफ बुलडोजर मलवा हटा रहा था। ड्राइवर के एहतियात बरतने पर भी कार जरा बाएँ झुकी तो तीनों जनों ने घबराकर सीट के हत्थे कसकर जकड़ लिए। झुकाव जरा-सा ज्यादा होता तो गहरे खड्ड में गिरकर रामनाम सत्त हो जाता।

अजय का चेहरा भय से सफेद पड़ गया—"जाने इस नाशरी नाले में कितने लोग दफन हो गए हैं। अँधेरी रातों में उनकी रूहें यहाँ आवाजाही करती होंगी।"

ड्राइवर सड़क पर आँखें जमाए सपाट स्वर में बोल रहा था—"आए दिन हादसे होते हैं साहब! भुरभुरे पहाड़ों से पसियाँ (मलवा) लुढ़कती ही रहती हैं। ऊपर से, गिरते पहाड़ी नालों से रपटने का डर भी लगा रहता है...।"

क्रेन के पास घुटनों तक फिरन पहने कुछ कश्मीरी मजदूर तसले-बेलचे लिये खड़े थे। उमा ने गाड़ी का शीशा उतारकर उन्हें देखा। इनमें कौन आतंकवादी हो सकता है? लेकिन उनके चेहरों पर धूल और दारिद्र्य की मिट्टी चढ़ी हुई थी। वे सड़क पर झंडे की तरह गड़े नजर आ रहे थे और हवा से उनके फिरन फरफरा रहे थे।

उनकी आँखों में कौतुक था।

"ऐसे क्यों देख रहे हैं?"

"आजकल इधर टूरिस्ट नहीं आते न।"

"हम टूरिस्ट नहीं हैं।" उमा को टूरिस्ट कहलाना अच्छा नहीं लगा। याद आए वे चार विदेशी टूरिस्ट, जो कई महीनों से आतंकवादियों के कब्जे में हैं। पता नहीं किस हाल में होंगे? होंगे भी या नहीं। दूरदर्शन पर बयान देते उस आतंकवादी का मासूम चेहरा आँखों के आगे खिंच गया जिसने कहा था—'हम जेहाद के लिए कुछ भी कर सकते हैं।'

लेकिन इधर लोगों का कहना है कि अब हालात बदल रहे हैं।

"हाँ! लोग तंग तो आ गए हैं खून-खराबे से। उनका भी कम नुकसान नहीं हुआ। यह भ्रम भी टूट रहा है कि बन्दूक हर मसला हल कर सकती है।"

अशोक जम्मू-कश्मीर सरकार की नौकरी में है। छह महीने जम्मू, छह महीने कश्मीर में रहता है। हालात से वाकिफ है।

बनिहाल की घुमावदार चढ़ाइयों पर ऊपर चढ़ती ट्रकें, जीपें नजरों के आगे छोटी-से-छोटी होती पहाड़ों के पीछे ओझल हो रही हैं और थोड़ी ही देर में ऊपरली

सड़क पर नमूदार हो जाती हैं। लेकिन कोई चहकती आवाज, कोई खिलखिलाता चेहरा नजर नहीं आता।

ऐसी उदास यात्रा उमा ने पहले कभी नहीं की। जब भी इधर से गुजरती, हँसता-गाता काफिला साथ चला करता। एक बार जाने कहाँ से कश्मीर देखने आया एक सत्ताइस-आट्ठाइस वर्ष का युवक उमा के पीछे पड़ गया। यही बनिहाल की घुमावदार चढ़ाई थी, पहाड़ों पर खड़े चीड़-देवदारों को वह मुग्ध होकर सराहता रहा। दूर पर्वत पर बैठे माचिस के डिब्बों से दिखते गूजर कोठे प्यासी आँखों देखकर उमा से पूछा, "आपका मन नहीं करता शहर के शोर-शराबे से दूर, उस कोठे में रहने के लिए?"

उमा हँस पड़ी थी—"उन लोगों की जिन्दगी बड़ी बीहड़ होती है।"

"हाँ, पर कितनी शान्त।" युवक पहली बार ही कंक्रीट के जंगलों से दूर पहाड़ों का रूप-रंग देख रहा था। बौराना शायद स्वाभाविक था।

जवाहर टनल पर बस से उतरकर वह दूरबीन से पीर पांचाल की बर्फ ढकी चोटियाँ देखता रहा। खुशी से उसकी चीख निकल गई थी—"वाऊ! हॉऊ ब्यूटीफुल! मार्वलस! पहाड़ पर बर्फ की चित्रकारी। लगता है, चित्रकार ने नीले-हरे पहाड़ों पर कूची फेर दी है। उधर ऊँची चोटियों पर बर्फ के साफे इधर झरनों की शक्ल में बह-बह जाती बर्फ! निकोलई रोरिक की एक पेंटिंग है— 'हिमालय की महान आत्मा।' हू-ब-हू ऐसी ही।"

उमा जब हूँ-हाँ के अलावा किसी अन्तरंग संवाद में शामिल नहीं हुई तो युवक का चेहरा लटक गया। बस में बैठते ही उसने उमा के ऐन कान के पास मुँह लाकर गालिब का शेर गुनगुना दिया था—

या रब वह न समझे थे न समझेंगे मेरी बात
दे उनको दिल और न दे मुझको जुबाँ और...!

जवाहर टनल पर अच्छा खासा सैनिक जमावड़ा था। पहरे में कोई ढील नहीं। उन्हें कार से उतरने का कड़ा आदेश मिला। अटैची, बैग, बुकचे खोले-खँगाले गए। उमा तनी-अकड़ी सड़क किनारे खड़ी रही।

अशोक ने ध्यान बँटाना चाहा—"हम छोटे थे तो लखनपुर चेकपोस्ट पर सामान की तलाशी ली जाती थी—मुझे याद नहीं, पर माँ कहा करती है। उस समय जम्मू-कश्मीर की सीमा में प्रवेश करने के लिए 'परमिट' लेना पड़ता था। श्यामाप्रसाद मुखर्जी की बलि के बाद वह परमिट सिस्टम और तलाशियाँ बन्द कर दी गई थीं।"

"हाँ! अब यह तलाशी...जाने कितनी बलियों के बाद बन्द होगी।"

"यह जरूरी है बहन।" टनल के पास खड़ा एक ऑफिसरनुमा सैनिक उमा के तेवर देखकर पास आया—"आए दिन विस्फोट होते रहते हैं। हम लोग रिस्क नहीं ले सकते।"

"ठीक है, हम जानते हैं, थैंक यू!" अशोक ने एक ही साँस में तीन वाक्य उगले और चुप हो गया। हर अप्रिय स्थिति के लिए तैयार लगता है। अजय कहता है, वह आतंकवादियों से दोस्ती रखता है। अशोक कुछ नहीं कहता। आतंक के बीच जीने का सलीका सीख गया है।

टनल के पीछे खड़े सिर उठाए पहाड़ बर्फ के भार से दबे-दबे लग रहे थे। बादलों की हल्की परत के नीचे मैला सूरज मलमल के थान के बीच झाँकने लगा है। पीली धूप पहाड़ी रास्तों के बीच बर्फीली हवाओं के डर से इधर-उधर दुबक रही है। टनल के बीच पानी के परनाले बह रहे हैं। छपाक् छप्प की आवाजों के बीच फव्वारे उछालती कार सुरंग पार कर बाहर आई तो ठंडी हवाएँ चुभने लगीं। ऊँचाई से वादी मलगजी कुहरे में लिपटी रहस्य के आवरण में ढकी नजर आई। पानी के सैलाब में डूबे घरों का विस्तार धीरे-धीरे खुलने लगा तो गर्म कपड़ों के बीच ठंड घुसकर रीढ़ की हड्डी कँपाने लगी।

अक्टूबर में इतनी ठंड। गर्मी की छुट्टियों में उमा घर आती तो यहाँ से वादी पहाड़ों के चौकस पहरे बीच हरियाये आलम में मुग्ध, झीलों-झरनों से बतियाती नजर आती। अपर मुंडा, लोअर मुंडा के घुमावों से नीचे उतर, काजीगुंड पहुँचते ही लम्बे छरहरे सफेदों की कतारें बाहें फैलाकर आगोश में लेने दौड़ आतीं। हवाओं में कमलतालों, खलिहानों और वनस्पतियों की मिली-जुली गन्ध के साथ धान रोपती औरतों के सामूहिक लयबद्ध स्वर दूर तक पीछा करते—

थलि वोवमय व्योलिए, कलि दामा चेतमो!

आज वन मैनाएँ भी खामोश थीं। खेत सूने, सड़क के दोनों ओर सीमेंट की बोरियाँ और उनकी आड़ में खड़े कन्धों पर गन सँभाले सैनिक जगह-जगह तैनात थे। नए ढंग का स्वागत।

लाल चौक के पास ड्राइवर अड़ गया—"साहब! आप यहाँ से दूसरा इन्तजाम करें। मैं लाल चौक नहीं जाऊँगा। उधर खतरा है।" अजय उमा ने एक-दूसरे की ओर बेबसी से देखा। इतनी दूर आकर लौट जाएँ तो आने का मतलब ही क्या हुआ! अशोक ड्राइवर को मनाने लगा—"ऐसी तो कोई बात नहीं भाई, अब हालात बदल गए हैं।"

"सो तो हम भी अखबारों में पढ़ते हैं। पर उधर आतंकवादियों का कानून चलता है। किसी ने गोली-वोली चलाई तो...? नहीं साहब, मैं बाल-बच्चेवाला हूँ।"

अशोक ने लाल चौक पर खड़े सिपाही से सलाह की, जाना ठीक रहेगा? बुत की तरह बेहरकत खड़े सिपाही ने पलकें पट-पटाकर उन्हें देखा। अकड़ी कमर को थोड़ा झुकाकर उन्हें सुना और 'ओ. के.' कर दिया।

ड्राइवर ने घिया-तोरी बना चेहरा लिए बेमन से इगनिशन ऑन कर दिया। एक्सलरेटर पर पैर इतनी जोर से दबाया कि गाड़ी ने हाई जम्प मारी। तीनों जने सीटों से उछलकर गाड़ी की छत से टकराए।

बाहर सड़कें सूनी थीं। बुझी-बुझी बेरौनक चुप्पी बीच उन्होंने अमीराकदल का पुल पार किया। दो-एक दुकानों पर फिरन, फरकोट, शॉल, कैप लटक रहे थे। एक दुकानदार बेंत की टोकरियों, काँगड़ियों की धूल कपड़े से फटककर झाड़ रहा था।

नुमाइश की सड़क से होते हुए पुराना शाली स्टोर पीछे छोड़ा तो कर्ण नगर का एरिया फोकस में आ गया। आगे विशाल चिनारों से ढकी श्मशान भूमि का खुला फाटक नजर आया। फाटक के अन्दर जगह-जगह जलाई गई लाशों के स्थान पर काले चकत्ते उभर आए थे जिनपर सूखे पत्ते चक्करघिन्नी खा रहे थे। इधर मृतक के अन्तिम संस्कार के बाद जगह लीप-पोतकर साफ की जाती है। फिर धूप-दीप जला, अन्न, पुष्प, दूध-दही आदि अर्पण करने का विधान है। लगता है, सैनिकों द्वारा लाशों का दाह-संस्कार हुआ है। काले चकत्ते लावारिसों की कहानी सुना रहे हैं। अपनों के हाथ नहीं लगे।

उमा के भीतर लम्बा उच्छ्वास उमड़ा और टुकड़ों में बँटकर बाहर आ गया, "इधर माँ शिव मन्दिर में जल चढ़ाया करती थीं। हम टोकते, इतने सारे मन्दिर हैं शहर में, तुम जलती लाशों के बीच उधर क्यों जाती हो। तुम्हें डर नहीं लगता?"

"डर कैसा?"—माँ सचमुच नहीं डरती थी— "मंगलकारी शिव का स्थान है यहाँ। उनसे तुम सबका मंगल माँगने जाती हूँ।"

हवा में वैराग्य की गन्ध बढ़ती जा रही थी।

जल्दी ही घर दृष्टि के दायरे में आ गया, बंगले की ऊपरी तिकोन गेबल, काँच जड़े बुखारचे। उमा के सीने में दो-चार धड़कनें एक साथ उछल पड़ीं—"वह... वह रहा हमारा घर।"

"हाँऽऽऽ।" सफेदों के झुरमुट के पीछे दिखती गेबल कलोंछ खा गई थी। अशोक ने कहा, "ऊपरी मंजिल में आग लगी थी, पर जल्दी ही काबू कर ली गई। ज्यादा नुकसान नहीं हुआ। घर इन्श्योर्ड है। क्षतिपूर्ति हो जाएगी।"

"क्षतिपूर्ति।" उमा के माथे की शिराएँ हल्के से काँपीं।

"इधर गुलाबों की बाड़ रहा करती थी। गुच्छा-गुच्छा फूल दीवारें लाँघ बाहर झाँका करते। पड़ोसिन दर काकी, मन्दिर के बहाने टोकरी भर फूल तोड़तीं तो मुझे बुरा लगता। पर माँ हँसकर कहती—'तोड़ने दो बेटी! भगवान के लिए ले जा रही है। दो दिन में कलियाँ फूट आएँगी तो फिर दीवार गुलाबों से ढक जाएगी...।'"

"तुम फूलदान, जग और गिलासों में गुलाब सजाकर सारा घर महका देती।" अजय भी उमा की तरह पीछे लौट आया था।

"उधर चाँदमारी के मैदान में विजयादशमी के दिन रावण जलता था न? हनुमान की पूँछ में आग लगाकर कागज की लंका को मिनटों में भस्म कर दिया जाता। याद है, एक बार मैं पूँछ लगाकर हनुमान बना तो पापा ने कितनी पिटाई कर दी थी?"

"बस! बस! इधर गाड़ी रोक दो।" ड्राइवर ने मलवे के ढेर के पास गाड़ी रोक दी। अशोक ने दरवाजा खोलकर अगुआनी की—"आ जाओ।"

टूटी दीवार में बनाए दरवाजेनुमा छेद के पास उमा ठिठक गई।

"गेट तो उधर था।"

"हाँ-हाँ, आ जाओ।" अशोक ने दुहराया।

अहाते में घुसते ही धक्का लगा। इधर नफासत से कटा-छँटा लान पसरा रहता था। अब पीली घास के अवशेषों के बीच जगह-जगह मिट्टी के खड्डे और ढूह नजर आ रहे हैं। दीवार के साथ काँटों की बाड़ उग आई थी। गेट की तरफ बने हौज में खुला नल झर-झर बहा जा रहा था और आसपास कीचड़ का तालाब बजबजा रहा था। यहाँ-वहाँ कटे पेड़ों के ठूँठ देख उमा की आँखें दुखने लगीं—"इधर अम्बरी सेब के पेड़ थे न? उधर बबूगोशा और गिलास। वह भी काट डाले?"

पिछवाड़े खर-पतवार के बीच सरो का पेड़ पीले पत्ते लिये—अब गिरा तब गिरा—की मुद्रा में झुका हुआ खड़ा था।

"ये हरा मोरपंखी पेड़ पीला कैसे पड़ा?"

"कोई रोग लगा होगा। देखनेवाला कौन था यहाँ!" वही विरागी स्वर। उमा की हिम्मत पस्त हुई जा रही थी। बरामदे की सीढ़ियों का सीमेंट उखड़ गया था। जालीदार दीवार की ईंटें खिसक आई थीं।

अशोक ने बाँह थामकर सहारा दिया। घर के दरवाजे पर हल्की-सी दस्तक देते ही काँच की खिड़की खुली और सीकचों के पीछे गोल टोपीवाला झुर्रीदार चेहरा उझक आया।

"कुछ छुव?" (कौन है?)

"हम हैं घरवाले।" 'घरवाले' शब्द फुसफुसाहट में फिसलता जान पड़ा। कहीं कोई सुन न ले।

भीतर एक मौतबर आदमी अधमैले पट्टू का फिरन पहने नंगी टाँगों, दरवाजा खोलकर सामने खड़ा हो गया। अशोक ने उमा-अजय का परिचय कराया—"घरवाले हैं। अपना घरबार देखने आए हैं। माँ बीमार है। वह नहीं आ पाई।"

"हाँ-हाँ!" कहता बुजुर्ग सिर हिलाता एक तरफ हट गया—"आओ, अन्दर आओ, तुम्हारा घर है भाया!"

बुज़ुर्ग बिना पूछे अपनी दास्तान सुनाने लगा—

"हमारा तो सब कुछ लुट गया। दहशतगर्दों ने उधर चरारे शरीफ में घर-दुकान सब जला डाला। खाक पर बैठ गए...।"

अजय-उमा चौतरफा नजरें फिरा घर का पिटा हुलिया देखते रहे। यह उन्हीं का घर है क्या?

"आप लोग इधर कैसे आए? यहाँ तो ताले लगे थे।" अजय की आवाज अबूझ गुस्से से थरथराने लगी थी।

बूढ़े के हाथ विवश मुद्राओं में हिलने लगे। भूरी आँखों में बेचारगी उझक आई—"खुदा जानता है भाया, हमने कोई ताला नहीं तोड़ा। घर खुला था, हमें बताया गया खाली घर है, रहो...जब तक सरकार कुछ इन्तजाम न करे...।" कॉरीडोर में आवाजाही करते उसने याचना-सी करते हाथ जोड़ दिए—"हम चले जाएँगे, उधर कुछ जुगाड़ हो जाए, बस। अपना घर-बार छोड़ पराई जगह दिल कहाँ लगता है? हम तो गाँव-जवार के लोग...।"

उमा कभी ड्राइंग रूम रह चुके कमरे की दहलीज पर खड़ी, जख्मी फर्श और कीलें ठुकी दीवारें देखती रही।

इस दाईं ओर की दीवार पर क्रिस्टल बल्बों के ऐन नीचे माँ-पापा की जवानी में खिंची तसवीर टँगी रहती थी, जो कहीं नजर नहीं आई। उसमें पापा गणतन्त्र दिवस के किसी सांस्कृतिक कार्यक्रम में कलाकारों को सम्बोधित कर रहे थे। बगल में बैठी माँ गर्व से तनी महीन-महीन मुस्करा रही थीं। तसवीर की जगह ठुकी कीलों के जख्मों के बीच फ्रेम की चौकोर जगह का निशान भर रह गया है। दीवारों पर मेखें ठोककर कमरे के आरपार बनी अलगनी पर अधमैले गूदड़ रजाई, फिरन आदि-इत्यादि लटक रहे हैं। कोने में फर्श पर किरासिन स्टोव के पास अल्युमिनियम के दो-तीन कलौंछ खाए पतीले, प्याले, चिमटे, तवा, हाँडी और अंगड़-खंगड़ सामान बिखरा पड़ा है।

उमा को लगा, कमरे में ऑक्सीजन नहीं है। यह लम्बी-चौड़ी खिड़कियोंवाला धूपीला घर एक अँधेरी खोह में बदल गया है। गर्दन मोड़कर देखा, फ्रेंच विंडो पर अधमैली चादर टाँग दी गई है जिससे शीशे से छनकर कमरे में झाँकता उजास अधबीच ही घुटकर रह गया है, कमरों की दीवारों और नक्काशीदार लकड़ी की छत कालौंछ से पुत गई है।

"इधर जो फर्नीचर, कालीन वगैरा थे, वह कहाँ गए?" अजय ने पूछ ही लिया।

"खुदावन्दे करीम को जवाब देना है भाया, हमने कुछ नहीं देखा। एक पुरानी दरी थी चौके में, वह जरूर चटाई पर बिछा दी, उधर देख लो...।"

उमा ने उछलकर पाँव झटक लिए। कोई चूहा दौड़ता हुआ आया और पाँव के ऊपर कूदकर फुर्ती से भाग लिया।

वे कॉरीडोर से होते हुए जीने की तरफ बढ़ गए। बाईं ओर की स्टडी के अधखुले दरवाजे से 'आह' जैसी ध्वनि बाहर आई। भीतर झाँककर देखा, काले कम्बल से आपादमस्तक ढकी आकृति चटाई पर लेटी थी। कॉरीडोर की आहट सुन कुनमुनाई और करवट बदलकर दीवार की तरफ मुड़ गई।

दाईं ओर रसोई का कमरा बन्द था। सोचा, खोलकर देखें, खिड़की के बाहर लगी काकपट्टी उधर ही थी। अजय ने बरज दिया—"ऊपर चलें?"

लकड़ी की सीढ़ियों पर पैरों की आवाज हथौड़ों की चोटों-सी बजने लगी, उजाड़ घर की रूह धड़-धड़ धड़कने लगी।

बेडरूम के दरवाजे पर दस्तक दी तो भीतर हड़बड़ाहट-सी हुई। जैकेट जीन्स पहने पच्चीस-छब्बीस की उम्र का दाढ़ीदार लड़का दरवाजे के फ्रेम में जुड़ गया और आगन्तुकों को अपरिचयी दृष्टि से घूरने लगा। अशोक ने दोबारा परिचय कराया। आने का मकसद दुहराया।

"हम इधर आए तो यह घर सफाचट खाली था। हमें क्या पता किसका है? कोई भी आकर कह सकता है, यह मेरा घर है। फिलहाल तो हम लोग इधर रहते हैं।"

लड़के की आवाज में लापरवाही, धौंस और चुनौती की मिली-जुली ध्वनियाँ थीं। उमा की टाँगें थरथराने लगीं। अखरोटी लकड़ी के नक्काशीदार पलंग का एक कोना लड़के की पीठ पीछे झाँक रहा था। इस विशाल पलंग पर खड़ा अजय बचपन में हाई जम्प की प्रैक्टिस किया करता था।

"चलो!" अशोक ने इशारे से कहा। इधर संवाद की कोई गुंजाइश नहीं थी। ऊपरली मंजिल की सीढ़ी के दरवाजे पर लोहे का मोटा ताला लटक रहा था। "उधर बन्द है।" युवक की आवाज धमाके से बजी।

"वहाँ हमारा कुछ जरूरी सामान है।"...अजय बोलते-बोलते हकलाने लगा।

"हमने कहा न, कोई सामान इधर नहीं था। फर्नीचर हम खुद ले आए हैं।"

"आप ताला खोल देते तो..." पता नहीं उमा ने कहाँ से हिम्मत जुटाई।

"मुमकिन नहीं। उधर कुछ जरूरी सामान है। आप लोग जाओ नहीं तो बेकार में खून-खराबा ...।"

अजय ने उमा की चुन्नी का छोर खींच लिया। यह चुपचाप खिसकने का इशारा था। अशोक के आगे बबली का क्षत शरीर कौंध गया।

सीढ़ियों पर उतरते ही नीचेवाला बूढ़ा दिखा। ऊपर ही आ रहा था—"तुम्हें कुछ देना है 'कूरी' (बेटी)।"

उमा अभी युवक की धौंस-भरी चुनौती से उबर नहीं पाई थी।

"क्या?" गला खुश्क हुआ जा रहा था। क्या करने आई वह इधर?

"यह बुखारचे की आलमारी की चाबी है। उधर तुम्हारा मन्दिर है न?" उसने फिरन की भीतरी जेब से जंग लगी ताली निकाली और उमा के हाथ में थमा दी। उमा हयबुंग देखती रही।

"देख लो, अपना 'अस्तान' देख लो। इतनी दूर से आए तो...।"

"मैंने अलमारी में ताला लगाकर चाबी अपने पास रखी है। लड़के लोग यह सब नहीं समझते न।"

उमा अजय बुखारचे के पास पहुँचे तो वृद्ध बरामदे में खड़ा रहा। बुखारचे की लाल-नीले काँच जड़ी खिड़कियाँ खुली पड़ी थीं। कोने में तेलिहा तकिया और बंडपुरी चादर तहाकर रखी थी। वृद्ध शायद इधर ही सोता हो। अलमारी में जड़ा ताला खोला तो बन्द अलमारी से सीलन-भरी गन्ध का भभका बाहर आ गया। इस 'बाबू जी के पूजागृह' में घर के देवता विराजते थे। घर बनाते समय ही यहाँ बड़ी अलमारी में नन्हे-मुन्ने देवताओं को 'स्थापित' किया गया था। यहीं इसी बुखारचे में बैठ पापा धूप-दीप जलाकर सुबह-शाम पूजा-अर्चना किया करते।

उमा ने देवताओं की मूर्तियाँ छू लीं तो पिता जी के भाव-विभोर शिवस्तुति के श्लोक अगरु गन्ध के साथ बुखारचे में फैलने लगे—'स्वात्मनि विश्वगते त्वयिनाथे, तेन न संस्पृति भीतेः कथास्ति, सत्: स्वपि दुर्धर-दु:ख विमोह-त्रास-विधायिषु कर्म गणेषु।'

'हे नाथ! भयंकर दु:ख और मोह उत्पन्न करनेवाले कर्मों के जाल में फँसे हुए आप के भक्त, इस भावना से कि विश्व आप का ही रूप है, अत: वे संसार के क्षणिक दु:खों से डरते नहीं हैं। क्योंकि डर अथवा भय तब होता है जब दूसरा

हो। जब आप के बिना कोई दूसरा है ही नहीं तो डर कहाँ?'

जब आपके बिना कोई दूसरा नहीं तो डर कैसा? लेकिन डर रही है उमा। डर रहे हैं अजय और अशोक। श्मशान भूमि के शिव मन्दिर में निर्भय होकर 'त्रिजटाधर गंगाधर, शंकर रोजसानें' गानेवाली भगवान शंकर की भक्त माँ भी डर गई, जब आतंकवादियों ने उसके अखरोटी दरवाजे पर घर छोड़कर जाने का रुक्का चिपका दिया। सनातनधर्मी ब्राह्मण बहन-बेटियों की बेहुरमती की आशंका से भयभीत हो गए। भय से मुक्ति नहीं। जैकेटवाले युवक ने घर में घुसने से रोका क्योंकि उधर सामान था। कैसा सामान? कलिश्निकोव और बारूद? उधर पिता जी का पुश्तैनी पुस्तकालय था। साहित्य, इंजीनियरिंग और विज्ञान की जिल्द बँधी पुस्तकों से सजी काँच की आलमारियाँ...' वहाँ भी डर दुबककर बैठा था।

किसी गर्भगृह की कन्दरा में बन्द देवताओं की मूर्तियों के फ्रेम भुरभुराकर ढहने लगे थे। शारिका-राज्ञा और शिव-पार्वती की युगल मूर्तियों के फोटो-फ्रेमों पर दीमकों की मोटी तह जम गई थी। उमा ने चुन्नी से लीर काटकर देवताओं के मुरझाए मुख पोंछ दिए। छोटी-छोटी देव मूर्तियों के जाले साफ कर उन्हें सुथरी जगह पर बिठा दिया। सिन्दूर, अक्षत के अवशेष उमा ने ज्यों-के-त्यों रहने दिए। ताम्र-पत्र, शंख, आरती, निर्माल्य के बर्तन, शिवलिंग के शीश के ऊपर नन्ही-सी घड़वी...

उमा ने गणेश और शिव-पार्वती की संगमरमरी युगल मूर्ति एहतियात से उठाकर माथे से लगाई। रूमाल में बाँधकर उन्हें फिरन की जेब में डाल दिया और अलमारी का ताला लगा चाबी वृद्ध के हाथ में दे दी।

वृद्ध ने मना किया—"आप रख लो। मैं क्या करूँगा? आज मरा तो कल दूसरा दिन। कब्र में पैर लटकाए बैठा हूँ...।"

उमा की आँखों में कुहरा छा गया—"इसे सँभालकर रखना। कभी लौटी तो ले लूँगी आप से।"

बूढ़ा पिघली आँखों से देखता रहा—"अल्लहमदुलिल्लाह। जरूर लौटेंगे। खुदा के फजल से।"

वृद्ध ने चाय के लिए इसरार किया लेकिन उमा अजय वहाँ से भागना चाहते थे। जो 'घर' आने को उकसा रहा था वही अब तेजी से वापस धकेल रहा था।

जाते-जाते वृद्ध दुआएँ देता रहा—"हम भी लौट जाएँगे, अल्ला-ताला ने चाहा तो जल्दी घर लौटेंगे। कहते हैं मुआवजा मिलेगा। हमने 'भट्ट' भाइयों को कभी गैर नहीं समझा। खुदा जानता है...नई पौध नहीं समझती। वक्त का कहर है... क्या कहें,

मर रहे हैं वे भी गोली खाकर...अल्लाह रहम करे। ऊपर पुलवामा से आए लड़के रहते हैं। उधर लड़कों को जबरदस्ती उठाकर ले जाते हैं, इसी मारकाट की ट्रेनिंग के लिए। क्या करें?"

जाते-जाते वृद्ध दरवाजे तक आ गया—"उम्मीद कायम रखो बेटी! अल्लाह की मेहर हुई तो हालात बदल जाएँगे।"

उमा को लगा, वह रो पड़ेगी। उजाड़-वीरान घर में वृद्ध की आत्मीयता बोझिल लगने लगी।

सड़क पर निकले ही थे कि वृद्ध का लडका मिल गया। वृद्ध ने परिचय कराया, "मेरा फरजन्द है, चाय की दुकान है बाजार में। यह घरवाले हैं रहमान बेटा...।"

लड़का कार तक छोड़ने आया तो उमा ने मुड़कर मुख्य द्वार देखा। छोटी सत्या की शादी में जो द्वार के दोनों तरफ हल्दी-चूने-मेहँदी से रचे बेलबूटे बने थे, उनके निशान दीवार पर ठहर गए थे। बूढ़ेवाले कमरे में मेहँदी-रात को देर तक तुम्बकनारियों पर 'छकरी' बजती रही थी...। गेट के पास लाल सीमेंट की सड़क पर खुदे शतदल पर रखी पापा की अर्थी आँखों के आगे कौंध गई। ढेरों-ढेर गेंदे-गुलाबों से सजी पापा की निष्प्राण देह और घर के लोगों का करुण रुदन। कर्मकांडी ब्राह्मण का हिदायती स्वर गूँजा—'तुम्हारे पिता अब शिव हो गए हैं। आरती करो। रोना नहीं।' लॉन में खड़े लोगों की सीढ़ियों, खिड़कियों से झाँकती बीसियों आँखों से झरते आँसुओं के बीच आरती के आर्द्र स्वर पीछा करते रहे...।

'शिव शंकर, शिव शंकर, हरू में हर द्वरितम...।'

अपने कहारों के कन्धों पर सवार पिता अन्तिम यात्रा को निकले थे, भयमुक्त। भाग्यशाली थे।

भय कैसा? जब आपके बिना कोई दूसरा नहीं तो डर कैसा?

रमजान अशोक के साथ फुसफुसाकर कुछ बातें करने में व्यस्त था। ऊपर की कलौंछ खाई खिड़की, नीचे कटे पेड़ों के ठूँठ, मेखों जड़ी दीवारें, घरवालों की याद में झर-झर रोता नल, सभी उन्हें देख रहे थे। शायद किचन से लगी काकपट्टी भी। उमा ने जेब में रखी देव मूर्तियों को जोर से भींच लिया और सीट से सिर टिकाकर आँखें बन्द कर लीं।

कार अब खुली सड़कों पर दौड़ रही थी। शहर पीछे छूट रहा था। पर्वत शिखर पर बैठा शंकराचार्य का मन्दिर दूर तक साथ-साथ चलता रहा। अजय-अशोक टुकड़ों में बतिया रहे थे—"अब यह शंकराचार्य मन्दिर ही लो, ढाई हजार वर्ष ईसा

पूर्व गुणाढ्य वंश के राजा सन्धिमान ने बनाया था। इसे भी तौसफी लोग 'कोहे मारान' सिद्ध करने की कोशिश कर रहे हैं।"

"हाँ! छह सौ साल पहले सिकन्दर बुतशिकन ने मन्दिरों, पवित्र ग्रन्थों को ध्वस्त कर प्राचीन इतिहास को मिटाने की कोशिश की थी। अब नए जमाने में नए ढंग से मूल निवासियों को निर्मूल किया जा रहा है।"

हारी पर्वत के ऊपर चक्रेश्वर का मन्दिर सिर उठाए वादी को देख रहा था—"कहते हैं, इधर उमा ने सारिका का रूप धरकर राक्षस जलोद्भव का वध किया था और वादी के लोगों की रक्षा की थी। वक्त-वक्त पर इधर मस्जिदें-गुरुद्वारे बने। कैसा संगम रहा यह धर्मों का!....और आज?"

माम्पु के केसर-खेत यासुमन फूलों से बरजस्त लहरा रहे थे। अजय पर अतीत हावी हो गया—'हम बचपन में पापा के साथ ताँगे पर सवार होकर चाँदनी रातों में 'कोंगफुलय' देखते यहाँ आते थे। पापा कितने सुरीले सुरों में वह केसर की बहार का गीत गाया करते—

यार गयोम पोंपुर वते, कोंग पोशव रोट नाल मते।"

मेरा प्रिय पाम्पुर गया तो रास्ते में केसर के फूल गले से लिपट गए। इधर लल्लद्यदी का जन्म हुआ था, जिसने कहा—"शिव सर्वत्र व्याप्त है। हिन्दू-मुसलमान का भेद मत करो...।"

अरे, अब तो नुन्दऋषि का चरारे शरीफ भी जला दिया गया...

उमा ने अचानक ही अशोक से पूछा, "वह रमजाना तुमसे क्या कह रहा था?"

"कह रहा था, इधर हम हरदम मौत के पंजे में फँसे जी रहे हैं...हालात बदल भी गए तो कितना फर्क पड़ेगा...?"

"यानी?"

"यानी क्या? कह रहा था, घर बेच दो। हम खरीद लेंगे...आप लोग अब लौटकर इधर क्या करोगे? आगे क्या पता...।"

"मगर बूढ़ा तो?"...उमा ने अधबीच ही टोका।

"बूढ़ा तो बीता समय है उमा बहन, रमजाना आज की पौध है। इस बीच वितस्ता में काफी पानी बह गया है। तुम क्या नहीं जानतीं?"

"ड्राइवर, कार रोक दो।" उमा ने आदेश-सा दिया। अजय और अशोक आश्चर्य से देखते रहे। उमा चिनार के पेड़ से टहनियाँ काटकर डिक्की में भर रही थी। क्या कर रही है यह लड़की?

बनिहाल के पास पहुँचे तो उमा खड्ड और दरारें देखती रही।

"इधर कहीं 'भट्ट गजिन' है। मालूम है, सदियों पहले तातार डुलचू हजारों भट्टों को दास बनाकर साथ ले गया, पर यहीं कहीं बर्फीले तूफान में फँस गया। भट्टों के साथ उसकी भी कब्र यहीं बन गई।"

क्या कहना चाहती है उमा?

"डुलचू और सिकन्दर बुतशिकन के बाद भी भट्ट दोबारा वादी में बस गए...। ग्यारह घरों में सिकुड़ने के बाद भी। तुम लोग रमजाने की बात कैसे सच मान गए?"

"उसके लिए बड़शाह और तेगबहादुर को जन्म लेना पड़ेगा जिसकी आज उम्मीद कम है।" उमा आवेश से थरथरा रही थी और अजय नाउम्मीद था।

अशोक ने उबारना चाहा—"भई! जोरों की भूख लगी है। बनिहाल में खाना खाएँगे।"

"मुझे भूख नहीं है, तुम लोग खा लो।" उमा गले में अटके आवेग को उगलना चाहती थी।

"इधर चन्द्रभागा के किनारे बैठते हैं। ठीक पहले दिनों की तरह। हूँ? देखना, कैसे भूख जागती है।"

चन्द्रभागा के किनारे उन्होंने खाना खाया। पिछली यात्राएँ याद कीं। पुलवामा के युवक और रमजाने को जेहन से उतारना चाहा और वृद्ध को याद करते रहे, ठीक वैसे ही जैसे सदियों पहले सिकन्दर को लोग भूल गए और बड़शाह को याद रखा। शायद भीतर वे किसी बड़शाह के जन्म का इन्तजार कर रहे थे।

उमा रास्ते-भर नन्हे शिवजी को सँभाले सोचती रही कि माँ को लौटकर क्या कहेगी? यही कि काकपट्टी पर अब पुरखे नहीं आते? घर का ध्वस्त हुलिया बयान करे या पुलवामा के लड़के की बातें? या रमजाने के घर बेचने का मशविरा?

बेचैन प्रश्न दिमाग में भन्ना रहे थे। पर एक तसल्ली भी थी कि शिवजी को अपने घर से निष्कासित करके उसने माँ के लिए कम-से-कम यादों का एक वृहद् कोष जिन्दा तो कर ही दिया है—बिना किसी अनुष्ठान के, छूटे सिरे का प्रतिष्ठापन।

शायद संवाद

नीलकंठ सोने की कोशिश में कई करवटें बदल चुकने के बाद, अब आँखें मूँद शवासन में लेटे हैं। बेहरकत! इसी शिथिल अवस्था में नीलकंठ नींद के आगोश में चले जाते हैं। एक अभेद्य चादर उन्हें आपादमस्तक लपेट लेती है, जहाँ बस वे होते हैं और उनकी जादुई पिटारी; रंग-बिरंगे, उलझे-सुलझे धागों से अटी पड़ी कि खुल गई तो, गिलि-गिलि छूऽऽ कर, कई-कई चेहरों, तसवीरों और दृश्यों के करतब दिखाने लगेगी।

इधर पिटारी खुलने से डरने लगे हैं नीलकंठ! दृश्यों के आघात सह नहीं पाते। बदहवास हो उठते हैं, पत्थरों की बरसात में निहत्थे और निपट अकेले! एक के बाद दूसरा पत्थर! कैसे रोकें इन्हें! पत्थर न प्यार की भाषा समझते हैं, न डाँट-फटकार! तो क्या शुतुरमुर्ग की तरह गर्दन पंखों में घुसा 'सब सही सलामत' वाले भ्रम में निश्चिन्त हो जाएँ!

लो! दिमाग में बात आई नहीं कि दो किशोर सिर आँगन की दीवार के ऊपर उझक आए, छोटे हाथों में बड़े पत्थर लिये!

"भागो पंडित, मिलिटेंट आ रहे हैं, भाग जाओ!"

गुनगुनी धूप में ऊँघता नीलकंठ, रबर के बबुए-सा खड़ा हो जाता है। लगभग दौड़ता हुआ घर के अन्दर बन्द हो जाता है। कुंडी लगाते हाथ काँपने लगते हैं। बाहर से दबी-दबी हँसी की आवाजें आती हैं।

नीलकंठ कमरे के बीचोंबीच, उजबक-सा खड़ा रह जाता है।

"हया बदमाशो! बड़े-बूढ़ों का लिहाज करना भूल गए? शैतान कहीं के। जाओ, घर चले जाओ।" रहमतउल्ला की डाँट लड़कों को छितरा देती है। तो! नीलकंठ अब मजाक का विषय बन गया है!

दृश्य बदलता है! रघुनाथ हाँफता हुआ घर में दाखिल होता है।

"अतीक-निसार ने गली में पकड़ लिया। अब मैं यहाँ नहीं रह सकता।"

"क्यों?" नीलकंठ हैरान है। यह सब क्या हो रहा है? रघू काँप क्यों रहा है?

"अल्टीमेटम दिया है। दो दिन में घर खाली करो। तुम्हारे भाई-बन्द तो कब के चले गए। तुम यहाँ किसलिए पड़े हो?"

विशम्भर बड़े भाई को हाथ पकड़कर बिठाता है।

"कौन कमबख्त कह रहा है हमें घर छोड़कर जाने को? हमारा घर है, कोई किराएदार हैं क्या? आप भी भाईलाल, मेंढकी की टर्र-टर्र को शेर की दहाड़ समझते हैं। हम चले जाएँ? अरे! वी हैव ए हिस्ट्री ऑफ फाइव थाउजेंड ईयर्स (पाँच हजार वर्षों का इतिहास है हमारा)। किसी सिरफिरे ने कह दिया, 'जाओ', और हम दुम दबाकर भाग जाएँ...?"

विशम्भर की रगों का जवान खून अल्टीमेटम के आगे खौलने लगता है।

"विशू! तुम नहीं समझते। ये सिरफिरे निजामे मुस्तफा के नाम पर कुछ भी कर सकते हैं। कौल का क्या हुआ? महाराज रैना तो रुक्का मिलने के बाद भी घर में रहा तो दिन-दहाड़े चार जने घर में घुस आए। पूरे खानदान को भून डाला! ना भई ना, मैं कोई रिस्क नहीं लेना चाहता।"

"आप नाहक डर रहे हैं भाईलाल! हनीफ मेरा दोस्त है। उससे बात करूँगा। उसके साथी निपट लेंगे अतीक-निसार से!"

"विशु प्लीज! किसी से इस बारे में बात न करना। इन लोगों की कई तनजीमें हैं। एक से छूटेंगे तो दूसरा दबोच लेगा।"

"अच्छा-अच्छा! किसी से कुछ न कहूँगा, आप शान्त हो जाओ।"

विशू ने बड़े भाई को दिलासा दिया और शाम ढलते ही घर से निकल पड़ा—"काकनी, पाँच मिनट में लौटूँगा। खाना तैयार रखना।"

"कहाँ जा रहे हो इस वक्त?" रघुनाथ ने टोका।

"बस, पास में ही जा रहा हूँ। अभी आया, फिक्र न करो।" विशू रुका नहीं।

रूपावती थाली लिये बैठी रही। नीलकंठ-रघुनाथ इन्तजार करते रहे। विशू नहीं लौटा।

"कहाँ गया लड़का?" माँ खिड़की-दरवाजे खोल गली निहारती रही। रघुनाथ दोस्तों-नातेदारों को फोन करता रहा। रात सीने पर अजगर बनकर बैठी रही। माँ का खून सूख गया—"अन्धेर नगरी हो गया है अपना गाँव। कब क्या हो, कोई भरोसा है क्या?"

विशू नहीं लौटा! रघू उजास फूटते ही घर से निकल पड़ा था। कहाँ रह गया लड़का?

दूर नहीं जाना पड़ा! विशम्भर गली के मोड़ पर ऐंठा पड़ा था। खून से लथपथ! धरती में मुँह गड़ाए! नीलकंठ का बहादुर बेटा एक गोली से हार गया। पाँच हजार साल के इतिहास से उसका नाम कट गया।

"अब भी नहीं जाओगे?" अतीक की भूरी पुतलियों में बारूद भरा था।

"अब अन्त समय दगा दे जाऊँगा अपने पुरखों को? मेरा जन्म यहीं, मरण यहीं, देवता यहीं, मसान यहीं! तुम लोग जाओ।" नीलकंठ बिदाख दे रहा है।

रूपावती न हँसती है न रोती है। एकटक दरवाजा टोहती रहती है—"आता होगा विशू। उसे भात गरम करके कौन देगा? तुम लोग तो उसे सूखे अकड़े कराड़े खिलाओगे। आलसी जो हो!" काँगड़ी फूँक-फूँक उसके कपोल दहक रहे हैं, "ठंड में आया है लड़का। लौटकर पूछेगा, मेरी काँगड़ी काकनी?"

रघुनाथ का ब्लड प्रेशर बढ़ गया है—"प्लीज बबा! जिद मत करो। अंजू, मंजू की सोचो, किस-किससे बचाऊँगा इन्हें? अब जो भी साबुत है उसे तो समेटने दो।"

"तुम जाओ रघू, माँ को भी ले जाओ! मेरा क्या! कल मरा न आज!" रघुनाथ पिता के पैर पकड़ सुबक रहा है—"बबा! माँ की हालत देखो। इस मुसीबत में हमें एक-दूसरे की जरूरत है।"

मोहिनी बहू-बेटियों को बाँहों में बाँधे चुपचाप धरती ताक रही है। नीलकंठ सहमी बेटियों को देख काँप उठता है—"शिवशम्भो! जैसी तेरी इच्छा!"

बाहर रात है। कुहासा झरती रात। नसों में जहर घोलती रात! रोशनी की फाँक भी कहीं नहीं। सिर-कन्धों पर बुगचे-बैग उठाए रघुनाथ-नीलकंठ पहचाने रास्ते टटोल-टटोल गली-कूचे लाँघ रहे हैं। खाली घरों की कतार के बाद, रहमतउल्ला की खिड़की से रोशनी की शहतीर नजर आती है। रहमतउल्ला भरे गले से आवाज दे रहा है। तसल्ली या कि बुरे वक्त का स्यापा? नीलकंठ समझने की स्थिति में नहीं है। कुछ शब्द मुड़कर देखने को मजबूर कर रहे हैं। 'जल्दी लौट आओगे अल्लाताला सबका निगेहबान! इधर की फिक्र मत करना!' 'मैं हूँ न?' नीलकंठ रोशनी की शहतीर की तरफ हाथ जोड़ता है। रहमतउल्ला क्या अँधेरे को बेधकर देख पाएगा,

नीलकंठ के भीतर घुमड़ता हाहाकार? नीलकंठ ने शिवमन्दिर की दिशा में भी हाथ जोड़ दिए। मन्दिर में अँधेरा था। भगवान गाढ़ी नींद सो रहे थे। नीलकंठ के बहते आँसू कैसे देख पाते?

नीलकंठ, मर्द मौतबर! कैसे औरतों की तरह सुबक रहा है! वो यों बदहवास-बेहाल हो जाएगा, तो बाल-बच्चों को कौन दिलासा देगा?

नीलकंठ बच्चों को आवाज देते हैं—"रघुनाथ! मोहिनी! अंजू बेटी!" कहीं कोई नहीं। नीलकंठ की आवाज खाली दीवारों से टकराकर लौट आती है। आऽऽ ईऽऽ! नीलकंठ आँखें खोल चौतरफा देखने लगते हैं। अरे! ये कहाँ हैं? अलिफ़ अकेले! वे शायद नींद में जम्मू पहुँच गए थे! गला सूख रहा है। "अरे, भई कोई है?" ठस्स अँधेरी रात! दिन तो गुजर जाता है, धीरज दो बातें कर जाता है। पर रात नहीं बीतती, निपट अकेले। रात गहराते ही कब्र में उतरने लगता है नीलकंठ। कोठरी में मेह झर रहा है। भारी मिलिट्री कम्बल के नीचे भी नीलकंठ को कँपकँपी छूटती रहती है।

बारह साल! बारह साल बाद नीलकंठ घर लौटा है। लेकिन यहाँ घर की जगह मलबे का ढेर पाया। ईंट-कोयला, टिन के पत्तर तक गायब। कहाँ गया घर? सुना तो था पीछे से लोगों के घर जला दिए गए हैं पर नीलकंठ को रहमतउल्ला पर भरोसा था। उसने जाते वक्त कहा था...! नीलकंठ पागलों की तरह मलबे के चक्कर काटता रहा। उधर शहतूत का पेड़ हुआ करता था। अधजला ठूँठ-भर पड़ा है। नीलकंठ ने तूत की जड़ों पर हाथ फेरा। वही है, वही है। कैसे नहीं पहचानेगा वह? साथ नहीं छोड़ा उसने घर का! जीना-मरना साथ! नीलकंठ के भीतर हूक-सी उठी। रूपा यों ही घर के साथ शहतूत के वृक्ष को याद नहीं करती थी।

संग साथ संवाद! ढेर सारे पाँखी तूत के पेड़ पर बैठ कच्चे-पक्के फल कुतरते, लड़ते-झगड़ते और मीठी बोलियाँ सुनाते! रूपा तो पाँखियों से खूब बतियाती थी!

वुड़र पार लाल से पीले हुए चिनार के पत्ते कालीन बिछा गए हैं। पाँव पड़े तो चीखते हैं, चरमर-चर्रमर्र! विषाद राग! नीलकंठ आसपास कोई पोशनूल ढूँढ़ रहा है, कोई सतुत, सुग्गा, गुगी! ऐन दीठ के आगे, ठूँठ हुई शाखें आँखों में नेजे चुभोती हैं।

साठ से बहत्तर साल का हो गया नीलकंठ, जम्मू के कैम्पों में। घर के लिए भी पराया हो गया। कुछ भी तो पहले जैसा नहीं लगता। दोस्त भी बेगाने हो गए। रहमतउल्ला? उसने कहा था—"फिक्र न करना, मैं हूँ न!" नीलकंठ ने सोचा, मिल ले, पर पाँव नहीं उठे। रघू ने कहा था—"अतीक निसार जब मुझे धमका रहे थे,

रहमत का लड़का भी उनके साथ था।" क्या पता इस बीच वह भी बदल गया हो।

घर के मलबे पर बैठा नीलकंठ स्यापा करता रहा। कहाँ जाए? जम्मू से तो कहकर चला—"यार-दोस्त हैं वहाँ, क्या अकेले बन्दे को गज-भर जगह नहीं देंगे?" इधर पहुँचते ही राख हुई घरों की कतार में श्मशान से साक्षात्कार हुआ। अरे, मवालियो, घरवाले तो घर छोड़कर चले गए थे इन ईंट-लकड़ी के खाँचों से कौन-सा खतरा था तुम्हें? एक तीली दिखाई होगी और दर्जन-भर घर स्वाहा हो गए। उम्रों के धरौंदों का हशर! नीलकंठ की हिम्मत जवाब देने लगी। बस स्टॉप से पैदल चलकर आया था, थकान भी थी। शायद ऊँघ आ गई हो। बी. एस. एफ. के जवानों ने उसे ढुला-ढुलाकर जगाया तो वह हयबुंग-सा उन्हें देखता रहा।

"कौन हो? कहाँ से आए हो, यहाँ क्या कर रहे हो?" उन्होंने कई तुर्श सवाल किए जो नीलकंठ को छीलते हुए निकल गए।

"मैं, नीलकंठ भट्ट! बारह साल बाद घर लौटा था। सोचा, इधर नई सरकार बनी है। हालात अब ठीक हो जाएँगे, मगर इधर मेरा घर...जलाकर राख कर दिया है।" बोलते-बोलते नीलकंठ का गला अवरुद्ध हो गया।

जवानों ने उसे एक्स-रे नजर से देखा, कम्बल, फिरन टटोला। बुगचे में तौलिया, शेव बनाने का सामान, साबुन, कुछ सूखा राशन और अगड़म-बगड़म चीजें थीं। वे उसे मेजर साहब के पास ले गए। मेजर साहब दयावान थे, बातचीत की, और मन्दिर से लगी कोठरी में उनके रहने का प्रबन्ध करवा दिया। एक उत्साही जवान उसे देखकर जाने क्यों बेहद खुश हुआ।

"बाबा! तुम इधर रहकर भगवान की पूजा-अर्चना करो। पुण्य कमाओ। हम तो बस माथा नवाना जानते हैं। तुम तो पंडित हो न!"

मेजर साहब ने आश्वस्त किया—"कोई फिक्र न कीजिएगा। जिस चीज-बस्त की जरूरत हो इस धीरज से कहिए, लाकर देगा।"

मुश्किल से बाईसेक वर्ष का लगता जवान धीरज, एक मोटा मिलिट्री कम्बल और राशन लेकर नीलकंठ के साथ हो लिया। कोठरी में सामान जमाकर बतियाने लगा—"मेरा नाम तो बाबा, आप जान ही गए, धीरज, पर मेरे दद्दा मुझे 'धीरू' कहते हैं। मैं आपको दद्दा कहूँ बाबा? मेरे दद्दा बिलकुल आप जैसे ही दिखते हैं..."

नीलकंठ ने अनुभवी नजर से लड़के को परखा, दूर पार के मैदानों से आया है। घरवालों की याद आती होगी। उसे लड़के पर प्यार आया—"हाँ, हाँ क्यों नहीं। दद्दा तो हूँ ही मैं। दरअसल धीरज बेटा! सभी बूढ़े एक जैसे दिखते हैं, खिचड़ी दाढ़ी

झुकी कमर, मुँह से दाँत गायब और सहारे के लिए मुहताज...!"

धीरज ने टोका—"बस, बस दद्दा, इतने से ही कोई किसी का दद्दा थोड़े बनता है?"

नीलकंठ को अच्छा लगा—"जीते रहो बेटा! सौ साल जियो।"

"यह ठीक है दद्दा! इधर उम्र का आशीर्वाद बहुत जरूरी है।" धीरज हँसता है। नीलकंठ मुग्ध होकर देखता है। इस पराई हुई अपनी धरती पर, यह उसका कुछ न लगता लड़का, कितना अपना लगने लगा है! लेकिन!

लेकिन क्या? तुम उम्र का आशीर्वाद दे सकते हो, उम्र की गारंटी नहीं। मन्दिर की रखवाली के लिए तैनात धीरज और उसके साथी भी सीमेंट की बोरियों की आड़ में खम्भों की तरह, धूप बारिश में खड़े, गोलियों के साये में जी रहे हैं। तुम्हारा विशु तो एक ही गोली से हार गया। यह कितनी गोलियाँ सह पाएगा?

दिन तो गुजर जाता है, छुटपुट संवादों में, रात नहीं कटती। खूँख्वार दुश्मन की तरह पंजों में दबोचे रखती है। आज तो पलकें मुँदने का नाम ही नहीं लेतीं।

रात के सन्नाटे को चीरती हुई गोलियों की आवाज, नीलकंठ को चौकन्ना कर देती है, कौन मरा? किसने गोली चलाई?

यों पिछले महीने-भर से यहाँ रहते, गोलियों की सदाएँ पहचानी-पहचानी लगने लगी हैं। बी. एस. एफ. का सेंटर भी पास ही है। हो सकता है प्रेक्टिस कर रहे हों! धीरज कहता है—"रोज का ही सिलसिला है यह दद्दा! आज मुठभेड़ में आठ मरे, जिसमें चार जवान थे, दो पाकिस्तानी घुसपैठिए और दो नागरिक!"

आदमी अब गिनती हो गया है। उसका नाम, उसकी वल्दियत, उसका परिवार किसका बेटा, किसका पति? यह सब अब कोई नहीं पूछता। मरनेवाले पर अब कोई नहीं रोता। रोज की बात जो हो गई है। मौत का भी आदी हो जाता है आदमी! जवानों की माँएँ तो दूर हैं। बेटों को मृत्यु का तिलक लगाकर वादी में भेज देती हैं।

"क्या हो गया है मेरी ऋषि वाटिका को?" नीलकंठ अकेले बैठे ललद्यद को याद करता है। 'शेव छुय थलि-थलि रोजान...' कहा था उस सन्त योगिनी ने। शिव सर्वत्र व्याप्त है, हिन्दू-मुसलमान में भेद मत करो। नूरुद्दीन वली ने भी दुहराया था, 'एक ही पिता की सन्तान हैं हम सब, सो भेद-भाव कैसा?' लेकिन अब? एक जेहादी है दूसरा काफिर! लोग ललद्यद, नूरुद्दीन वली को ही नहीं, महजूर और नादिम को भी भूल गए हैं।

नीलकंठ ठंडी कोठरी के अँधेरे कोनों-अँतरों को देखकर घबरा जाता है। भय! विचित्र-सा भय! काश! कोई पास होता, किसी से दो बात कर पाता! कनटोप

से सिर-कान ढक, नीलकंठ फिरन के ऊपर भारी मिलिट्री कम्बल ओढ़ लेता है। कोठरी का दरवाजा उढ़का, पास ही गाय-बाड़े की ओर चल देता है। चौतरफ चोर नजर डाल निश्चिन्त-सा हो बाड़े में घुस जाता है। बाहर अपशकुनी अँधेरा है, हवा की साँस भी थम गई है।

गौशाला में घास के पूलों और गाय-बैलों की देह गन्ध से मिली-जुली गरमास है। जीवित प्राणियों का अहसास नीलकंठ को अच्छा लगता है। गायें इस अप्रत्याशित आगमन को सूँघ, मुँह उठा नीलकंठ को पहचानने की कोशिश करने लगीं। डाँऽऽऽ बाँऽऽऽ! नीलकंठ ने जवाब में गायों की पीठों पर स्नेह से हाथ फेरा—"हाँऽऽऽ मैं हूँ मैं हूँ।" नन्हे बछड़े के पास सरककर देर तक उसे सहलाते रहे। अच्छा लगा। पता नहीं चला कब वे घास के पूलों पर मिलिट्री कम्बल बिछा सो गए।

"दद्दा! दद्दा!" लगा, नींद में किसी ने पुकारा है। आँखें खोलीं तो सामने धीरज़ को खड़ा पाया—"अरे दद्दा, आप इधर? आपको कहाँ-कहाँ न ढूँढ़ा।" धीरज की आश्चर्यचकित मुद्रा ने नीलकंठ को शर्मिन्दा-सा कर दिया। क्या कहे? कैसे और क्यों इस गाय-बाड़े में चला आया? ठंड के कारण, डर के कारण या अकेलेपन से घबराकर?

कोठरी के दालान में सुनहरी धूप पसर गई है। पहाड़ों ने बर्फ के ताज पहन लिए हैं और मौसम में गुलाबी जाड़ा प्रवेश कर चुका है। नीलकंठ चाय में ब्रेड डुबो-डुबोकर खा रहा है, जैसे जन्मों का भूखा हो। धीरज जाने कहाँ-कहाँ की दास्तानें सुना रहा है।

"इधर, दीना नानवाई रहता था, उस तरफ! दिख नहीं रहा।" नीलकंठ अचानक पूछ बैठते हैं।

"दद्दा, मैं दो साल से यहीं मन्दिर की रखवाली में हूँ। कभी किसी नानवाई की दूकान नहीं देखी इधर।" धीरज जले हुए घरों की कतार को नजर-भर देख चाय के बर्तन समेटने लगता है।

"अच्छा! रहमतउल्ला को जानते हो? नुक्कड़वाले मकान में रहता था, रहमतउल्ला बंगरू।"

"वो...! जिसके लड़के ने बी.एस.एफ. के आगे आत्मसमर्पण किया है? मसूद का पिता?"

नीलकंठ कुछ चौंक गया—"हाँ, हाँ वही, पर आत्मसमर्पण कब किया?"

"दो साल पहले दद्दा! वह तो हीरो बन गया। बी.एस.एफ. ज्वाइन भी किया। पर रहमतउल्ला को मिलिटेंट रोज धमकियाँ देते हैं कि लड़के को उसी ने पट्टी पढ़ा

कर जेहाद के खिलाफ कर दिया। उनकी नजरों में मसूद और उसके पिता दोनों काफिर हो गए हैं।"

"कहाँ है अब रहमतउल्ला?" नीलकंठ की आवाज में चिन्ता थी।

"घर में ही है दद्दा! बाहर आना-जाना बहुत कम कर दिया है।"

नीलकंठ हैरान है। रहमतउल्ला के दोनों लड़के उसके सामने ही बड़े हुए हैं। मसूद और शौकत! मसूद बचपन से ही थोड़ा खुराफाती था। पर शौकत तो बेहद सीधा लड़का लगता था।

"तुम उसे बुला सकते हो?" नीलकंठ ने विनती-सी की।

"क्यों नहीं दद्दा! हमें तो उनकी भी खैर-खबर रखनी पड़ती है। घर में वह अकेला ही है, लड़का अनन्तनाग में ड्यूटी पर है। पत्नी तो हमारे रिकवरी सेंटर में रहती है। वहीं उसका इलाज चल रहा है।"

"फातिमा? क्या हुआ उसे?"

"वो तो समझो पूरी पागल है दद्दा! सबसे छोटा लड़का मारा गया, तभी से गुमसुम पड़ी रहती है। न खाने का होश, न पहनने-ओढ़ने का।"

धीरज को जितना मालूम था, सुना दिया। आगे खुद रहमतउल्ला ने अपनी दास्तान नीलकंठ को बयान की—

"दोनों लड़कों को पाकिस्तानी घुसपैठिए जेहाद के नाम पर फुसला-बहका कर ले गए। हमारी किसी ने न सुनी भाया। कुरान पाक की कसम! हमारी जरा भी मंशा न थी कि लड़के सरहद पार, मारकाट की ट्रेनिंग के लिए चले जाएँ। बड़े की तो मानता हूँ अक्ल मारी गई थी पर छोटा तो रो-रोकर फरियाद करता रहा, मुझे छोड़ दो। लेकिन वे नहीं माने, ले गए, जैसे जिबह के लिए बकरा ले जाते हैं।"

रहमतउल्ला की मटमैली आँखों में आँसुओं की बाढ़ उमड़ आई। वह कम्बल में मुँह घुसा सुबकने लगा—"छः महीने बाद उसे घर के दरवाजे पर पटककर चले गए। बच्चा पहचान में ही नहीं आया। कोयले जैसा रंग! बुखार में तप रहा था। क्या कहूँ भाया, दोनों पैर सूज गए थे, 'शूह' बिगड़कर पीप पड़ गई थी। पैर धोते फातिमा का कलेजा हिल गया, ऐसे सूराख हो गए थे..."

रहमतउल्ला ने फिरन की बाँह से मुँह पोंछा—"तुमसे क्या कहूँ भाया, औलाद का दुःख तुमने क्या कम सहा है? बच्चे बेमौत मारे गए भाया, अभी तो उनके खेलने-खाने के दिन थे...।"

नीलकंठ और रहमतउल्ला, दो पिता औलादों को याद करते एक हो गए। एक ही दर्द एक ही पीड़ा, एक ही कसक! कौन किससे शिकायत करता!

"मसूद लौट आया, यह अच्छा हुआ।" नीलकंठ चाय बनाने के लिए स्टोव के पास चला गया। कहवे की जबरदस्त तलब उठी थी।

"हाँ! समझ गया, 'उन्हें' कश्मीर वादी चाहिए, कश्मीरियों से उन्हें कोई मुहब्बत नहीं। भाई की दुर्गत देखकर भी उसका भरम टूट गया। चिल्लयकलान में कुपवारा की पहाड़ियों में 'गन' देकर भेज दिया, 'लड़ो और मरो', न ढंग के जूते दिए न कपड़े।"

रहमतउल्ला के भीतर गुब्बार-सा उठा था।

"पहले हिन्दुओं को घर बाहर कर दिया फिर मुसलमानों को भी कहाँ बख्शा? आधी रात घरों में घुसकर खाने-पीने की फरमाइशें तो करते ही थे, घर की बहू-बेटियों की बेहुरमती करने से भी गुरेज नहीं किया। जिसने समझाने की कोशिश की, उसे गोली से भूनकर खामोश कर दिया।"

नीलकंठ हूँ-हूँ करता रहा—"चलो, लड़का लौट आया। अच्छा हुआ। आतंकियों की असलियत खुद देख आया। तुमने तो समझाने की कोशिश की थी।"

"हाँ, समझ गया, पर 'बाजस खराबी करिथ' (खराबी होने के बाद)।"

नीलकंठ ने गरम कहवा सामने रखा—"बादाम नहीं हैं, इलायची डाल दी है।"

"मैं कल लेकर आऊँगा, घर में मुट्ठी-भर पड़े होंगे।"

गरम कहवा सुड़कते दोनों बुजुर्ग दिल खोल बतियाते रहे।

"तुम कैसे रहे उधर, मैं तो अपनी ही दास्ताने-गम सुनाता रहा, भाभी को नहीं लाये?"

"तुम्हारी भाभी तो दो साल पहले मुझे छोड़कर चली गई।"

"खोदाय जन्नत बख्शे!" रहमतउल्ला को धक्का लगा—"दुःख भी बड़ा सहा बेनी ने! औलाद का दुःख सबसे बड़ा भाया!"

"हाँ, अधमरी तो पहले ही हो गई थी, साँप काटने का बहाना हो गया।"

नीलकंठ ने कैम्पों की हालत बयान की। रहमतउल्ला उत्सुक था।

"सुना, तुम लोगों के लिए पक्के घर बना दिए सरकार ने।"

"हाँ भाया! नथुने जैसे कमरे में पूरा टब्बर रहता था। रघुनाथ, उसकी बीवी, जवान बेटियाँ, रूपावती और मैं। सच पूछो तो रात को हाजत के लिए उठने से डरता था, कहीं कतार में सोए बाल-बच्चों को कुचल न दूँ। अच्छा हुआ, तुम्हारी भाभी ने अपनी राह ली! अब पिछले साल दोनों बेटियों की शादी कर दी, तो मैं भी थोड़ा फारिग महसूस करने लगा। सोचा अब गाँव लौट जाऊँगा। जो किस्मत में होना हो, हो जाए। सच पूछो तो अपने गाँव-घर की हवाओं के लिए भी तरस गया था।"

"सही कह रहे हो भाया! अपना घर-गाँव कौन छोड़ना चाहता है! अफसोस, मैं तुम्हारा घर बचा नहीं पाया। क्या कहूँ, किस मजबूरी में जिया हूँ। न मुँह खोले बनता था, न आँख बन्द कर पाता था। मुलुक की बरबादी देखने को जीना बदा था, वरना अपना जैसा भाईचारा और किस गाँव-घर में था?" रहमतउल्ला जैसे अपराधी बन गया था।

नीलकंठ ने उबारा—"इधर नई सरकार बनी तो लगा, शायद हालात बदल जाएँ। तुम्हें क्या लगता है?"

"डायलॉग की बात तो सरकार करने लगी है। जेल में बन्द कैदियों को छोड़ा भी जा रहा है। देखो, आगे क्या होता है।"

"उधर प्रधानमंत्री जिद पर अड़े हैं, पहले पाकिस्तान लड़ाई बन्द करे, घुसपैठिए भेजना बन्द कर दे, तभी बातचीत हो पाएगी।"

"बातचीत जरूरी है भाया, यह तो हम अपढ़ गँवार भी समझते हैं।" रहमतउल्ला ने बाल धूप में सफेद नहीं किए। जानता है, अब भटके हुए लड़के भी 'गन कल्चर' की असलियत समझ गए, पर घुसपैठिए?

"मगर लड़ाई बन्द कहाँ हुई?" नीलकंठ कहते-कहते रुक गया। उसकी आँखों के आगे ताजी घटनाएँ घूमने लगीं। जम्मू के रघुनाथ मन्दिर में गोलीबारी... बी.एस.एफ. के सेंटर पर आत्मघाती दस्तों का हमला...मस्जिद में तीन मिलिटेंटों का घुसना...!

"उम्मीद पर दुनिया कायम है भाया!" रहमतउल्ला कम्बल लपेटता उठ खड़ा हुआ। रात होने से पहले उसे घर पहुँचना है और पहाड़ों पर शाम के स्याह साये उतरने लगे हैं। नीलकंठ रहमतउल्ला को दरवाजे तक छोड़ आया।

"ठीक कह रहे हो भाया, जब तक साँसा, तब तक आसा।"

बाहर छुटपुट गोलियों की आवाजें बराबर आ रही हैं, शायद फिर किसी आत्मघाती दस्ते ने बी.एस.एफ. कैम्प पर धावा बोल दिया है।

चुप्पी की धुन

वह रहने नहीं आया था, लौटना तो उसे था ही, पर इस आने और जाने, मिलने और बिछड़ने के बीच, कभी वह देश-विदेश में भटकता, प्रतीक्षा के लम्बे दौरों से गुजरता और कभी रुक-रुककर, 'मैं यहीं हूँ' की दस्तकें देता रहा।

उसके अचानक दिखने और पलक झपकते गायब होने के आँखमिचौनी खेल में, एक दिन वह इस तरह अदृश्य हो गया, कि लगा अब वह अपने नाम और उस नाम के अर्थ के साथ हमेशा के लिए चला गया। लेकिन ताज्जुब कि वह कहीं नहीं गया, चेतना की गहराई में उतर, हमेशा के लिए वहीं बस गया। चुप और अडोल!

दरअसल उन दोनों को सागर से बड़ा लगाव था। जुड़ने और अलग होने के बीच वह सागर, जिसे सजल ने कैनवस पर उतारा था, उनके साथ-साथ, अपने ज्वारभाटों के संग साँसें लेता रहा। कभी लहरों के उद्दाम आवेगों में उन्हें लपेट लेता, कभी शान्त सतह पर बिछलते सुनहरे जादू से रोमांचित कर देता।

वहाँ खुद को खुद से अलग कर, चाहने और होने के रहस्य को परत-दर-परत खुलते देखने का आतंक-भरा सुख था।

लेकिन यह सब तो बाद की बातें हैं। पहली मुलाकात में तो किसी जुड़ाव की दूर-दूर तक कोई सम्भावना नजर नहीं आई थी। न युवा धड़कनों में कोई हलचल हुई, न ही कोई तिलिस्म घटा, बल्कि उनका मिलना ही गैर-रूमानी ढंग से हुआ था।

उस दूर पार के महानगर में पापा के तबादले के कारण स्वाति को अपनी अच्छी-भली नौकरी छूट जाने का दबा-दबा गुस्सा था। माँ के सादूटिका-गठिए के कारण, नए शहर में उनकी नई तकलीफों-परेशानियों की सम्भावना से डरकर वह परिवार के साथ तो हो ली, पर मन कहीं रम नहीं रहा था। महानगर की आपाधापी, दोस्तों-साथियों का छूट जाना, ऊपर से दिन-भर घर में बैठकर पढ़ाई-लिखाई के व्यर्थ होने का मरसिया पढ़ना।

उन्हीं ऊँघते दिनों में पापा के मित्र मिश्रा जी ने उबारा—"किसी दिन ऑफिस आ जाओ, प्रिन्सिपल के नाम पत्र दूँगा, मेरे परिचित हैं। फिलहाल, दो महीने का लीव चान्स है, इस बीच कहीं और भी कोशिश कर सकते हैं। तुम्हारे पास क्वालिफिकेशन्स हैं..." वगैरह! मौका पाते ही, फोन पर मिलने का समय-स्थान तय कर स्वाति दफ्तर पहुँच गई थी।

मिश्रा जी का दफ्तर, खंडहर होने को तैयार बैठे हवेलीनुमा मकान की ऊपरली मंजिल पर था। स्वाति उस रंग उड़ी जालीदार बारादरियों-बाल्कनियों से सजी हवेली की निचली मन्जिल में दाखिल हुई, जहाँ दाईं तरफ बड़ा-सा हॉलनुमा कमरा था। सफेद चद्दरों, गाव-तकियों से सजे उस कमरे में कई छोटे-छोटे सन्दूकचियों-डेस्कों के सामने, कुछ सेठ, कुछ मुंशीनुमा सूरतें बहियाँ खोले शायद, हिसाब-किताब देखने में मसरूफ थे। स्वाति उन व्यापारीनुमा सेठों के सामने खड़ी उजबक-सी सोचती रही कि यहाँ किस तरह का ऑफिस हो सकता है? लेकिन जब फिल्मी मुंशी जैसे दुबले-पतले व्यक्ति ने ऐनक के नीचे से घूरते हुए उसे वहाँ खड़े होने का कारण पूछा तो वह थोड़ा हड़बड़ाई—"जी, वह मिश्रा जी से मिलना था। यही पता दिया है।"

"ऊपर जाइए!" उसने सीढ़ी की तरफ उँगली उठाकर कहा, कई जोड़ी आँखों ने जैसे पूछा, 'मिश्रा जी को जवान लड़कियों से क्या काम हो सकता है?'

सीढ़ियों पर अँधेरा था। एहतियात से कदम रखते ऊपर पहुँची, कतार में खड़े कमरों के बीच गलियारे से गुजरते उसने एक अधखुले दरवाजे में मुँह घुसा मिश्रा जी का कमरा पूछा।

"सीधे सामने की तरफ जाइए, आगे हाल मिलेगा, वहीं बैठते हैं मिश्रा जी! अभी आए नहीं हैं शायद! आप इन्तजार कर सकती हैं।"

वे धोती-कुरताधारी भव्य से दिखते सज्जन थे। शायद मालिक होंगे। स्वाति को थोड़ी आश्वस्ति हुई। सभ्य लोग भी रहते हैं यहाँ।

कई पार्टिशनों में बँटे हॉल के तीन-चार मनुष्य रहित मेज-कुर्सियों-अलमारियों

और तमाम अंगड़-खंगड़ सामान से अटे केबिनों को लाँघ जब वह आखिरी केबिन के पास पहुँची, तो नीम अँधेरे में, मेज पर फैले कागजों में मसरूफ एक धुँधले से आकार पर नजर पड़ी। उस वक्त जाने क्यों, नानी से सुनी उस अँधेरी गुफा की कहानी दिमाग में कौंध गई, जिसमें जंगल में भटकी हुई एक लड़की आश्रय की उम्मीद से घुस गई थी, जहाँ गुफा में घूमते-घूमते उसे एक दयालु शेर मिला था।

नीम अँधेरा, सुनसान-सा केबिन, एक अकेला बन्दा सामने बैठा! शेर हमेशा दयालु नहीं होता। फिर यह जंगल नहीं शहर था, आदमखोर जानवरों से अटा पड़ा। एक युवा लड़की का नरम मांस मिलेगा, तो छोड़ेगा क्या?

पहली प्रतिक्रिया हुई कि जहाँ से आई है, वहीं लौट चलो। वह शायद मुड़ी भी, पर पार्टिशन की दीवार से टकराकर जो हल्की-सी धप्प की आवाज हुई, कुर्सी पर बैठे आकार ने हरकत की—"कौन?"—"मैं स्वाति, स्वाति कुमार। मिश्रा जी से मिलने आई हूँ, उन्होंने बुलाया है।" स्वाति ने हड़बड़ाहट में अपना नाम-काम एक ही साँस में उगल दिया।

"बैठ जाइए!" एक दमदार आवाज केबिन में गूँजी—"एक मिनट लूँगा।"

आवाज का जादू था या अदब का तकाजा, स्वाति सामनेवाली कुर्सी पर बैठ गई। चौकन्नी आँखों ने अँधेरे के अभ्यस्त होते ही आसपास पड़ी दो कुर्सियों, किताबों से ठुसी पड़ी अलमारी और मेज पर फैले कागजों के ऊपर झुकी उस काया को देख लिया जो कुर्सी पर बैठी हुई भी खड़ी लग रही थी क्योंकि सामने पड़े फर्नीचर का हर हिस्सा उसके सामने बौना लग रहा था।

उड़ती नजर से देखा, उम्र कोई पच्चीस से तीस के बीच हो सकती है। जरूर किसी सरकारी दफ्तर का बाबू होगा, जो काम कम और अगले के सामने फालतू में व्यस्त दिखने का नाटक कर रहा है। इधर सही, उधर एक स्ट्रोक जैसा कुछ करनेवाला बन्दा क्या कोई चित्रकार है? मिश्रा जी तो वह नहीं हो सकता।

जो भी हो, आदमखोर नहीं लग रहा, यही क्या कम है?

स्वाति खामोश कमरे में आवाजों की टोह लेती, चौतरफा मुआयना करने लगी। नीचे हलचल होने के बावजूद ऊपर के कमरे खासे चुप थे। बाईं तरफ काँच जड़ी लम्बी-सी खिड़की थी, जिस पर धूल-मैल की बेहिसाब परतों की पृष्ठभूमि में कबूतरों की बीट ने पोल्का-डॉटवाली पेंटिंग बना दी थी। स्वाति के भीतर हँसी फूट रही थी। इस चित्रकारी माहौल में बेचारी सूर्य किरणें, अभेद्य शीशों से माथा पीटकर लौट जाने के सिवा कर भी क्या सकती हैं?

खिड़की के ऊपर खिड़की जैसा ही धुँधला रोशनदान था, जिसकी जरा-सी खुली

झिर्री में चिड़ियों ने ढेर सारे तिनके घुसा दिए थे। एक नन्ही गौरय्या, चोंच में तिनका लिये बार-बार काँच से टकरा रही थी। शायद घोंसला बनाने की फिराक में थी।

स्वाति को चिन्ता-सी हुई, कहीं यह नन्ही जान जख्मी न हो जाए। इस बीच कुर्सी पर बैठा व्यक्ति कागज-पेन्सिल समेट स्वाति से मुखातिब हुआ। "आप शायद यहाँ पहली बार आई हैं।" उसकी आवाज से सोया कमरा जाग उठा, लगा, उसने यह आवाज कहीं सुनी है। "जी! मिश्रा जी ने बुलाया था," उसने एक बार फिर दुहराया—"मैं समझ गया लेकिन मिश्रा जी दो दिन की छुट्टी पर गए हैं, उन्हें अचानक ही जाना पड़ा। आप दूर से आई लगती हैं, इसी से आपको रोका।"

पुरुष ने बेल बजाकर पानी मँगाया। अपना नाम सजल शर्मा बताया। सजल! सजल! क्या सजल नाम था उसका? पता नहीं, शायद नहीं।—"मैंने आपके काम में बाधा डाल दी। आयम वेरी सॉरी।" वह बैग कन्धे पर सँभालती उठने लगी तो उसने आग्रह किया—"बैठिए दो मिनट, चाय पी लेते हैं, मुझे भी तलब लगी है। अब तो आपने काम में बाधा डाल ही दी।" सजल मुस्कराया, स्वाति ने उसकी उजली दन्तपंक्ति देख ली। शायद वही है। पूछे क्या?

"मिश्रा जी से कुछ जरूरी काम था?"

"जी, दरअसल..." वह हिचकिचाई।

"कोई जरूरी नहीं है बताना। मैं तो यों ही पूछ बैठा था।"

"नहीं, नहीं, ऐसी छिपाने लायक कोई बात नहीं।"

स्वाति ने नौकरी सम्बन्धी जरूरतों की बात की। यह भी बताया कि वह यू.पी. से है, यह महानगर उसे अच्छा नहीं लगा। बिलकुल पराया-सा लगता है, घर से कितना तो दूर भी है। पापा के तबादले ने काफी समस्याएँ पैदा कर दी हैं।

बातों-बातों में यह भी बताया कि यों तो वह दिल्ली में भी रह चुकी है, पढ़ाई के लिए, पर नौकरी उसने लखनऊ में ही की।

पता चला कि सजल शर्मा भी दिल्ली यूनिवर्सिटी में पढ़ चुका है। स्वाति से दो साल सीनियर रहा है।

अचानक हल्का-सा जुड़ाव महसूस हुआ। स्वाति को सजल की आवाज का जादू समझ में आया। पहचानी-सी लगी थी सजल की आवाज। उसे खुशी हुई और उसने वह जाहिर भी की।

पहचान का प्रमाण देते, महाश्वेता देवी का नाटक, 'हजार चौरासी की माँ' याद दिलाया, जिसमें सजल ने विद्रोही युवा की भूमिका निभाई थी। नाटक, डिबेट्स, गेम्स। हर जगह तो मौजूद था सजल! छः फुट लम्बा, हँसती आँखोंवाला सजल शर्मा!

"हाँ! दुनिया-भर की खुराफातों में हिस्सा लिया है मैंने। पर कमाल है कि मैं वहाँ आपसे मिला नहीं। कहाँ छिपी रहती थीं?" सजल धीरे-धीरे खुलता गया। संवाद जमने लगा।

"लड़कियाँ आप पर फिदा थीं, पर मैं स्वभाव से संकोची रही हूँ। फिर आप जल्दी चले भी गए थे।"

"यानी चला न गया होता तो हमारी दोस्ती होने की सम्भावनाएँ थीं।" सजल मुस्कराया, स्वाति ने देखा, धूप-सी फैलती है वह मुस्कराहट। सहज वार्तालाप! यादों के खुलते कैनवस और सजल की अपने बारे में जानकारियाँ! काफी कुछ जान गई स्वाति पहली ही मुलाकात में। यह भी कि दिल्ली यूनिवर्सिटी में एम.ए. करने के बाद वह मुम्बई चला गया था। पेंटिंग में मन रमता था। जे.जे. स्कूल ऑफ आर्ट्स में दाखिला लिया।

उसके पास कहने को बहुत कुछ था। उसने तय किया है कि वह फ्रीलांसिंग करेगा। वह दूर-दराज की बस्तियों, जंगलों में घूमकर आदिवासियों, घुमन्तुओं की जिन्दगी कैनवस पर उतारना चाहता है। चाहता है फूलों की गन्ध, लोरियों की ध्वनियाँ और सागर की हरहराहट अपने चित्रों में भर दे। यहाँ एक दोस्त के कहने पर आया, दो साल का कांट्रेक्ट है, पर काम पूरा होते ही चला जाएगा।

स्वाति चलने को हुई तो सजल भी साथ हो लिया—"आपको बस स्टॉप पर छोड़ आता हूँ। यहाँ से एक बस सीधी आपके घर तक जाती है, पर उससे पहले आप मेरे साथ कॉफी पिएँगी। यहीं पास में एक अच्छा कॉफी शॉप है।"

"फिर कभी!" स्वाति को नीचे सन्दूकचियों के पास बैठे व्यापारियों की उन्हें साथ देखकर, चौड़ी होती आँखें दिखाई पड़ीं लेकिन उसने 'नहीं' कहने का मौका नहीं दिया।

काफी अच्छी लगी, सजल भी।

"यहाँ बैठकर ठहाके लगाए जा सकते हैं, दफ्तर की घुटन से कुछ देर के लिए छुटकारा भी जरूरी है न?"

उस बार तो नहीं, पर दूसरी बार मिलने पर स्वाति ने उससे पूछा या कहा था—"आप यहाँ कैसे रहते हैं? आई मीन, यह अँधेरा, घुटन-सी है न? और आसपास के लोग तो मुझे बनिए जैसे लगे हैं..."

सजल ने टेबल लैम्प का स्विच ऑन किया था—"अब ठीक है न? और घुटन से राहत के लिए अपना रेस्तराँ है। अब आप, नहीं तुम, मिलने आया करोगी तो घुटन भी सही जाएगी। अपना काम और तुम। बस और क्या चाहिए? बनियों-

दूकानदारों की चिन्ता वह करे, जिसे उनके बीच रहना हो।"

बस स्टॉप पर सजल ने मुस्कराकर हाथ हिलाया तो स्वाति ने सोचा कि वह सजल से दोबारा मिलेगी। बस, इतना ही।

घर जाकर कुछ लौटता रहा तो सिरहाने पर सिर रखते, सजल की आवाज का जादू—"अब तो हम अपरिचित नहीं रहे न?"

दूसरी बार फोन करके आई। मिश्रा जी ने स्थानीय वीमेन्स कॉलेज के प्रिन्सिपल के नाम चिट्ठी दी—"कल ही चली जाना, मैंने उनसे बात कर ली है। दो महीने के लिए तो काम है, इस बीच दूसरी जगहों पर कोशिश करेंगे। चिन्ता मत करो, जैसे तुम्हारे पिता, वैसा मुझे भी समझो।"

मिश्रा जी से मिलकर लौटते हुए सजल के केबिन में झाँका, उसकी कुर्सी खाली थी। मेज पर फैले पन्ने पंखे की हवा से फड़-फड़ कर रहे थे।

स्वाति उदास-सी हो गई। गोकि अपना उदास होना उसे खुद भी कुछ अटपटा-सा लगा। रोज तो कितने लोगों से मिलना होता है, इस बन्दे में ऐसा क्या खास है? उसने खुद को डाँटा!

लेकिन मन बुझ-सा गया। लम्बा गलियारा पार करते वह खुले-अधखुले कमरों को नजर-भर देख आवाजें टोहती रही।

सीढ़ियाँ उतरते सजल लपकता हुआ बरामदे से ऊपर आता दिखा। एकाध धड़कन अचानक उछल गई। अँधेरी सीढ़ियों पर स्वाति से टकरा गया सजल। हड़बड़ी में क्यों था?

"अरे तुम! कब आईं, काम हो गया?" क्या वह उसी का इन्तजार कर रहा था?

"ओहो, इतने सारे सवाल।" स्वाति हँस पड़ी।

"अच्छा, अच्छा, एक मिनट में आता हूँ। कॉफी पीनी है। रेस्तराँ याद है न?" सजल ने इतने करीब आकर बात की कि होंठ कानों से छू गए। स्वाति इनकार नहीं कर पाई। चाहती तो वह भी थी।

उस बार वे ज्यादा देर कॉफी शॉप में बैठे गपियाते रहे।

सजल स्वाति को अपनी महत्त्वाकांक्षी दुनिया में घुमाता रहा। वह चित्रकला को अभिव्यक्ति का माध्यम ही नहीं, अपना भविष्य भी बनाना चाहता है। पाखंड पर्वों को 'उत्सव' की तरह मनाती व्यवस्था में वह तमाशाई बनाकर जीना नहीं चाहता।

सजल ने कहा, वह आजाद रहकर ही खुलकर रिएक्ट कर सकता है। बँधकर जीना उसे कबूल नहीं है। उसे दूर जाना है। स्वाति ने शुभकामनाएँ दीं—"आप

में रचने का उत्साह है! मैं उम्मीद करती हूँ आप पिकासो की 'गुयरनिका' जैसी महत्त्वपूर्ण कलाकृति बनाएँगे एक दिन!"

"पता नहीं, पर समय के विद्रूपों की प्रतिक्रिया स्वरूप, जो भी कृति रची जाती है, वह कलाकृति हो या कथाकृति, अगर कलाकार उसे ईमानदारी और संवेदना के स्ट्रोक देता है, वह महत्त्वपूर्ण हो ही जाती है।"

स्वाति ज्यादा महत्त्वाकांक्षी नहीं थी। अँग्रेजी में एम.ए. एम.फिल. करने के बाद कॉलेज में पढ़ाना, कभी-कभार छिटपुट कविताओं में खुद को उँड़ेल देना और घर के छोटे-बड़े दायित्वों के दायरे में ही उसकी दुनिया चहलकदमी करने को स्वतन्त्र थी।

सजल ने उसकी कविताएँ सुननी चाहीं। कहा, वह भी कभी-कभी कुछ पंक्तियाँ घसीट लेता है, पर शायद स्वाति को वे पसन्द न आएँ।

"वाह, बिना सुनाए ही फैसला कर दिया, आप गलत भी हो सकती हैं।" स्वाति ने नाराजगी दिखाई।

"हो सकता है गलत होऊँ, पर अकसर पढ़ने-पढ़ाने और कविता करनेवाली घरेलू किस्म की संकोची लड़कियाँ भावुक होती हैं, जिनकी महत्त्वाकांक्षाएँ शादी करके बच्चे पालने, उनको जमाने, शादी-वादी कर सेटल कराने के आसपास ही घूमती रहती हैं।"

"माफ कीजिए, लड़कियों के बारे में आपकी जानकारी बहुत कम है।"

सजल ने ठहाका लगाया, स्वाति गुस्सा नहीं हो पाई। दूसरी मुलाकात में ही सजल दोस्त बन गया। स्वाति ने कॉलेज ज्वाइन किया और मुलाकातें बढ़ने लगीं: कभी कॉफी शॉप, कभी पार्क, पर समुद्र का किनारा उनकी पसन्दीदा जगह बन गई। रेत के विस्तार पर बैठे वे समुद्र को उफन आते और अपने में लौटते देखते रहते। वे उद्दाम आवेगों के दिन थे। समुद्र उनके भीतर भी उमड़ आता। स्वाति तट को थामे, बहने से खुद को रोक लेती। सजल भी शायद अपने आप से लड़ रहा था, गोकि उसे यह सब सहज-स्वाभाविक को नकारने का ढोंग ज्यादा लगता। सही-गलत की उसकी अपनी परिभाषाएँ थीं। स्वाति से उसने कहा भी था—"तुम नैसर्गिक को नकारकर बीमारियाँ पालती हो।"

स्वाति को सजल बेहद क्रूर लगा था उस दिन। उसने कोई सफाई नहीं दी थी। लेकिन अगली बार अपने और सजल के बेनाम रिश्ते को उसने नाम देने की बात की थी। वह रिश्ता बिना किसी शर्त और वादे के, अपना जरूरी होना घोषित कर गया था।

"हर रिश्ते को नाम देना जरूरी नहीं है।" सजल ने बेलाग बात की।

"हम एक समाज में रहते हैं, तो रिश्ते बनेंगे और समाज में उनकी स्वीकृति के लिए उन्हें नाम देना ही पड़ेगा।" स्वाति बने-बनाए जुमले बोल रही थी। पच्चीस सालों तक सुनी संहिताएँ उनमें झाँक रही थीं।

"मैं कब इनकार करता हूँ? सम्बन्धों का होना तो जीने की शर्त है।"

"फिर नाम से चिढ़ क्यों है?"

"नामों में बाँधकर हम सम्बन्धों की सीमाएँ तय करते हैं। तय की गई सीमाएँ हमें बुरी तरह जकड़ लेती हैं। मुझे यह जकड़न पसन्द नहीं।"

"दो जने जब एक-दूसरे में पूर्णता ढूँढ़ना चाहते हैं, तो शादी करने में एतराज क्यों है? इसमें जकड़न जैसी चीज क्यों आएगी?"

यह बात स्वाति ने सजल से मिलने के साल-भर बाद तब कही थी, जब उसके पापा उसकी शादी तय करना चाहते थे। "विवाह बाँधता है स्वाति, प्रेम मुक्त करता है। प्रेम को प्रेम ही रहने दो, उसे बाँधो मत। तुम्हारे साथ यह अहसास पहली बार हुआ है।"

स्वाति जानती थी, वह घरवालों को सजल का दर्शन समझा नहीं पाएगी। उसके घर-समाज में हर रिश्ते का नाम जरूरी था। चीजों को हासिल कर उन पर मुहर लगाना, सजल के लिए यह जबरदस्ती थी और जबरदस्ती में सम्बन्ध घुटकर मर जाते हैं, सिर्फ निभाव-भर रहता है। "मैं तुम्हारे साथ ऐसा नहीं कर सकता। नहीं स्वाति, मैं तुमसे शादी नहीं करूँगा, मुझे गलत मत समझो।"

स्वाति महीना-भर सजल से नहीं मिली। भीतर कुछ ढह गया। क्या उसने हवा में ही कोई महल खड़ा कर दिया था? उसकी कोई जमीन नहीं थी?

"स्वाति, मैं बोहीमियन किस्म का आदमी हूँ। स्वभाव से यायावर! एक जगह बँधकर नहीं रह सकता। तुम्हें मुझसे कुछ अपेक्षाएँ होंगी, मैं शायद उन्हें पूरा न कर पाऊँ, और तुम्हारे दु:खों का कारण बन जाऊँ। एक बात याद रखो, मैं तुम्हें दु:ख नहीं देना चाहता।"

अजीब किस्म की साफगोई थी। यह बातें उसने तब कही थीं जब स्वाति के भीतर इच्छाओं के परिन्दे आसमानों में उड़ान भरने लगे थे।

उसने कहा, "मैं बँधना नहीं चाहता।" लेकिन वह बँध गया था। उसकी हथेलियाँ स्वाति के नरम-गरम स्पर्श ढूँढ़ने को अकुलाती थीं। स्वाति का हाथ अपने हाथ में लिये वह घंटों चुपचाप लहरों का आलोड़न देखता रहता। स्वाति कहती, "कुछ कहो न, चुप क्यों बैठे हो।"

"चुप कहाँ हूँ? तुम तक 'ध्वनि तरंगें' पहुँचती नहीं क्या? नाड़ियों में दौड़ते रक्त की भाषा समझने की कोशिश करोगी तो जान लोगी, चुप्पी कभी-कभी बहुत कुछ बोलती है। हाँ, तुम जानबूझकर अनजान बनो तो दूसरी बात है।" उसकी आँखें शरीर हो उठतीं। ऐसे में सजल बाँहों से उसे घेर लेता तो पनियल गन्ध लिये आते हवा के खुशनुमा झोंके उसके देह-मन थरथरा देते।

क्या यही प्रेम था? या सदियों से चला आया आदम और हव्वा के बीच का आकर्षण मात्र? कुछ गहरा तो था उन दो के बीच, जो फेनिल उन्माद की तरह उफन आता भी, महज साथ होने के अहसास से, नरगिसी गन्ध-सा साँसों में महक उठता। उन्होंने अतियों से बचना तय कर लिया था।

स्वाति ने सजल से बहस करना छोड़ दिया। तमाम असहमतियों के बावजूद एक खिंचाव था, जो बार-बार सजल की तरफ धकेलता था। उसकी बातें, उसकी चुप्पी, उसके ठहाके, और उसकी शरीर मुस्कराहट, जिसके बीच उसके होंठ इस कदर मुखर हो उठते कि छू लेने की इच्छा जागती थी।

चार दिन मुलाकात न होती तो सजल का फोन आ जाता।

"कौन? कौन है यह सजल? क्या चाहता है?" तब माँ की भौंहें जुड़ जातीं, पिता चौकन्ने हो उठते। वह फोन का चोंगा कान पर रखे चुपचाप सुनती रहती। हाँ, हूँ में उत्तर देती। सजल की आवाज में मोम-सी पिघलती रहती। बोलते रहो सजल! काश वह आवाज हमेशा उसके कानों में गूँजती रहे, आत्मा तक उतरते गीत की धुन! कोहसारों से पिघलती बर्फ के मीठे झरनों की धुन!

काश वह मायावी तिलिस्म कभी खत्म न होता! सजल ने कभी अपने को सही और उसे गलत साबित नहीं किया। वह प्रश्न थमा देता—"जो समाज तुम्हारे दुःख नहीं बाँट सकता, उसे तुम्हारे सुख से एतराज क्यों होना चाहिए?"

स्वाति अपनी ऊहापोह का कोई समाधान चाहती, क्या करे वह? अलग हो जाए सजल से? माँ-पापा का कहा मान शादी कर ले? "अपने प्रश्नों के उत्तर तुम्हें खुद ही ढूँढ़ने हैं स्वाति। अपनी इच्छा की हदें भी तुम ही तय करोगी। वही सही होगा। दूसरों के फैसले और दिए गए अनुशासन कम-से-कम मुझे रास नहीं आते।"

सजल की बातों में कोई झोल नहीं रहता।

"नाराज हो मुझसे? मैं कोई फैसला नहीं ले पाती न?"

"नहीं, मैं तुमसे नाराज नहीं हो पाता, पर जानता हूँ तुम बहुत भावुक हो, और मैं भावुकता से दूर रहता हूँ।"

"मुझसे दूर रहना चाहते हो?" स्वाति को खरोंचें लगतीं।

"तुमसे नहीं पगली, तुम्हारी भावुकता से।"

स्वाति एक बार सजल की पेंटिंग्स देखने उसके कमरे पर गई थी। कमरे में कैनवस, रंग, कूचियाँ और कई बने-अधबने चित्र यहाँ-वहाँ रखे गए थे। पलंग पर पड़े पेन, कुछ किताबें हटाकर उसने स्वाति के बैठने के लिए जगह बना दी थी। "कुछ लोग करीने के कायल होते हैं, मुझे तो करीने से रहना भी नहीं आता।"

"अकेले रहने में यही सुविधा है। जैसे मन हो रहो।"

सजल के चित्रों में कहीं दबा दबा आक्रोश था, कहीं लम्बी सड़कें, कहीं अँधेरी गुफाएँ। कहीं आकाश की ओर उठी बाँहें। काले-सुरमई रंगों का प्रयोग ज्यादा था। अजीब हताशा और घुटन का-सा अहसास। सजल ने एक बँधा हुआ चित्र खोला—"यह देखो, गृहस्थन!"

स्वाति चित्र देखकर चौंक गई। "अरे! यह कब बनाई? यह तो तुम्हारे कमरे के रोशनदान की चिड़िया है। इसे गृहस्थन नाम क्यों दिया?"

"समझ लो! उम्र-भर तिनके बटोर घोंसले बनाना और अपने दायरों के काँच से सिर फोड़ते, पत्नी, माँ, बहू आदि– इत्यादि की भूमिका निभाने में जिन्दगी के आदि अन्त ढूँढ़नेवाली गृहस्थन से किस अर्थ में कम है यह चिड़िया?"

"तुम हर दृश्य को अर्थ देना जानते हो सजल।" स्वाति अभिभूत थी।

"इसे देखो!" सजल ने स्वाति के आगे समूचा सागर फैला दिया।

"वाह! कितना सुन्दर!" स्वाति कुछ देर सागर तट पर बैठ गई। लेकिन यह कैसा समुद्र था? एक तरफ झागल उफानों में हहराता तट को छूने लपक आता, दूसरी तरफ शान्त सतह पर सूर्य किरणों से लाड़भरी सुनगुन की धुनें बजाता। एक तरफ ढेर सारे शंख-सीपियाँ, घोंघे, तट पर बिखरे हुए, दूसरी तरफ रेती पर दो जोड़ी पैरों के निशान रुके हुए।

"सागर कई शक्लों में एक साथ, एक ही समय, यह कैसे मुमकिन है सजल?" स्वाति किसी अबोले प्रश्न का उत्तर चाहती थी।

"होता है स्वाति! सब कुछ सम्भव है, सृष्टि में, और हमारे भीतर की दुनिया में भी। तुम जानती हो।"

तब वह नहीं जानती थी, बाद में शायद जान गई हो। तब उस ठंडे कमरे में सजल ने उसे बाँहों से घेरा था, और उसका गला प्यास से तड़कने लगा था। सागर की उन्मत्त लहरें उसकी धड़कनों में पछाड़ें खाने लगी थीं, उसने सागर में डूबने के भय से सागर का ही सहारा लिया था।

लेकिन सजल उसे हल्के से भींचकर अलग हो गया था, तब उसकी नजरें कमरे की उस चौड़ी सँध पर थीं, जहाँ से उसकी मकान मालकिन की साड़ी का नीला किनारा उनकी जासूसी कर रहा था।

"यहाँ कुछ नहीं हो सकता।" उसने सपाट चेहरे से कहा था।

स्वाति ने अपमानित महसूस किया—"तुम मुझे गलत समझ रहे हो।"

"सफाई मत दो स्वाति! तुम्हारा-मेरा चाहना अलग नहीं है। चाहना न चाहना शरीर का तर्क नहीं, दिमाग की कसरत है। अभी मेरा दिमाग कह रहा है तुम्हें घर जाना है। देर होने पर तुम्हें सवालों के जवाब देने पड़ेंगे, जो मैं बिलकुल नहीं चाहता।"

कितनी सफाई से उसने सहज होने की कोशिश की थी।

आठेक दिन बाद सजल का फोन आया। उसने बिना भूमिका बाँधे कहा, "मैं जा रहा हूँ।"

स्वाति की आवाज बन्द हो गई। क्या सब-कुछ खत्म हो गया?

"सुनो, मैं जा रहा हूँ, कल रात की ट्रेन है। कल मिल सकती हो?" आवाज में अनुरोध था या आग्रह, स्वाति जान नहीं पाई थी।

उस बार वे समुद्र किनारे ही मिले। उस बार सागर की आवाज स्वाति को बेहद करुण लगी। वह रोने-रोने को हो आई।

"तुमने एक बार पूछा था, मैं यहाँ कैसे रह लेता हूँ।"

"हूँऽऽ।" स्वाति ने जैसे कोई अपराध किया हो।

"मैं पूरे तीन साल उस नीम अँधेरे कमरे में रहा, जहाँ धुँधली खिड़कियों पर चिड़ियाँ सिर पटकती थीं, कबूतरों की बीट और धूल से बिदककर रोशनी बाहर से ही लौट जाती थी। वह इसलिए कि यह मेरी यात्रा का एक पड़ाव-भर था। मैं यहाँ रहने नहीं आया था।"

"जानती हूँ, पर इतनी जल्दी?" वह आँसू रोक नहीं पाई थी।

समुद्र उनके पाँव छूने लगा था और हवा अपनी रोजमर्रा की रफ्तार से आवाजाही कर रही थी। कुछ जलपाँखी पंख फड़फड़ाते उनके सिरों के ऊपर से गुजर कर निकल गए थे।

"मुझे कभी याद करोगे?" स्वाति ने आँखें पोंछ ली थीं।

"याद क्या होती है?" स्वाति उजबक-सी देखने लगी थी।

"मेरा मतलब, मेरा खयाल आएगा कभी?"

"मुझे किसी के खयाल नहीं आते।"

बहुत निर्दयी लगा था सजल तब। छुरी-कैंचियोंवाला डॉक्टर जो फोड़े को नासूर बनने से पहले ही काट डालता है। सजल कहता था, भावुकता उम्र-भर रुलाती है, जीने नहीं देती, मैं तो भावुकता पर नश्तर चलाता हूँ।

तो क्या स्वाति का प्यार महज भावुकता थी? जिसका चीरा लगाकर सजल ने उसे तकलीफों से आजाद कर दिया था?

बीतते-बीतते, पूरे बारह साल बीत गए। लम्बे बारह साल। देश दुनिया और स्वाति के जीवन में भी काफी कुछ बढ़ाते-घटाते, प्रत्याशित-अप्रत्याशित बारह साल। स्वाति की शादी हुए ग्यारह साल बीत गए। वह नौ और सात वर्षों के ईशा और मनन की माँ, वर्मा परिवार की बहू और बिजिनेसमैन गौरव वर्मा की पत्नी बनी। माँ-बाबा दो सालों के अन्तराल में गुजर गए और अकेला भाई सिंगापुर में बस गया।

शादी के बाद स्वाति दिल्ली में ही बस गई, वहीं नौकरी की, घर-परिवार, बच्चों और नौकरी के खटराग के बीच बारह लम्बे साल कैसे बीत गए, मालूम ही न पड़ा।

नहीं, वह सजल को भूली नहीं। उसने जाने के बाद दो सालों में चार पत्र लिखे, जिनमें स्वाति के लिए चिन्ता थी, चकित करनेवाली आत्मीय चिन्ता क्योंकि यह चिट्ठियाँ उसी सजल ने लिखी थीं, जिसने विदा होते स्वाति से कहा था, "मुझे किसी के खयाल नहीं आते।"

पत्र स्वाति को गहरे छू लेते। उनमें उसी सागर का उन्माद था जिसे सजल ने कैनवस पर उतारा था। उनमें बीता हुआ समय फ्रीज हो गया था। कमाल का ऑबजरवर था सजल। उसे, अलग होते वक्त खुद के क्रूर होने का अहसास कचोटता था, शायद तभी उसके पत्रों में क्षमा याचना, मनुहारों और चुम्बनों के सहलाते स्पर्श थे।

स्वाति का एकान्त अपना था, पर सजल के पत्रों से उसकी गृहस्थी में तूफान आ सकता था। उसने सजल को पत्र लिखने की मनाही कर दी। जिस सम्बन्ध को वह अपनी शक्ति बनाना चाहती थी उसकी परिणति फूहड़ निम्नताओं में देखना स्वाति को मंजूर नहीं था।

सालों बाद शनिवार की एक दोपहर अप्रत्याशित घटा। दरवाजे पर दस्तक का जवाब देते स्वाति ने शीशे से बाहर खड़े जिस व्यक्ति को देखा, उसे वह नितान्त अपरिचित लगा। हेमिंग्वे की दाढ़ी, गुरु कुरता, तंग मोहरी का पाजामा पहने, कौन था वह?

"आप? किनसे मिलना है?"

"नहीं पहचाना न?" मैंने कहा था—"गृहस्थ बनकर स्त्री अपने बनाए घेरों में इस कदर उलझकर रह जाती हैं कि घेरों से बाहर का कुछ भी याद नहीं रहता।"

"ओ तुम! माई गॉड! अन्दर आओ। सॉरी, मैं तो बिलकुल पहचान ही नहीं पाई। कितने तो बदल गए हो तुम! यह दाढ़ी कब से रखी? सचमुच की है न?" स्वाति ने उत्तेजित आश्चर्य में कई सवाल एक साथ कर डाले।

"छूकर देख लो।" उसकी आँखों में वही, बारह वर्ष पहले का जाना-पहचाना अपनापन था।

बारह वर्षों में वह कहाँ से, कितना बदल गया था, इसे जानने की कोशिश में स्वाति ने उसे कुरेदा था—"एक बार तुमने कहा था कि तुम्हें किसी के खयाल नहीं आते।"

"मैं तब बेवकूफ था।" बिना जिरह सजल ने कबूल किया था कि उसने बारह साल पहले स्वाति के अलग होने के दुःख को खरोंचा था, जबकि उसे गुनगुने फाहे की जरूरत थी।

उसके पास कहने को बहुत कुछ था। कॉफी सिप करते उसने अपनी यात्राओं, एकल प्रदर्शनियों, पुरस्कारों की थोड़े शब्दों में जानकारी देते 'नन्ही' बेटी सोनल का जिक्र किया था।

"तो तुमने शादी कर ही ली।" स्वाति हल्के से हँस दी।

"हाँ, एक लड़की मिली कलकत्ते में, जिसे मेरे यायावर होने में एतराज नहीं था। मैंने उसे अपनी शर्तें बता दी थीं, उसने भी मुझे बाँधने की कोशिश नहीं की।"

"खुश हो न?" कोई पुराना काँटा खींचकर निकाला था स्वाति ने।

"खुश तो मैं हर हाल में रहता हूँ। तुम जानती हो।"

"हाँ, यह भी जानती हूँ कि बदलना आदमी का स्वभाव है। अच्छा है न! सोच-समझकर आदमी अपने रास्ते चुने, जहाँ सुविधा हो, आगे बढ़े, जिधर चाहे मुड़ जाए। मन हो तो सम्बन्ध बनाए, जब जाए तो उनकी पोटलियाँ बनाकर पानी में बहा दे।"

स्वाति मजाकिया मूड में बात करना चाहकर भी आवाज की तल्खी छिपा नहीं पाई। क्या सजल ने सचमुच उसे चाहा था? "तुम ठीक कह रही हो शायद! सम्बन्ध बनाना, बदलना, अपने रास्ते चुनना आदमी का स्वभाव है, पर प्रेम तो एक ही बार किया जाता है।"

सजल ने बात का दंश नजरअन्दाज कर दिया था।

"एक गृहस्थन प्रेम के बारे में क्या जानती है, या क्या जान सकती है?" स्वाति विरक्त-सी हो उठी थी, पर सजल हार मानकर चुप नहीं रहा।

"एक बार अपने अन्दर झाँककर देखो, एकान्त में! तो एक धुन सुनाई देगी, आत्मा तक उतरती धुन। वह धुन मैंने बार-बार सुनी है स्वाति! तुमसे दूर जाकर, तमाम दुनियावी धन्धों से गुजरते भी उसकी गूँज मुझे सुकून देती रही है। अगर तुमने कभी प्रेम किया है तो वह धुन तुम्हें भी सुनाई देती होगी। वह हर मुश्किल आसान कर देती है, स्वाति! किसी का कुछ नहीं छीनती।"

सजल एक बार फिर लम्बे प्रवास पर निकल पड़ा था। स्वाति सुबह-शाम की जिम्मेदारियों, उलझनों, छोटी-बड़ी खुशियों के बीच भरपूर जीते, जब कभी एकान्त में अपनी चाहों को टटोलती तो सजल सामने खड़ा हो जाता—"अपने अन्दर झाँककर देखो स्वाति, तो एक धुन सुनाई देगी, आत्मा तक उतरती धुन। वह धुन तुम्हें सुकून से भर देगी, वह किसी का कुछ नहीं छीनती।"

साल-भर बाद सजल का फोन आया—"घर आऊँगा, मेरे साथ लम्बे ड्राइव पर चलना, बहुत-सी बातें करनी हैं तुमसे।"

स्वाति इन्तजार करती रही, पर सजल नहीं आया। दूसरी बार भी फोन करके जब वह नहीं आया तो स्वाति को गुस्सा आने लगा, सजल से ज्यादा खुद पर। क्या पागलों की तरह रास्ता देखती रहती है। जब फुरसत मिलेगी आ जाएगा। एक दोस्त ही तो है वह! उम्र और बदलते हालात में उस प्रेम के लिए कौन-सी जगह बची है जो उफन आई लहरों की तरह समूचे अस्तित्व को आलोड़ित कर गया था, सालों पहले?

और फिर उसका आखिरी फोन—"सॉरी, दो बार आने का वादा किया, नहीं आ पाया। एक बार गाड़ी का एक्सीडेंट हुआ दूसरी बार हार्ट अटैक! दोनों बार अस्पताल पहुँच गया। अब कल श्रीधरानी गैलरी में मेरे चित्रों की प्रदर्शनी है, जरूर आ जाना। वह सागरवाला चित्र रखा है प्रदर्शन के लिए, उसे बेचा नहीं है। इस बार तुम्हें भेंट करूँगा। उसे लेने आओगी न?"

वह दिए गए समय पर त्रिवेणी पहुँची। गैलरी बन्द थी। ऑफिस में जाकर पूछा, "यहाँ सजल की चित्र प्रदर्शनी है न आज?"

"आपको पता नहीं?" काउंटर पर बैठी लड़की ने आश्चर्य से कहा—"कल शाम ही उनको मैसिव हार्ट अटैक हुआ। ही इज नो मोर।"

सजल चला गया एक और जख्म देकर, गहरा, अथाह! जो पता नहीं कभी भरेगा या नहीं। स्वाति उसकी भेंट, वह सागर की पेंटिंग उससे ले नहीं पाई। लेकिन आश्चर्य कि वह सागर स्वाति के अन्तस्तल में उतर आया। उससे भी बड़ा आश्चर्य कि अपने एकान्त की खामोशियों में, स्वाति को एक करुण-सी धुन सुनाई पड़ती है, जो उसकी थकी शिराओं को अजीब-सा सुकून देती है!

पत्थरों के राग

'कोणार्क' के ऊपर बादल का पनियल टुकड़ा छाते की तरह तन गया है, ठीक सूर्य मन्दिर के ऊपर! नीचे खुले प्रांगण में थक्कों के थक्के लोग गर्दन उठाए देख रहे हैं—लम्बे-लम्बे स्तम्भ, विशालकाय चट्टानें, निष्प्राण पत्थरों में प्राणों का संचार करते कला के उत्कृष्ट नमूने! पत्थरों के इस साम्राज्य में कुछ भी तो स्थिर नहीं, खामोश नहीं। नृत्यशाला के पत्थरों में मृदंग की ध्वनियाँ ठहर गई हैं, देवदासियों-नृत्यांगनाओं के नूपुर बँधे पैरों की ठुनकती झंकारें, राजाओं के गौरव-गान, स्त्री-पुरुषों का उन्मुक्त मिलन! प्रस्तर-प्राचीरों में कैद हैं आदिम रंग! हर्ष, विषाद, लास्य, राग, रति-लालसाओं के उद्दाम ज्वार! आँखों की जरा-सी छुअन से पत्थरों में सिहरन उठती है। किसी क्रुद्ध ऋषि की शापदृष्टि से पत्थर हुए कामातुर प्रेमी युगलों में प्राणों का संचार हो जाता है। घूर-घूरकर देखती और विश्लेषण करने उठी नजरें जब चुँधियाकर एक विशेष कोण पर जम जाती हैं तो लगता है कि किसी साम्राज्यशाही मद में डूबे सामन्त ने कला का बहाना गढ़कर राग के नितान्त निजी अनुभव-संसार को सार्वजनिक करके धृष्टता की है।

—यह देखिए इधर, इस प्रेमी युगल की आँखों का भाव! नहीं लगता, ज्यों सारा दुख उनकी आँखों में सिमट आया है? शरीर की हर शिरा में उत्तप्त ज्वार, देह का ज्वार; जो जला देता है मस्तक के विवेक-तन्तु, जो उफनता है सागर की हरहराती लहरों की मानिन्द, अँकेरता है अपनी गिरफ्त में! राग की ऊर्ध्वगामी हिलोर

को चरमावस्था में बाँधकर पत्थरों में जड़ दिया है शिल्पकारों ने। आदम का यह भीतरी सत्य पत्थरों पर उकेरने में उनकी पीढ़ियाँ गुजर गई हैं, साधनारत!

देखनेवालों की आँखें थकती नहीं। कला के पारखी हम न भी हों, आदिम राग को परखने की कला आदम को घुट्टी में पिला दी गई है!

कला के उन पारखियों में सतीश भी जाने किस दरार से घुस गया था।

सोनल कई बार देखे दृश्यों को नई नजर से देख रही थी। सतीश साथ जो था।

"यह समय का रथ देख रहे हो न? वर्ष के चौबीस पक्षों पर टिका, जिसे सात घोड़े खींच रहे हैं—सप्ताह के सात दिन। यह सात घोड़ों और चौबीस पहियोंवाला रथ, लगता नहीं, चलते-चलते एकदम रुक गया है?"

"हाँ, रुक गया है, हमारे लिए! तुम्हारे और मेरे लिए सोनल!" छह फुट ऊँचे कद में चुस्त-दुरुस्त, मितभाषी सतीश बोलते-बोलते थोड़ा झुक गया है, सोनल की आँखों में अपनी परछाइयाँ देखने के लिए—"नहीं तो क्या हम सोच सकते थे कि इस तरह अचानक हम-तुम यहाँ होंगे? दो अजनबी, जो लगें हमेशा साथ रहते आए हों, उस दीवार पर अंकित युगल-मूर्ति की तरह!"

"और वक्त के इस दौर में?" सोनल ने जोड़ दिया—"जबकि हमारे नैतिक मानदंड बदल गए हैं।"

गाइड इतिहास की गुफाओं में चक्कर लगा रहा है।

"एक रथ रुक गया, पर मन्दिर की प्राचीरें ढह गई हैं। सोलहवीं शताब्दी में काला पहाड़ संहारक बनकर आया लेकिन मुखशाला और मूर्तियों का भंजक काला पहाड़, इस रथ को ढहा न सका।"

"समय का रथ जो हुआ।"

"हाँ, उन्नीसवीं सदी में एक भयंकर तूफान मन्दिर को घेरती दीवार को ध्वस्त कर गया लेकिन सागर की पछाड़ खाती लहरों से खंडित होने के बावजूद, दीवारों पर खुदे हुए उन्मुक्त यौवन के उन्माद में पगे पल शेष रह गए, जिन्हें कइयों ने कला के उत्कृष्ट नमूनों का सम्मान देकर सराहा, कइयों ने जीवन-सत्य की अनावृत झाँकियों में प्रेम और सौन्दर्य का महाकाव्य पढ़ा, और कइयों ने माया-मोह में पगी अश्लीलता के चरम से विरक्त हो अध्यात्म में मन रमाया। मन नाम की चीज ही हुई भटकनेवाली!"

पर्यटक कैमरा क्लिक करते थक नहीं रहे।

"माई गॉड! इंडिया सचमुच पूरे विश्व का गुरु है! जरूर संस्कृति की शुरुआत यहीं से हुई होगी!"

किस्टल की आँखों में प्रशंसा और आश्चर्य का मिला-जुला भाव है।

"वात्स्यायन ने अपने कामसूत्र में ऐसी अनूठी-अछूती भंगिमाओं का वर्णन किया है क्या?" सतीश जिज्ञासु हो उठा है।

"वे लोग आसक्ति और अनुराग की महीन परिधियों को पहचानने की ताकत रखते थे। जो नश्वर है, उसके प्रति आसक्ति क्यों? शायद यही सन्देश देना चाहते हों।" सोनल अचानक वैयक्तिक क्यों हो उठती है?

गाइड का स्वर लगातार उनका पीछा कर रहा है—"जीवन के स्वामी सूर्य को समर्पित इस मन्दिर में उस समय के समाज के कार्यकलाप पत्थरों में अंकित हैं, जिस समय सेक्स 'टेबू' नहीं था। बाद में नैतिकता के मानदंड बदलते गए। आप जानते हैं कि भारत में बौद्ध मत के साथ शैव मत का भी प्रचार हुआ, तान्त्रिकों का भी यत्र-तत्र प्रभाव रहा। वे लोग मानते थे कि धर्म, अर्थ और काम की पूर्ति के बाद ही मोक्ष सम्भव है..."

"यानी मन को मारकर मुक्ति नहीं..." सतीश ज्यों सोनल को कोई राज की बात सुनाना चाहता हो।

"शायद यह भी कहना चाहते हों कि आदिम राग पुरुषवाचक होता है, जो भूखे चीते की मानिन्द अपने शिकार को पंजों में दबोच, इत्मीनान से नोच-खसोट, अपनी खूँख्वार भूख को मिटाकर भी सन्तुष्ट नहीं होता क्योंकि उसके बाद भी अपनी गुफा के सिंहासन पर अधलेटा वह बोटियों का नाच देखना पसन्द करता है, अलसाया, परितृप्त, ऊँघता हुआ! राजा-महाराजाओं को सब मुआफ था!"

सोनल के भीतर अनाम गुस्सा थरथराता है। क्या सचमुच उसके भीतर भद्दी गिठानें पड़ी हैं, जो किसी भी वार्ता-खंड को खुद पर लागू किए बिना देख नहीं पातीं? सतीश उसे आश्चर्य से देखता है—"रिलैक्स सोनल! तुम यह क्यों भूलती हो कि राग न पुरुषवाचक है और न स्त्रीवाचक। वह तो भीतर का सत्य है, शाश्वत, निरावरण! दोनों वहाँ पर बराबर के साझीदार हैं। उसे तोड़-मरोड़कर क्यों देखती हो? फिर उन राजा-महाराजाओं की विजय-गाथाएँ भी तो भूलो मत! वे लोग बहादुर होते थे। गंगा-वंश के नरसिंह देव प्रथम ने मुसलमान शासकों को युद्ध में हराकर यह मन्दिर विजयस्तम्भ के रूप में बनवाया था। वे लोग कर्तव्य को पहली जगह देते थे।"

"कर्तव्य!" सोनल अचानक छिटक गई थी। कर्तव्य शब्द के साथ, कर्तव्य-बोध के साथ जुड़ी उसकी तमाम यातनाएँ उसे कोणार्क के प्रांगण से दूर ले गई

थीं—अपने घर के कठघरे में, जहाँ उसके कर्तव्य के आदि-अन्त दोनों की सीमाएँ तय थीं।

"सोनल!" सतीश ने उसका हाथ अपनी हथेलियों में थाम लिया—"यह अचानक क्या हुआ तुम्हें? हाथ-पैर ठंडे हुए जा रहे हैं, कहाँ पहुँच गईं?"

सतीश ने उसे ऊपर जाती पत्थरों की गोलाकार सीढ़ी के ऊपर 'अस्ताचल सूर्य' के पास बिठा दिया।

"थक गईं?"

"थोड़ा!" सोनल प्रश्नों से बचने की खातिर ही बोली थी। नहीं, वह अपने मूड्स की वजह से कोई बदमजगी पैदा नहीं होने देना चाहती थी। एक दिन के लिए माँगकर लाया था उसे सतीश, अपने से, अपनी खातिर। उस अपने में वे दोनों शामिल थे। कई दिनों बाद कोणार्क देखने का कार्यक्रम बना था अचानक ही। सोलन ने कहा था—"इसे देखे बिना तुम्हारा नगर-दर्शन पूरा नहीं होगा।"

सबकुछ अचानक ही तो हुआ था। उनकी मुलाकात भी तो अचानक ही हुई थी। तपती रेत में नंगे पैर मीलों-मील चलते पाँवों को सागर की गुनगुनी लहर गुदगुदाकर भिगो गई थी। उम्र के इस दौर तक जो कुछ भी गुजरा था, छोटे बड़े हादसे बनकर वह अपनी भयावह छाप ही छोड़ गया था। लेकिन वह मुलाकात के पल एक अलग अहसास दे गए थे। अपने भीतर झाँककर खुद को खुद ही शिनाख्त करने जैसी प्राप्ति थी वह!

कोलकाता से वापस घर लौटते वक्त स्टेशन पर अटैची घिसटते वह चलने लगी। गाड़ी के साथ भागते हुए हाँफने लगी थी—"प्लीज़, इसे थोड़ा थाम लीजिए!"

सोनल ने ट्रेन के दरवाजे पर खड़े कई व्यक्तियों में किसी को भी सम्बोधित किया था।

उत्तर में त्वरा के साथ दो मजबूत हाथ उसे थामने आगे बढ़ आए थे और अटैची समेत उन्होंने सोनल को ट्रेन के भीतर खींच लिया था। तसल्ली की साँस लेते जब उसने इर्द-गिर्द देखा था तो भीड़ में खड़े सतीश के ऊँचे पूरे कद के अलावा उसकी मुस्कराती आँखों से भी प्रभावित हो गई थी—"थैंक्यू...थैंक्स ए लॉट!" सतीश ने जरा-सा सिर झुकाकर ज्यों उस धन्यवाद का आदर किया था।

वे दोनों एक ही कम्पार्टमेंट में साथ-साथ बैठे थे, कई अन्य यात्रियों के साथ। तब तक महज यात्रा का साथ-भर था वह। एक खुशगवार, सुखद साथ। सतीश ने इक्का-दुक्का बात ही की थी। पर सोनल को लगा था, उसका रोम-रोम अदृश्य

चुम्बकीय किरणों से उसे खींच रहा है। सोनल पूरे रास्ते चहकने लगी थी। अकसर यात्रा में पत्रिकाओं-पुस्तकों में मुँह धँसाए रहनेवाली सोनल अचानक एक सुखद संवाद में शरीक हो गई थी।

"यहाँ के मन्दिर कला के उत्कृष्ट नमूने हैं। लिंगराज, कोणार्क, पुरी, समुद्र तट पर डूबता सूर्य...आपने देखे हैं?"

"नहीं, अभी तो सिर्फ कोणार्क होटल ही देखा है।"

"अरे!" सोनल को आश्चर्य हुआ था—"साल में तीन-चार चक्कर लगाते हैं इधर का, फिर भी नहीं?"

"बस, अकेले जगहें देखना अच्छा नहीं लगता।"

"कभी घरवालों को भी साथ लाइए।"

सतीश ने उत्तर में कहा था कि वह व्यापार के सिलसिले में अकसर लम्बे दौरों पर आता है। कई जगहों पर जाना होता है। कई तरह के लोगों से काम रहता है। ऐसे में घरवालों को साथ लेकर चलना नहीं होता। देखना तो वह काफी कुछ चाहता है, पर अकेले नहीं।

"तो क्या विकल्प है?"

"आप साथ चलेंगी?" सतीश अचानक ही पूछ बैठा था।

"मैं," सोनल इस अचानक निमंत्रण पर एकदम गड़बड़ा-सी गई?—"मैं थोड़ी व्यस्त रहती हूँ। कॉलेज है। घर पर भी अतिथि हैं। देखिए..."

अब तक वह जान चुकी थी कि सतीश के घर में पत्नी है, जिसकी सुन्दरता की उसने बहुत तारीफ की थी। दो किशोर बच्चे हैं, वह पहले एयरफोर्स में रहा है, पर पिता जी के आग्रह पर जल्दी रिटायरमेंट लेकर पारिवारिक व्यापार में उलझ गया...

इस यात्रा का अन्त, यात्रा की समाप्ति पर ही हो जाता, यदि सतीश उसे टैक्सी में घर तक छोड़ने का निमंत्रण न देता। वह तो रिक्शा में सामान रखवा भी चुकी थी।

"आप क्यों बेकार जहमत उठाएँगे। मैं चली जाऊँगी..." सोनल ने औपचारिक होने के अलावा, यात्रा के साथ को भी विदा देनी चाही थी।

"मैं नहीं, टैक्सी! मुझे तो उस तरफ जाना ही है।"

टैक्सी में भी बातों का सिलसिला चल निकला। हल्के-फुल्के लतीफे, किस्से...अपनों के...दूसरों के! सोनल ने मूड में आकर विश्व की लघुतम कहानी भी सुना दी—

"दो व्यक्ति यात्रा में मिले..."

सतीश कहाँ खो गया था?

"दो व्यक्ति, जैसे आप और मैं!"

"ओ हाँ!" सतीश हँसकर लौट आया।

"आप खुली आँखों सोते भी हैं?"

"नहीं! आप सुनाइए न!" स्वर में आग्रह!

"तो दो व्यक्ति एक यात्रा में मिले। एक ने दूसरे से पूछा—क्या तुमने भूत देखा है? दूसरा बोला नहीं और यह कहकर वह गायब हो गया!"

करीब दस सेकेंड चुप्पी छाई रही। फिर सतीश ने उन्मुक्त ठहाका लगाया।

"बड़ी देर लगती है आपको बात समझने में!" सोनल ने छेड़ा। सतीश भीतर उठती झेंप से तत्काल ही उबरकर बोला, "सोच रहा था, हम दोनों में से भूत कौन है?"

"वही जो पहले गायब हो जाए!" सोनल मीठी चुहल के मूड में आ गई थी।

"तब तो आप ही! आप तो मुझसे पहले ही स्टेशन से गायब होने लगी थीं!" फिर एक ठहाका। सतीश की बात देर तक कानों में गूँजती रही। उसकी गहरी आवाज भीतर कहीं गहरे में हिलोर-सी उठा गई।

"ए सोनल! यह तुझे अचानक क्या हो रहा है? हूँ!"

सतीश घर के बरामदे तक छोड़ने आया। बैठक में माँ-बाबा बैठे टी.वी. देख रहे थे। घर का ढेर सारा ऊलजलूल सामान इधर-उधर बिखरा पड़ा था।

सोनल पल-भर दरवाजे पर ठिठक गई। सतीश ने बरामदे में खड़े-खड़े ही स्थिति का जायजा ले लिया।

"ओ. के. देन। कल सुबह आठ बजे आऊँगा।"

वह भीतर नहीं आया। समझदार है।

"ठीक!" सोनल ने कुछ कहने के लिए मुँह खोला लेकिन सतीश ने बोलने का मौका ही नहीं दिया।

"गुड बाई, माई प्लेजर, धन्यवाद!" सतीश ने हाथ आगे बढ़ाया, शायद आदतन, सोनल ने उत्तर में उँगलियाँ पंजों से छुआ दीं। कमरे के भीतर चार आँखों ने एक साथ उन्हें देखा।

"सोनल! भीतर तेरे माँ-बाबा हैं!"

"तो क्या हुआ? मैंने कुछ गलत काम तो नहीं किया?"

सोनल अपने भीतर उठती आवाज से जिरह करने लगी। चन्द घंटों के साथ ने उसमें इतना आत्मविश्वास कैसे भर दिया?

ना! सोनल ने आज तक कोई गलत कदम उठाया? फिर वह दोस्ती में आगे बढ़ा हाथ! कुछ भी तो अस्वाभाविक न लगा। भीतर कहीं ऊष्मा का नन्हा सोता उमगने लगा था।

रात वह जल्दी सो गई, मीठी-सी नींद। कुछ भी ऊलजलूल न सोचा। सुबह आठ बजे तैयार भी हो गई।

"कहीं बाहर जा रही हो?" माँ ने पूछा। यों वह प्रश्न नहीं पूछती। बेटी के प्रति आश्वस्त है। पैंतीस पार कर रही है। आर्थिक रूप से स्वतन्त्र है। छोटे भाई-बहन की शादी करा चुकी। दस तरह के लोगों से मिलना है। घर-भर का दायित्व सँभालती है। अभी तक पिंजरे से बाहर नहीं निकली। अब कहाँ उड़ जाएगी?

आखिर पैंतीस साल के बाद पुरुष भी युवा नहीं रहता, वह तो एक लड़की है। बूढ़ी लड़की!

नहीं, माँ ऐसा नहीं कहती। आखिर वह उसकी माँ है, जो भीतर-ही-भीतर इस दु:ख से पीड़ित है कि पहलौटी की बेटी को मेहँदी-महावर रचाकर अपने घर न भिजवा सकी। कन्यादान का पुण्य तो खैर, सोनल की जिद से ही मिला, छोटी मंगला का ब्याह रचाकर।

पिता अवकाश प्राप्त कर चुके हैं। नौकरी से भी, घर-गृहस्थी से भी। सुबह सैर करते, शाम को पान चबाते, गप्प-गोष्ठियाँ करते, किसी मित्र-हमदर्द ने जो कभी पूछा कि लड़की गुणवती है, सुशील है, देखने में भी भली, उसका विवाह कर गंगा क्यों नहीं नहाते? तो उत्तर में दास साहब अपने पवित्र विचारों, पक्के उसूलों और ऊँची खानदानी नाक का हवाला देते हुए कहते हैं कि कोई ढंग का लड़का कहीं मिले, तो न बात की जा सके? बराबरी का घर-परिवार भी तो जरूरी है। छोटी-ऊँची धोतीवालों के किस्से, हसब-नसब के हवाले! यों लड़कों की तो क्या कमी है, पर सोनल के लिए ऐसा-वैसा वर तो नहीं ढूँढ़ा जाएगा। हम ब्राह्मण, संस्कारनिष्ठ परिवार, नाते-रिश्तेदारी। सोना-जैसी लड़की को कुएँ में तो नहीं धकेल सकते? घर में चातुर्मास, व्रत, अनुष्ठान सब तो विधिवत् चलता है। हरि-कृपा है।

इन दलीलों का प्रभाव शायद भद्रजनों पर पड़ा हो, पर वक्त का चक्का बराबर घूमता रहा, बिना प्रभावित हुए। एक दिन सोनल ने अपने से छ: वर्ष छोटी मंगला को पच्चीस पार करते देखा तो माँ से बोली, "मंगला के लिए वर ढूँढ़ो माँ!" माँ हक्की-बक्की, "लेकिन यह कैसे हो सकता है? पहले तो तेरी बारी..."

"वो बात छोड़ो माँ! मैं जो कहती हूँ करो!"

तब तक सोनल की आवाज में वजन आ गया था। मंगला को वर मिला। माँगें हुईं, वो भी पूरी कर ली गईं। सोनल ने कहा, "मैं जो हूँ!"

उन दिनों रात को जब थक-चुककर तकिये पर सिर टिका देती तो खिड़की की सीध में, नारियल के पेड़ के पीछे जर्द चाँद काले बादलों के पीछे दुबका रहता और एक विशालकाय काला दैत्य, लम्बे नाखूनोंवाला, धीरे-धीरे बाँहें फैलाए उसे लीलने आगे बढ़ने लगता। वह विचित्र-सी दमघोंट छटपटाहट महसूस करती। तब वह उठकर पसीना पोंछती, पानी पी लेती, करवटें बदलती और बदहवासी में बिस्तर को एक छोर से दूसरे छोर तक टटोलने लगती। कहीं तो किसी तसल्ली देती बाँह का स्पर्श मिले! बाद में मंगला की बेटी आने पर सोनल उसे अपने पास सुलाने लगी। वह भी माँ के भ्रम में, सोनल की छाती में मुँह गढ़ाकर सोई पड़ी रहती।

सोनल की सहेलियाँ कहतीं—"अपनी पसन्द का लड़का चुनकर सेटल क्यों नहीं होती?"

"सेटल तो हूँ। फिर अब ढूँढ़ूँ भी तो लड़का नहीं, पूरा मर्द ढूँढ़ना होगा, जो जाहिर है मेरे लिए अभी तक कुँवारा नहीं बैठा होगा।"

"क्या सचमुच इच्छा नहीं होती तुझे अपने एक घर की, एक प्यारे-से बच्चे की?"

"मंगला की 'टुटुल' मुझसे बेहद हिल गई है।"

"कोई दोस्त-ओस्त?"

"ऊँह! पुरुष जात से ही एलर्जी है मुझे।"

सोनल के तीखे उत्तरों से प्रश्न पूछने बन्द हो गए। वह भी 'विवाह-गाथा' का रिकार्ड बन्द करना चाहती थी। बस! बहुत हो गया!

घर-परिवार, बहन-भाई, जो है, भरा-पूरा है, सब ठीक तो है!

दास साहब उसे 'बेटा' कहकर बुलाते हैं। सहेलियाँ आश्वस्त हैं कि होगा कोई दोस्त-ओस्त? बनती है ज्यादा। ऐसी कोई परदानशीं तो नहीं कि पुरुषों से टकरा न जाए। यों भी आजकल कम ही लड़कियाँ माता-पिता के भरोसे रहकर उम्र-भर बैठी रहती हैं इन्तजार में...

पता नहीं क्या-कैसे गलत हो गया। यों तो वह भी उन संस्कारनिष्ठ लड़कियों में से थी जो जवान होते ही एक 'घर' के सपने बुनने लगती हैं। उसने कई साल प्रतीक्षा भी की लेकिन बाद में घरवालों का तटस्थ रुख देखकर दूसरों की चिन्ता करना सीख गई। एक बड़े परिवार के दायित्व ओढ़ने के साथ उसने अपने सपनों को मन के अँधेरे तहखाने में चिनना सीख लिया।

फिर भी अकेलापन महसूस किया था कई बार। कभी लगता, तूफानी सागर

में छोटी डोंगी में अकेली बैठी वह विशाल तरंगों से जूझते थकान से चूर-चूर हुई जा रही है। तब चाहा था कि कोई खूँख्वार लहर उसे लील जाए तो मुक्ति मिले। लेकिन तूफान आकर थम जाता। लहरों के उद्वेलन शान्त हो जाते और वह फिर एक विवेकशील, कर्तव्यनिष्ठ लड़की बन जाती।

इस विवेकशील लड़की के विवेक को चुनौती दी थी देवाशीष ने—"तुम कभी अपने बारे में नहीं सोचती सोनल?"

"अब क्या सोचना है देबू?"

एक सायास विरक्ति का आवरण उसकी उष्ण आत्मा को ढँकने लगा था। बाहर एक सूखी-सिकुड़ी ठंडी देह-भर रह गई थी। देवाशीष को मोह था शायद। कुछ करुणा भी। लेकिन वह छीलने की हद तक खुला और बेबाक था, 'मेरी माँ को थोड़ा एतराज है तुम्हारी उम्र को लेकर, पर मैं परवा नहीं करता।'

सोनल को ज्यों किसी ने बीच राह उघाड़ दिया हो। बिना अपराध!

"तो इस उम्रदराज लड़की पर तुम्हें दया आती है?" वह आइसबर्ग बन गई थी। ठंडी-ठस्स, बेलौस! "देबू, तुम अपने माता-पिता की इच्छा से ही जो करना है, करो। मैं भी वही करती हूँ!"

"सोनल! तुम्हारी कोई निजी जरूरत नहीं?"

"न...हीं!"

"ठंडी लड़की!" देवाशीष छिटक गया था।

सोनल ने एक जिद ओढ़ ली थी। नहीं, उसे दया नहीं चाहिए।

"कोई प्यार भी तो कर सकता है, बेवकूफ लड़की!"

"प्यार? कौन-सा प्यार? लैला-मजनूवाला, सोहनी-महिवालवाला? या कांची-कावेरीवाला?"

"इतना क्यों तनती हो? जो छूट गया, उसने तुझे निचोड़कर रख दिया है सोनल! मालूम है, कोई भी पुरुष जिरह करनेवाली लड़की को अपनी प्रेमिका नहीं बनाना चाहता..."

"मुझे किसी की प्रेमिका बनना नहीं है..."

प्यार के बारे में एक बार उसने सतीश से भी पूछा, बाद में जब वे एक-दूसरे के इतने करीब आ गए थे कि सोनल अपने सिकुड़े हुए मन को बेहिसाब फैलते महसूस करने लगी थी। प्रेम क्या सचमुच उदारता से भर देता है? उन दिनों वह अपनी सहेलियों के बीच बार-बार लू-शुन के शब्द दुहराती थी—'तुम्हारे पास हृदय है! यदि तुम प्यार करने जा ही रहे हो तो पूरी तरह प्यार करो! यदि ऐसा

कोई नहीं है जिसे तुम प्यार कर सको तो फिर तुम जितनी अच्छी तरह मर सकते हो, मरो!'

"मैं प्यार के बारे में बहुत कुछ नहीं जानता। कामकाजी आदमी हूँ।" (तो क्या प्रेम बेकार लोगों का ही शगल है?)

"हाँ, तुम अकसर बहुत याद आती हो!" सतीश ने जोड़ दिया था।

"क्यों? सबकुछ तो है तुम्हारे पास?" उसने याद आने का तर्क समझना चाहा था।

"मालूम नहीं। कभी ऐसा लगता है कि तमाम तामझाम के बीच मशीन का पुर्जा बनकर रह गया हूँ। खो-सा जाता हूँ...जब तुम याद आती हो।"

"क्या इसलिए कि एक औरतनुमा लड़की तुम्हारे अपने खाली कोने भरने के लिए बिलाशर्त खुद को दिए जा रही है?"

बहरहाल! यह तो आगे की बातें हैं!

उस रोज ठीक आठ बजे जब सतीश दरवाजे पर आ खड़ा हुआ, वह पहले से ही तैयार बैठी थी। वे लोग नगर-दर्शन को गए थे। उसने गाइड का काम सँभाला था।

यह उदयगिरि, खंडगिरि। यहाँ कभी जैन-संस्कृति की पीठिका थी, कोई दो हजार वर्ष पहले!

यह धौलगिरि का बुद्ध मन्दिर। इस आधुनिक मन्दिर में वास्तुकारों ने महात्मा बुद्ध के जीवन को पत्थरों में जड़ दिया है। यह देखिए—कलिंग-विजय के रक्त-स्नान के बाद सम्राट अशोक का मोह-भंग, बुद्ध के चरणों में नत सम्राट। बस, अब और रक्तपात नहीं।

और यह लिंगराज मन्दिर। ययाति केसरी ने इसे बनाना आरम्भ किया था और उसके पड़पोते ललितेन्दु केसरी ने इसे 688 ईस्वी में पूरा कर दिया। शिल्पकला का अद्भुत नमूना है यह मन्दिर! इसकी दीवारें...

लिंगराज की दीवारों पर मिथुन-मूर्तियाँ देखकर सतीश पल-भर ठिठक गया था लेकिन सोनल निर्लिप्त थी।

टैक्सी में बैठकर सतीश होटल की तरफ मुड़ गया था।

"मुझे घर नहीं छोड़ेंगे?"

"एक कप चाय पहले। मैंने ब्रेकफास्ट भी नहीं किया, कुछ तो रहम करो।"

"पर माँ घर पर इन्तजार करेंगी।"

"मुझे एक चीज भी आपको देनी है। ऊपर तो आना ही पड़ेगा।"

सोनल मंत्रबिद्ध-सी सतीश के पीछे-पीछे चली गई थी। उसने कमरे में नाश्ता मँगवाया। सोनल ने देखा, चौतरफ। बिस्तरा अस्त-व्यस्त है। लिहाफ का कोना

पलंग से नीचे जमीन छू रहा था। सुबह जल्दी उठकर चला गया है सतीश। सॉफ्ट मस्क के साथ एक पुरुष-गन्ध कमरे में फैली है।

अभी तक जो सोनल नि:शंक गाइड का काम कर रही थी, कमरा देखकर संकुचित होने लगी। अपने पर कोफ्त हुई—क्यों चली आई इस तरफ, अकारण? केवल औपचारिकता के लिए!

सतीश बाथरूम में पैर धोकर आ गया—"मन्दिर में नंगे पैर चलने से खूब-सी मिट्टी लग गई थी पैर में। आप भी धो लो।"

"अब चलूँगी। घर पर धो लूँगी..." सोनल चलने के लिए खड़ी हो गई। अचानक एक भिन्न स्थिति में आकर उसे बड़ी उलझन हो रही थी, कुछ-कुछ घबराहट भी। सतीश ने कन्धे पर हाथ रख दिए। बैठने का आग्रह था वह। तभी, अनायास ही अप्रत्याशित घट गया था। उनकी साँसों में सागर के सीने में उठते ज्वार-भाटों का तूफान भर गया था। कानों में तूफानी लहरों का हू-हू करता उन्माद-भरा शोर, एक-दूसरे के बचाव के लिए उन्होंने एक-दूसरे को थाम लिया था...

कैसे? क्यों? दोनों जब तक कारणों की खोज करते, वह अपरिहार्य क्षण अचानक घटकर गुजर गया था, या शायद इतना अचानक क्षण नहीं था वह। साथ घूमते, साथ सोचते, या खामोशी को बाँटते किसी क्षण अवचेतन में उस क्षण का बीजारोपण पहले ही हो चुका था।

अब सतीश-सोनल एक-दूसरे के सामने खड़े थे, अपने-अपने कठघरों में वापस, एक-दूसरे के लिए जवाबदेह। सोनल सतीश को देख रही थी, जिसका माथा ओस-बूँदों से अटा पड़ा था और हाथ बर्फ की मानिन्द यख! अपने भीतर के अहसासों को सोनल अपने से बाहर आकर समझना चाह रही थी, पर उस अचानक पल के गणित को समझने-विश्लेषित करने की स्थिति में वह नहीं थी। वह एक ठंडा ताप था, रगों-रेशों पर हावी! उसका मस्तिष्क सो गया था और शरीर का पोर-पोर जागने लगा था। रक्त के बिना चेताए पैंतीस साल की औरतनुमा लड़की ने पिंजरे में बिंधा संस्कारशील मन खुले आकाश में मुक्त छोड़ दिया था और वह अचानक उग आए नन्हे पंखों के साथ अजानी ऊँचाइयों में मुक्ति के अहसास से ही आतंकित थी।

नहीं, अपने भीतर से बाहर आने तक की इस 'अवैध प्रक्रिया' को उसका विवेक स्वीकृति नहीं दे सकता था। लेकिन यह बुद्धि और रक्त का द्वन्द्व था। इतना सहज तो नहीं कि वह एक झटके से खुद को काटकर अलग कर सकती।

वह रक्त की भाषा थी, सोनल के लिए अन्वेषण, उसमें जिरह या संवाद की गुंजाइश नहीं रह गई थी।

जाते वक्त सतीश ने सोनल को एक छोटा-सा पत्र थमा दिया था—"कल रात तुम्हें घर छोड़ने के बाद लिखा था, रात मैं सो नहीं पाया। तुमने मेरे जीवन में उजास भर दिया है! तुम मेरा पहला अनुभव हो! मेरा अकेला अनुभव! तुम जानती हो, मैं क्या कहना चाहता हूँ! तुमसे मिलना भाया! जानता हूँ, तुम्हें कभी भुला नहीं पाऊँगा! तुम जिन्दा रहोगी मेरी यादों में! हमेशा...हमेशा..."

ये पंक्तियाँ एक ऐसे व्यक्ति ने लिखी थीं, जिसे अपने रचे-बसे संसार पर गर्व था, जिसकी पत्नी बेहद सुन्दर थी (36-24-36? 5.6 ऊँची, गोरी छरहरी?), संस्कारशील और आधुनिक।

वह पत्र सोनल ने बार-बार पढ़ा। सहेजा। पहला अनुभव, सतीश का, या सोनल का?

उस दिन सोनल का पुनर्जन्म हुआ था। पत्थरों में से राग के झरने फूट आए थे। एक बन्द खिड़की हवा के ताजे झोंके से खुल गई थी।

सतीश दूसरे दिन चला गया था, दुबारा लौटने का वादा करके, और उसने वादे बराबर निभाए थे। अच्छे दोस्त की तरह वह खुलकर बात करता, अपने बारे में, अपने दोस्तों के बारे में—"शादी से पहले मैं लड़कियाँ देखकर घबरा जाता था। शादी हुई तो शालू ने सँभाल लिया। कोई कमी ही नहीं महसूस होने दी!"

"फिर?" वह पूछना चाहती थी कि फिर मुझ जैसी औसत लड़की की तरफ आकृष्ट क्यों हुए?

सतीश इस 'फिर' का उत्तर नहीं दे सका—"इट जस्ट हैपंड। मालूम नहीं कैसे! पर तुम्हें रेलवे स्टेशन पर देखते ही लगा था कि कुछ होगा!"

लेकिन सोनल ने उस वक्त ऐसा कुछ भी तो नहीं सोचा था। कोई तो कारण होगा इस सोच का? कोई कमी रही होगी कहीं मन के किसी अछूते कोने में। सोनल के भीतर तो कमी का अहसास ही मर गया था। प्राची में डिनर लेते सतीश ने सोनल की पसन्द पूछी। सोनल ने कहा, "आज तुम्हारी पसन्द!"

"मशरूम सूप, बोनलेस चिकन, फ्राइड फिश..."

"बस!"

"नहीं, कम-से-कम एक आइसक्रीम जोड़ दें। ठीक? मैंने जब पहली बार शालू को डिनर दिया तो यही मीनू चुना था।"

"फिर शालू!"

सतीश खुश था। तभी चहक रहा था, "मेरे जीवन में दो ही स्त्रियाँ आईं, पहली शालू और दूसरी तुम!"

"दूसरी औरत," सोनल ठिठक गई—"मैं दूसरी औरत नहीं हूँ।"

"सॉरी, मैं शायद ठीक से बात कह नहीं पाया..."

"मैं बस, एक औरत हूँ, न पहली न दूसरी। यहाँ तुम्हारे सामने हूँ एक सम्पूर्ण औरत। वहाँ वह है, अपने में पूर्ण। मैं वहाँ कोई नहीं। तुम्हारे पास भी जिस वक्त जो है, वही सच है, यह क्रम देकर, खानों में बाँटकर औरत को मत देखो।"

सोनल के भीतर एक गुनगुना आबशार फूटा था। उस पर 'दूसरी औरत' का दर्जा अप्रत्यक्ष-अबोला ही सही, गुनाह की छाया की तरह मँडराएगा नहीं।

सतीश ने बात का मर्म नहीं समझा। वह कामकाजी आदमी था। एक फैले हुए कारोबार को सँभालने में उलझा हुआ।

"मुझे तुम व्यापारी-जैसे नहीं लगे थे।"

"उजबक लगा था?"

"न, बेहद चुस्त-दुरुस्त, एक भले इनसान। इसके अलावा मैंने तुम में कुछ देखा ही नहीं।"

और कब यह भला इनसान मन के मनाहीवाले कक्ष में साधिकार प्रवेश कर गया, पता ही न चला। उसने अनायास ही खुद को देने का मंत्र सीख लिया। शरीर के भीतर उमगते मन को देने का मंत्र, तन से तो वह कोई लवंगलता थी नहीं। अब संहिताएँ पलटने की उसे न इच्छा थी और न समय।

वर्ष-भर बीत गया। लगता है अभी की ही तो बात है, जब भूतोंवाले प्रसंग को लेकर सोनल ने कहा था—

"जो पहले गायब हो जाए, वह भूत!"

सतीश ने बाद में कहा था—"मुझे तुम्हारी बात अच्छी नहीं लगी।"

"कौन सी बात?"

"गायब होनेवाली। हम दो में से कोई कहीं नहीं जाएगा।"

"हाँ, हम भूत नहीं इनसान हैं।"

"मजाक नहीं, मेरी तरफ से तुम निश्चिन्त रहो।"

यह सतीश कह रहा था, जिसे शालू ने कभी कोई कमी महसूस न होने दी।

"सम्बन्धों की उम्र कितनी बड़ी होती है, मैं नहीं जानती। पर हर चीज का अन्त तो होता ही है।"

सतीश का चेहरा उदास हो गया था। नन्हे बच्चे के हाथ से जैसे किसी ने

खिलौना छीन लिया हो। सोनल के भीतर ज्वार उमड़ आया था। इस आधे-पूरे सम्बन्ध पर बेहद प्यार छलक आया था।

"हाँ, कहो सोनल! यही सच है। इस घड़ी का सच! तुम्हारे भीतर का सच!"

सोनल के भीतर दो पंक्तियाँ गूँज उठी थीं—

मुझे सूरज से प्यार है, वह रोशनी लाता है।
मुझे जुगनू भी पसन्द है, वह चीरता है अँधेरे को।

न! अब सोनल खुद को अपने ही बनाए यातनागृह में बन्द नहीं करेगी। पाने का स्वप्न, पूर्ति का आग्रह, नहीं, भीतर की कोई जकड़न उसे बाँधेगी नहीं।

पिंजरे के पाँखी ने टुकड़ा-भर आकाश में उड़ान का सुख जाना है। इतना क्या उम्र-भर का अँधेरा धोने के लिए काफी नहीं?

"इस लड़की ने देना ही जाना है," सोनल की मासी कहती है, "क्या है इस लड़की के पास अपना कहने को? एकदम अकेली जान। जिनके लिए खटती है, वे सब अपने संसारों में रमे हैं..."

सतीश भी तो इसका विकल्प नहीं? वह कहता है, "मैं शालू पर बहुत डिपेंड करता हूँ। वह मेरी गृहस्थी ही नहीं सँभालती, मुझे भी सँभालती है। मुझ पर हुकूमत करती है।"

सोनल ने देना जाना है। हुकूमत वह अपने पर भी नहीं करती। फिर कैसे मिले दो ध्रुवों पर बैठे वे दो? इतना भराव होकर भी सतीश के भीतर अकेला कोना कैसे रह गया? क्या मात्र एक इतर अनुभव के लिए? क्या सतीश अपने 'बिजनेस ट्रिप' को 'प्लेजर ट्रिप' बनाना चाहता था? लेकिन सोनल सतीश के बारे में इस तरह कैसे सोच सकती है? माथे पर पसीने की वे बूँदें, हाथों में हल्की लरज, जैसे पहली बार ही किसी औरत को नजदीक से देख रहा हो...

"पता नहीं क्यों, पर यह सच है कि अपने इर्द-गिर्द के कड़े पहरे से आदमी कभी मुक्ति चाहता है। कोई पल तो आदमी अपने लिए अपनी तरह जिए। लगता है आज इसकी गुंजाइश ही नहीं रही। अभी पिछली बार मैं दसेक दिन के लिए थकानेवाले दौरे से लौटकर घर आया तो शालू किसी सहेली की दावत पर जाने को तैयार बैठी थी। मुझे भी साथ चलने की जिद करने लगी, डैम इट! मैं रिलैक्स करना चाहता था, पर नहीं। उसकी सहेली नाराज हो जाती। ऐसे में लगता है, पति न हुआ गुलाम हो गया। न जाओ तो घर में कलह! और मुझे बेडरूम के हंगामों से नफरत है..."

"पत्नी को कुछ अधिकार मिले हैं, जिनका वह उपयोग करती है।"

"शायद!" सतीश ने बहस नहीं की। और सोनल के साथ अधिकार का

बिल्ला नहीं लगा था, सो दुरुपयोग का प्रश्न भी नहीं उठता था।

"यह कैसा रिश्ता है हमारा?"

"क्यों एनालाइज्ड करती हो? किसी के प्रति अपने दायित्व में हम कोताही नहीं करते, अपने लिए कुछ पल जीने में कौन-सा अपराध हो गया?"

"लेकिन एक बड़ा समाज?"

"जो तुम्हारा अकेलापन नहीं बाँट सकता, उसे तुम्हारे छोटे-छोटे सुखों में दखलन्दाजी का भी अधिकार नहीं। फिर अगर चाहना पाप है, तो मन में चाह का उगना भी पाप है। परमहंस ने कहा है..."

बड़ी जोड़-तोड़ के बाद कोणार्क देखने का प्रोग्राम बना। सतीश के पास वक्त बहुत कम था। फिर भी वे दोनों खूब घूमे। समुद्र-तट पर देर तक घुटनों-घुटनों भीगते रहे। पत्थरों में कैद कामना के ज्वार देखते हुए जान गए कि धर्म, दर्शन, ज्ञान अगर सच है तो नश्वर देह का भी अपना एक सच है, जिसे कोई भी नैतिक धारणा झुठला नहीं सकती।

वे सूर्योदय से सूर्यास्त तक एक युग लाँघ गए थे। खट्टे-मीठे स्वादों-भरा यादगार दिन। कुछ नोक-झोंक, कुछ प्यार, कुछ मनुहार। घर लौटते वक्त वे शान्त थे, ज्यों सागर की उफनती लहरें सागर के हृदय में लौट गई हों। गाड़ी में बैठे उन दोनों को दाएँ-बाएँ काजू, केले व नारियल के झुरमुटों के बीच उतरती साँझ के साथ पुरवा के झोंके पलकों पर लोरियों की दस्तकें दे रहे थे। पोखरों में उन्नाबी फूलों के गलीचे, पेड़ों के लम्बे होते साये, हवा में बाँसुरी की धुन...कोई कविता जैसे आकार ले रही हो।

तभी सतीश मानो नींद से जाग पड़ा था, चौंककर।

"आज का दिन तो पूरा ही गँवा दिया!"

सोनल को धक्का लगा—"क्यों, क्या हुआ?"

"एक-दो पार्टियों से मिलना बहुत जरूरी था।" उसने डायरी देखी।

"कोई बात नहीं, कल का दिन भी तुम्हारे पास है। चिन्ता न करो।" सोनल एक अच्छे दिन को जिबह नहीं करना चाहती थी।

"सो तो है, पर, द होल डे! माई गॉड, यह कांट्रेक्ट बहुत जरूरी था मेरे लिए। कोणार्क के चक्कर में ध्यान से ही उतर गया।" उसके माथे के बीच दो सलवटें उभरीं—"टु बी फ्रैंक, आई नीड मनी, आई डोंट नीड सेक्स, आई हैव गॉट एवरीथिंग एल्स..."

सोनल ने आहत होकर सतीश को देखा। यही सतीश एक बार मजाक में

भी उससे अलग होने की बात सह नहीं पाया था। तब भी उसने सोनल को क्या शरीर-मात्र ही समझा था? "तुम मेरा अकेला अनुभव हो, तुम्हें मैं कभी भुला नहीं पाऊँगा!" वह सब क्या झूठ था?

सोनल ने कुछ नहीं कहा। उसके प्रेमी की जगह एक व्यापारी आकर बैठा था, जो हर रिश्ते को व्यापार ही समझ बैठा था। लेकिन जो कुछ उनके बीच घटा था, वह क्या महज शरीर के लिए ही था? एक भरे-पूरे व्यक्ति के खाली कोने का भ्रम-मात्र वह सम्बन्ध, जिससे सोनल के भीतर जमे शिलाखंडों से राग के सोते फूट आए थे?

दरिद्र सोनल! तू उस व्यक्ति से कैसे जुड़ गई जिसके पास वह सब था, जो तेरे पास नहीं है। तेरे पास क्या है? नया-नया बुना मकड़ी का जाल, जो एक झटके से टूट भी जाता है और मकड़ी का दम भी घोंट देता है? सम्बन्धों की उम्र, देखा, कितनी लम्बी होती है? अपनी अछूती ऊँचाइयों में तो राग पत्थरों पर ही खुदे रह जाते हैं, मन तो फिसलनी चीज है...और देह? कुछ जरूरतों, कुछ माँगों का नाम! उम्र के एक लम्बे दौर तक अपने भीतर बनते महलों-कुटीरों को ध्वस्त करती सोनल, तेरे भीतर ऊष्मा की बाढ़ क्या यही वाक्य सुनने के लिए आई थी? देखी तुमने उच्चतम आकांक्षाओं की कुरूप परिणति?

विदा के वक्त औपचारिकताएँ निभीं—"फिर आऊँगा, अच्छे साथ के लिए शुक्रिया..."

सोनल ने बेहद थकान महसूस की। घर आकर वह जल्दी सो गई। नींद की दो गोलियाँ लीं और आँखें बन्द कर लीं। नहीं, वह कुछ नहीं सोचना चाहती थी। कुछ ढह गया था उसके भीतर। यह काला पहाड़ कहाँ से आ गया फिर? लेकिन नींद में वह दुबारा कोणार्क पहुँच गई। खूब घूमी। सतीश की जगह गाइड उसके साथ चलता रहा—"यह देखिए, यह प्रतीक्षारत नायिका की मूर्ति! थोड़ी खंडित है, पर आँखों में विह्वल भाव है! पत्थरों में राग फूटा है जैसे। उन्नीसवीं सदी में 'काला पहाड़' मूर्ति-भंजक बनकर आया, पर ये आदिम राग पत्थरों पर खुदे रह गए..." तभी अचानक सोनल के दो पंख उग आए। वह थोड़ी दूर उड़ी और फिर दीवार पर अंकित प्रतीक्षारत नायिका की खंडित प्रस्तर-प्रतिमा में समा गई।

दहलीज पर न्याय

धूप बहुत तेज थी। सीधी, नुकीली बर्छियों-सी कपाल के ऊपर गिरती। लगता था अभी यह साबुत सिर कई हिस्सों में बँटकर टुकड़ा-टुकड़ा हो जाएगा। रुक्की ने माथे पर हथेली की ओट दे मिचमिचाती आँखों से दूर तक नजर डाली। क्षितिज तक फैला रेतीला मैदान। बीच-बीच में रेत के ढूह और इक्का-दुक्का करील बबूल के ठिंगने झाड़, जिनके पत्ते बकरियाँ चर गई थीं और टहनियों के कँटीले ठूँठ बाकी रह गए थे। वहाँ तक हाँफती-गिरती रुक्की पहुँच भी जाए तो भी कोई फायदा नहीं। झाड़ न उसे छाँह दे सकता था और न सुरक्षा।

छाती से चिपकी गठरी का मुँह उसने थोड़ा-सा खोलकर देखा। बच्चा पसीने से सराबोर बेहद गर्मी और प्यास के मारे अधमरा-सा सुन्न पड़ा था। लिजलिजे मांसपिंड की बेहरकत गठरी, ज्यों किसी ने नन्हे जिस्म से साँस खींच ली हो। रुक्की ने घबराकर ओढ़नी के पल्लू से बच्चे को हवा दी। नहीं, बच्चा जिन्दा था। उसकी बारीक-बारीक साँसें उठ-गिर रही थीं। उसके डूबते जी में आस जगी। बच्चे के आँख खोलते ही उसने अपनी छातियाँ उसके मुँह में दीं। बच्चे ने एक बार अभ्यासवश स्तनों पर मुँह मारा, पर तुरन्त ही एक झटके से मुँह हटा दिया। रुक्की से सोचा दूध की धार उसके जम्पर को भिगो रही होगी लेकिन ऐसा कुछ भी न था। तीन दिन की भूख-प्यास ने उसकी रगों को खुश्क कर दिया था। दूसरी बार कोशिश करने पर भी बच्चा दूध खींच न सका और ऊब और

प्यास के मारे इया-याँ करके चीखने लगा। चीख से घबराकर दाएँ-बाएँ देखती वह बच्चे को बाँहों में झुलाने लगी। बच्चा थोड़ा चुप हुआ पर इस बार उसकी अपनी चीख निकल गई। धरती पर रेंगते जाने किस जीव ने उसके पैर में जोर का डंक मारा था। घबराकर और दर्द से रुआँसी, उसने ओढ़नी का किनारा फाड़ टखनों के पास कसकर बाँध दिया। क्या जाने कौन जहरीला कीड़ा था। आसपास रेंगता कुछ नजर तो न आया। पीड़ा से उसकी आँखों में आँसू आ गए लेकिन दूर-दूर तक रेत के लहरिए सागर के सिवा कोई उसके आँसू देखनेवाला नहीं था। हवा भी ज्यों दम साधे, चोरनी-सी कहीं छिपी बैठी थी।

कहने को तीन दिन, पर लगता था महीनों हो गए उसे भागते हुए। भेड़ियों, भालुओं और मैल खाते सुअरों से बचते हुए। आदमी की शक्ल में आदमखोर हैवानों से उसका पाला पड़ा था। घर-द्वार की सुरक्षा छोड़कर जो नंगे आसमान के नीचे आ गई थी। यह सब हुआ था उस पापी महन्त के कारण! उसकी भी तो मत मारी गई थी। कैसे भागी-भागी गई थी छोरे को लेकर महन्त की असीस लेने, सत्यानाशी महन्त ने कैसे सख्त आवाज में उसे सरापा था। सरापा ही तो, आशीष थोड़े दी। बच्चे को घूरते हुए ठस-बेलौस आवाज में रुक्की से कहा था—"देवी माँ को तेरे इस छोरे की जरूरत है।" उसकी ऊपर की साँस ऊपर और नीचे की नीचे रह गई थी। महन्त उसके सिर-कन्धों पर हाथ फेरता उसे वरदान सा देता बोला था—"इसकी बलि देगी तो दस गबरू जनेगी! अभी तो तू जवान है।" देवी माँ उसके सपने में आई थी। ऐसा ही कुछ उसने आगे कहा था। लेकिन रुक्की ने आगे की बात नहीं सुनी। उसकी देह तो देह आत्मा तक काँप उठी थी।

काकी माँ का आग्रह था—"पूरे पाँच साल बाद कोख हरी हुई है राधे की बहू। छोरे को महन्त के पास ले जा। माथे पर हाथ फेर देगा।" घर आकर वह चुप्प-गूँगी हो गई थी। पर गाँव भर में दबी-दबी आवाजें उभरने लगी थीं, महन्त की बात! रुक्की के छोरे को देवी की बलि चढ़ाएँगे। राधे बैलों को सानी खिलाते पत्थर हो गया था। महीना भर के छोरे की बलि? क्यों भला? नहीं, उसे नहीं चाहिए दस-दस गबरू। उसका एक ही छोरा भत्तेरा। रुक्की के पेट में चीरा लगाकर छोरा जन्मा है। डाक्टरनी कह गई थी दूसरा बच्चा नहीं होगा। उसने महन्त जी के पास जाकर डाक्टरनी की बात कही थी। महन्त की आँखें सुर्ख अंगार हो गई थीं। यह उसकी सत्ता को चुनौती थी। वह दाँत पीसकर बोला था—"डाक्टरनी देवी से ज्यादा जानती है? बच्चे की उम्र एक माह एक दिन लिख गई है, धर्मराज के बहीखाते में। इसे पत्थर की लकीर समझो! इस छोरे की बलि देगी तो दस

बेटे जनेगी, सात पुरखे तरेंगे, नहीं तो यह छोरा जनकर भी उम्र-भर बाँझ की बाँझ रहेगी।"

धन्नो, लक्ष्मी, बुधुआ, हरि काका आगत की आशंका सूँघ उस गुस्से की लपट में भस्म होते-होते रह गए थे, ऐसा आतंक था महन्त का गाँव में। राधे समझाते, पाँव पकड़ते हार गया लेकिन महन्त का दिल न पसीजा। गाँव के बड़े-बूढ़े भी प्रकारान्तर से महन्त की बात का समर्थन करने लगे थे।

महन्त की बात कभी झूठी निकली? अनारो की ब्याह के दस साल बाद कोख हरी नहीं हुई? महन्त का प्रताप नहीं था वह? कुल आठ दिन ही तो जाप करवाया था उससे? सूरज उगने से पहले? बिल्लो की नानी मरी नहीं थी देवी का अमृत पीने से? पापिन जो थी जन्म-जन्म की। महन्त जी ने क्या झूठ कहा था? रुक्की किसी को न समझा सकी। राधे जान गया कि महन्त अपनी जिद पूरी करवा के रहेगा। कितने तो गुंडे-बदमाश पाल रखे हैं। देवी के नाम पर उसका बच्चा बलि चढ़ेगा और वह अपनी आँखों से यह अत्याचार देख न पाएगा। राधे उसी दिन गाँव छोड़कर भाग गया।

रुक्की अकेली पड़ गई। लेकिन रुक्की जब्बर औरत है। उसने जिद पकड़ ली। वह इस नन्ही जान को जिन्दगी देगी। वह न्याय के दरवाजे खटखटाएगी। रुक्की कमजोर नहीं पड़ेगी। वह इस महन्त के बच्चे से निबट लेगी। सारा कच्चा चिट्ठा खोलकर रख देगी पुलिस-दरोगा के सामने।

काँपते हुए घुटनों पर हाथ का भार डाल रुक्की ने उठने की कोशिश की। आसपास कहीं कोई कूल-किनारा नहीं। धरती अकड़े हुए चमड़े सी सख्त और बेदर्द। आँखों के कोए बेअन्त जलन से लहकते से। गले का थूक भी सूख गया था। ताल अनावृष्टि के शिकार किसी तालाब के सूखे दरारें भरे तल की तरह फूटने को आ रहा था।

नहीं, इस तरह धूप में बैठकर झुलसने से नहीं चलेगा। शरीर में आखिरी साँस रहते उसे चलना होगा। रीढ़ की हड्डी तक सनसनाती पैर की पीर को झटककर वह सीत्कार दबाती उठ खड़ी हुई। एक पाँव को लिथड़ती, गिरती-पड़ती रुक्की धूप ढलने तक पेड़ों के झुरमुट तक पहुँच गई। जिनकी छाँह तले पक्के कुएँ की जगत नजर आ रही थी। पास ही कहीं गाँव होगा। इक्का-दुक्का झुग्गी भी नजर के घेरे में आने लगी थी।

कुएँ में पानी बहुत नीचे था। पानी खींचने के डोल की जगह केवल एक मोटा रस्सा लटक रहा था। डोल शायद निकाल दिया गया हो। आसपास कोई बर्तन-भांडा, कोई टिन का डब्बा भी नजर नहीं आया।

क्या करे रुक्की? पास की झुग्गी का द्वार खटखटाए? कोई पहचानवाला निकला तो? अहं! इस दूर के गाँव में कौन पहचानेगा उसे?

कोई पूछे, कौन हो, कहाँ से आई हो? ऐसी अधमरी हालत कैसे हो गई?

प्रश्न पूछने का पारम्परिक अभ्यास क्या यहाँ वालों को छूट गया होगा? लेकिन प्रश्नों से रुक्की डर गई तो घर से निकलने का अर्थ ही क्या हुआ?

रुक्की पाँव घसीटते झुग्गी के पास पहुँच गई। दरवाजे पर हल्की थाप दी। लकड़ी के भारी फट्टे खोल चारखानेवाली लुंगी पहने अधेड़ उमर का पहलवाननुमा व्यक्ति उसके सामने खड़ा हो गया और प्रश्नात्मक मुद्रा बनाकर उसे घूरने लगा।

"थोड़ा पानी मिलेगा?" रुक्की ने भेदक दृष्टि को नजरअन्दाज कर याचना भरे स्वर में पूछा।

"कौन हो तुम? कहाँ से आई हो? इस गाँव की तो नहीं लगती? यह कपड़े में क्या लिपटा रखा है?"

रुक्की प्रश्नों की बौछार से घायल-सी दरवाजे के पास लिपी हुई बरामदेनुमा जगह पर धम्म से बैठ गई।

"दूर से आई हूँ। प्यास से गला सूख रहा है। बच्चा भी प्यास से बेहोश है..."

"कौन हैऽऽ! किससे बतिया रहे हो?" भीतर से मर्दाना स्वर में किसी स्त्री ने जवाबतलबी की।

"कोई औरत है। लगता है कहीं से बच्चा उठाकर भाग आई है।"

लुंगीधारी ने उसकी तरफ घूरकर अन्दर की ओर बात उगल दी। तब तक भीतरवाली औरत पाँव के भारी कड़े खनकाती, आटे सने हाथ लिये दरवाजे तक आ गई। रुक्की को ऊपर से नीचे तक परखते उसने भी प्रश्न ही किया—"इस तरह यहाँ क्यों बैठी हो? कौन हो?"

"दूर से आई हूँ। थोड़ा पानी मिले तो चल दूँगी।" रुक्की की आवाज भर्रा गई।

"पर जा कहाँ रही हो और आई कहाँ से हो?" लुंगीधारी बार-बार खोद-खोदकर प्रश्न पूछे जा रहा था। इस बार उसकी औरत ने हाथ के इशारे से उसे बात करने से बरज दिया।

"आओ, भीतर चली आओ। अन्दर बैठकर बात करो।"

नारी-मन की सहज संवेदना शायद बच्चे को देखकर जग गई थी।

पानी की घड़वी लाकर उसने रुक्की के हाथ में दी। उसने लौटे से धार बनाकर पानी हलक में डाल दिया। मुँह में धूल और रेत का किरकिरा स्वाद महसूस करते भी उसने गटागट पानी पी लिया। पानी की धार उसकी चोली भिगोती बच्चे के

ऊपर पड़ी तो बच्चा कुनमुनाया। रुक्की ने हथेली की ओक बनाकर बच्चे को पानी पिलाया। वह जल्दी-जल्दी अपने नन्हे लाल कोंपलों-से होंठ-जीभ चलाता पानी गुटकने लगा। जल्दी में उसे धसका उठा, तो रुक्की ने उसे थोड़ा झुकाकर पीठ पर दो-तीन थपकियाँ दीं। बच्चे की नाक-आँख से पानी निकल आया और वह बिटर-बिटर आसपास देखने लगा।

स्त्री उसे पानी पर टूटते देख समझ गई कि यह औरत प्यासी ही नहीं भूखी भी है। भीतर जाकर उसने एक अधमैले से कपड़े में लिपटी बाजरे की रोटी निकाली और उस पर थोड़ा-सा बथुए का साग रखकर सामने धर दिया। "इसे खा लो, फिर अपनी बात बोलो।"

रुक्की जब रोटी खा रही थी तो दो-तीन, नाक सुड़कते, कमर तक नंगे लड़के दरवाजे के पास खड़े होकर कौतुक से उसे देख रहे थे जो शायद इस औरत के बच्चे थे। रुक्की जल्दी-जल्दी रोटी गले में ठूँस रही थी और उसे धसके पर धसका उठ रहा था। रोटी खाते ही रुक्की ने चोली ऊपर उठाकर बच्चे को दूध पिलाना शुरू कर दिया था, पर बच्चा किसी भी तरह दूध खींचने को राजी नहीं हो पा रहा था।

"इसे लू लग गई है शायद!" स्त्री ने पास आकर बच्चे को देखा फिर रुक्की की छातियाँ देखीं और अनुभवी लहजे में बोली, "दूध की रगें सूख गई हैं जभी बच्चे का तालू चकट गया है सूखे स्तन खींचते। मैं दाल का पानी देती हूँ, उसे पीकर थोड़ी बुहारी करो झुककर, दूध उतर जाएगा। घबराने की कोई बात नहीं।"

स्त्री ने बच्चे की ओर हाथ बढ़ाकर उसे अपने पास लेना चाहा—"लाओ, इसे दो, थोड़ा दूध पिलाऊँगी इसे।"

रुक्की ने एकदम बच्चे को अपने से भींच लिया—"नहीं, नहीं, वह बाहर का दूध नहीं पीता। वह...थोड़ा घबरा गया है गर्मी से। पानी पीने से ठीक हो जाएगा।" रुक्की ने दुबारा ओढ़नी का सिरा गीला किया और बच्चे के सिर-मुँह पर फेरा। बच्चे को वह अपने से अलग नहीं करना चाहती थी।

स्त्री ने तब थोड़ा गुड़ मिला पानी लाकर दिया जिसे बच्चा चटक-चटक आवाज निकालकर पीने लगा। रुक्की के पैर में बँधी पट्टी देख स्त्री ने उसका पैर देखा। दर्द से नीला पड़ गया था। भीतर जाकर उसने कोई तेल जैसी दवाई निकाली। चाकू से खुरचकर डंक निकाला और डंक की जगह हथेली से तेल रगड़ दिया।

"ठीक हो जाएगा, कोई बिच्छू-इच्छू काट गया लग रहा है। यों ज्यादा जहरीला नहीं दिखता।"

स्त्री की सहानुभूति से रुक्की भावोद्रेक से फफककर रोने लगी—कौन है यह अनजान स्त्री? क्या लगती है उसकी? उसकी माँ तो नहीं आई इस स्त्री का रूप धरकर?

लुंगीधारी खटिया पर बैठा रुक्की को बुरी तरह से घूरे जा रहा था। उसे रुक्की पर तरह-तरह के शको-शुबह हो रहे थे। कई रंगों की कढ़ाईदार चोली पहनी है रांड ने। खूब से चुन्नटवाला चटख रंग का घाघरा। किसी खाते-पीते घर की लगती है। क्या पता कहीं चोरी-चकारी की हो, या किसी यार के साथ चोरी-छिपे घर से निकल आई हो, और वो इसे गच्चा देकर भाग गया हो। अब यह पुलिस के डर से भाग रही हो...

उसने पत्नी से कहा, "इसे जल्दी से रफा-दफा कर दो। कहीं हम भी पुलिस की लपेट में न आ जाएँ।"

पुलिस के नाम से स्त्री को थोड़ा डर जरूर लगा, पर रुक्की को रफा-दफा करने से पहले उसने उसकी कहानी सुनी। रुक्की पर अविश्वास करने का कोई कारण उसे नजर न आया। कनपटी के पीछे, बालों को खुजलाते उसने पूछा, "गाँव छोड़कर आई सो ठीक किया पर अब जाओगी कहाँ?"

रुक्की अब सस्वर रुदन करने लगी।

"क्या कोई नहीं है तुम्हारी माँ के घर?"

रुक्की ने सिर हिलाकर नकारात्मक संकेत में उत्तर दिया।

"नाते-रिश्तेदार?"

"न, उनके पास नहीं जाऊँगी।"

स्त्री ने लम्बी उसाँस भरकर झुग्गी के एक कोने की तरफ इशारा किया— "उधर पड़ी रहो रात-भर। सुथरी जगह है। अभी खाट लेने जाऊँगी तो चार जने पूछने लगेंगे। सो जा, थक गई है, बाकी कल देखेंगे।"

रुक्की कोने में जाकर अँधेरे में धँस गई। यहाँ उसे बड़ा सुकून मिला। लुंगीधारी की नजरें वह यहाँ से देख नहीं पा रही थी, हालाँकि वह उन्हें अपने समूचे जिस्म पर रेंगते महसूस करती भीतर ही भीतर घिन्नाने लगी थी।

बच्चा थक-चुककर निढाल सो गया था, उसने भी आँखें बन्द कर लीं। लेकिन बन्द आँखों के आगे उसे हौलनाक दृश्य धमकाने लगे। जलती मशालों-सी लाल आँखें, उसका मांस नोचने को आतुर लम्बे धारदार बघनखे झुग्गी के कोने-कोने से धमकाने लगे। वह सोई थी या जागी थी, उसे कुछ पता नहीं चला। एक बेअन्त दौड़ में वह हाँफ रही थी। कभी हरि काका का द्वार

खटकाती, कभी धन्नो बुआ की देहरी लाँघती, बदहवास, रोती-गिड़गिड़ाती, बन्दरिया के मरे हुए बच्चे की तरह बच्चे को सीने से चिपकाए। लेकिन यह क्या? हरि काका पत्थर के बेजान बुत बन गए थे। काकी की आँखों से धार बनकर आँसू बह रहे थे। सदियों से बहाए औरत के आँसू। लेकिन उसकी जुबान बन्द थी, होंठ सिले हुए।

वह बावली-सी पूरे गाँव में चीखती रही। परन्तु गाँव एकदम सुनसान जंगल बन गया था। जहाँ उसकी चीखें हवा में गूँजती उस तक वापस लौट आई थीं।

महन्त की बात! हाँ महन्त की बात टाली नहीं जा सकती थी। कुछ अन्धविश्वास, कुछ वहम, कुछ लाचारी। देखा नहीं था तुमने बनवारी को बरगद की डाल पर लटकते? तब से किसी ने हिम्मत की महन्त की बात टालने की? लाजो की लाश नहीं मिली थी कुएँ में? महन्त को दुराचारी कहा था उसने! रुक्को की कोख से जरूर किसी नाग ने जन्म लिया है नहीं तो महन्त को क्यों ऐसा सपना आता? महन्त देवी का भक्त है, देवी जो आदेश देगी, वह करके ही रहेगा। रुक्की-राधे की मर्जी न होने से क्या फर्क पड़ता है?

विरोध की शक्ति उनमें भी नहीं थी जो इस खेत से उस खेत में पानी की धार कटने-बहने पर सिर-फुटौव्वल करते थे, और जरा-जरा सी बातों पर मरने-मारने पर उतारू हुआ करते थे।

लेकिन रुक्की अड़ गई। यह रुक्की का अपना मामला है। उसे नहीं चाहिए दस सन्तानें। वह अपने छोरे को नहीं देगी। महन्त क्या, आप देवी भी आकर माँग ले तो भी नहीं। रुक्की फरियाद करेगी। पुलिस चौकी पर रपट लिखाएगी। कोर्ट-कचहरी जाएगी। कोई कायदा-कानून नहीं बचा क्या दुनिया में?

रुक्की आधी रात को चुपचाप निकल आई अँधेरे रास्ते पर। डिबरियाँ, लालटेन और इक्का-दुक्का गैस के हंडे बुझाकर लोग सो गए थे। दूर से सियारों की हुआँ-हुआँ आवाज सुनसान रात को भयावह बना रही थी, हर आहट पर ज्यों मौत पंजे खोले खड़ी हो।

सुबह सूर्य उगने से पहले सोया गाँव देवी के मन्दिर में इकट्ठा हो जाएगा। और रुक्की के बेटे की तलाश शुरू हो जाएगी...

सूर्य उगने से पहले ही वह पुलिस चौकी पर पहुँच गई थी। लाल छतवाली पक्की ईंटों का लम्बोतरा-सा मकान, उसने पहले देखा कहाँ था? पूछ-पूछकर आ गई। मकान के सामने खुले बरामदे में दो खाटें बिछी थीं जिन पर दो व्यक्ति सोए

खाँ-खाँ खर्राटे भर रहे थे। रुक्की दालान के बाहर दीवार से पीठ टिकाकर सुस्ताने बैठ गई। ये आदमी जग जाएँ तो रुक्की अपनी फरियाद सुनाएगी।

सुबह की ठंडी हवा ने तन को मुलायम थपकियाँ दीं और इन्तजार में बैठी रुक्की की आँख लग गई। नींद में उसे कमर में डंडे की कोंच महसूस हुई तभी वह हड़बड़ाकर जाग गई।

"ऐऽऽ कौन है तू? इधर क्यों सोई पड़ी है?"

आँखें मलते रुक्की ने ओढ़नी सँभाली, बच्चे को बाँहों में उठाया और खड़ी हो गई, "आप हवलदार साहब हो न!"

"तेरी आँखों में क्या चर्बी चढ़ी है जो पहचानती नहीं?"

"नहीं हजूर, छिमा करना, मैंने पहचाना नहीं। वो वर्दी नहीं पहनी है न?"

तब हवलदार साहब को शायद पहली बार मालूम पड़ा कि वह बनियान और चड्डी में ही घूम रहा है।

"ठीक है, ठीक है, बोल क्या बात है।" हवलदार झेंपने की बजाय कुछ ज्यादा ही अकड़ से बोला।

"हुजूर, फरियाद करने आई हूँ।"

"किससे? कैसी फरियाद? कोई मर-मुर गया? कहीं कत्ल-वत्ल हो गया?"

"नहीं, हुजूर, वो रपट लिखानी है।"

हवलदार शायद और बातें पूछता पर तभी भीतर से पुलिस की ढीली-ढाली वर्दी पहने दूसरा व्यक्ति बाहर आ गया।

"रपट लिखाने आई है, इसे अन्दर ले चलो। मैं बावड़ी पर स्नान करके आता हूँ।"

भीतर एक उम्र की मार खाई रंग उड़ी मेज पर कुछ बहीखाते जैसे रखे हुए थे। पुलिसवाला कुर्सी पर बैठ गया और उसे चरमराती-सी बेंच पर बैठने का इशारा किया।

"आप ही लिखोगे रपट?" रुक्की ने नीम अँधेरे सूने कमरे में खुद को अकेली पाकर थोड़ा घबराकर पूछा।

"नहीं तो क्या आपका बाप लिखेगा?" पुलिसवाला उसकी चोली पर नजर गड़ाए मजाक के मूड में आ गया। रुक्की ने बच्चे को कन्धे से लगाकर ज्यों आड़ कर दी और जल्दी-जल्दी रिपोर्ट लिखानी शुरू की, "हुजूर, मैं राधेश्याम की जोरू रुकमिनी हूँ। ब्याह के पाँच साल बाद मेरा यह छोरा हुआ। मैं इसे महन्त की असीस दिलाने मन्दिर ले गई तो महन्त ने कहा..."

"आहिस्ता बोल, क्या चपर-चपर जबान चला रही है..." पुलिसवाला उसे बीच-बीच में टोकता कुछ-कुछ लिखता गया और हर वाक्य के बाद सवाल पूछता रहा—"महन्त नहीं, महन्त जी कहो। क्या कहा महन्त जी ने? वो हो हो हो!" अचानक उसे हँसी का दौरा सा पड़ गया और वह उठकर रुक्की के पास आ गया, "दस बेटे जनेगी कहा? ओ हो हो हो। गलत नहीं कहा। मैं तो कहूँ बीस छोरे जनेगी तू...ऐसी कसी-तनी देह है तेरी।" बात करते वह रुक्की से छोड़छाड़ करने लगा। रुक्की सहमी-सी कमरे के बाहर देखने लगी, वह दूसरा पुलसिया जाने कहाँ मर गया!

"हुजूर! वह महन्त को जेहल में डाल दो, हथकड़ी लगा दो। छटा बदमाश है वह..."

"तेरे साथ कुछ बदसलूकी की?"

"हुजूर वह लाजो थी न, उसने..."

"उसकी बात छोड़, तू अपनी बात कह...तेरे पास क्या सबूत है उसकी बदमाशी का? यह छोरा...?"

पुलसिया इतना पास आ गया था कि उसकी हाँफती बदबूदार साँसें वह चेहरे पर महसूस करने लगी थी। वह छटपटाकर दरवाजे की ओर बढ़ी, और छीना-झपटी में दहलीज पर ठोकर खाते-खाते सँभली। तभी उसने देखा बाहर से पहलेवाला हवलदार कन्धे पर गमछा डाले भीतर आ रहा है। "हुजूर, आप इसे बरज दीजिए, मेरे साथ बदसलूकी कर रहा है।" रुक्की ने शिकायत करनी चाही। हवलदार ने आँखें तरेरकर पुलसिए को देखा—"क्यों बे, बदतमीजी कर रहा है..." रुक्की ने हैरानी से देखा हवलदार पुलिसवाले की ओर एक आँख दबाकर होंठों में मुस्कराया था। "अकेले-अकेले?"

"रिपोर्ट लिखवा दी?" वह रुक्की की तरफ मुड़ा।

"हाँ हुजूर!" रुक्की सहमी-सी खड़ी रही।

"अभी तो पूरी नहीं हुई हवलदार साहब, अभी तो बात शुरू की है।" पुलसिया पीले दाँतों के ऊपर टिके मसूढ़े दिखाते बोला।

"नहीं, बस इतनी सी बात है।" रुक्की को सारा कमरा जेल की काल कोठरी-सा लग रहा था, उसका दम घुटने लगा था और वह जल्दी भाग जाना चाहती थी।

"बैठ जाओ...क्या नाम बताया...रुकमिनी, अभी दरोगा साहब आएँगे, वे तफतीश करेंगे..."

"बच्चे को जरा बाहर ले जाऊँ। कपड़ा गीला कर दिया है..." बच्चे का बहाना बनाकर वह बाहर बैठ गई। बाहर दालान में हथकड़ी पहने दो आदमी आपस

में बतिया रहे थे। उनके चेहरे पर भय या सहम जैसी कोई छाप नहीं थी। ज्यों सैर करते-करते पुलिस चौकी तक निकल आए हों। बल्कि रुक्की को देखकर वे भी कुछ ऊटपटाँग बोल मारने लगे।

"चाँदी है साले पुलसियों की यहाँ..."

"हाँ यार, एक तरफ थैलियाँ, साबुत की साबुत भेड़-बकरियाँ, और दूसरी तरफ ये तर माल..." रुक्की का मन हुआ मुँह नोच ले इन चोर-उचक्कों का। पता नहीं किसका गला काटकर आए हैं, ऊपर से हिम्मत देखो। पुलसियों से भी दो कदम आगे। वाह रे वाह! सूप तो सूप, मुई छलनी भी भाकढ़े, जिसमें बहत्तर छेद! एक बार उसने उन्हें झिड़क भी दिया—"क्यों भइया, तुम्हारे कोई माँ-बहन नहीं घर में?" उनका जवाब भी हाजिर था—"माँ-बहन तो हैं पर तेरी जैसी छम्मक-छल्लो लुगाई नहीं..."

रुक्की धूप में बैठी रही, उन उचक्कों की तरफ पीठ करके। कहें जो भी जी में आए। वह चुप बैठी रही। इनसे बतियाना तो कीचड़ में पाँव डालना है।

घंटे-भर में दरोगा साहब आ गया। वर्दी में चुस्त, हाथ में छोटा सा चमकदार डंडा। मुँह पर नुकीली मूँछें! पान चुभलाते उसने इशारे से पुलसियों से पूछा, "यह कौन है?" दोनों पुलसिए सलाम ठोंककर खड़े हो गए, ताड़ के झाड़ की तरह सीधे। रुक्की सामने आई—"हुजूर, फरियाद लेकर आई हूँ।"

थानेदार साहब ने लिखी रिपोर्ट पढ़ी।

"कोई गवाह है तुम्हारा?"

"हुजूर-सारे गाँव को मालूम है।"

"वो तो ठीक है पर महन्त की बड़ी ताकत है, बिना सबूत उस पर इल्जाम का मतलब समझती हो?"

रुक्की ने दो-चार नाम गिनाए, हरि काका, बुधिया, काकी, जमुना...इनसे पूछा जाए।

थानेदार ने गाँव में आदमी दौड़ाए। हरि काका, बुधिया, काकी को बुलाने के लिए।

रुक्की इन्तजार करते ऊब गई, पर एक आस बराबर जगी रही। हरि काका, बुधिया, जमुना! मर्द ही उसे बेसहारा छोड़कर भाग निकला। वे लोग तो उसके साथ हैं!

लेकिन हरि काका, बुधिया, जमुना यहाँ तक कि काकी ने भी थानेदार साहब से कहा कि उन्हें कुछ भी नहीं मालूम! उनके सामने तो महन्त जी ने कुछ नहीं कहा।

"मगर काका, तुम सब लोग तो जानते हो, महन्त ने तो खुद ही गाँवभर में बच्चे की बलि की बात कही है..."

"हमें कुछ नहीं मालूम साब!" जमुनासिंह तो यहाँ तक बोला कि राधे के घर से चले जाने की वजह से रुक्की का माथा खराब हो गया है। महन्त जी तो योगी-महात्मा हैं...।

रुक्की खून का घूँट पीकर रह गई। उसके भीतर से जोरदार रुलाई फूटी! ये उसके अपने सगे, ये भी उसे मँझधार में छोड़कर चले गए? अपनी जान इतनी प्यारी हो गई कि धर्म-अधर्म भी भूल गया? रुक्की ने कमजोर पड़ता मन पक्का कर लिया। वह अकेली लड़ेगी। बिलकुल अकेली। हाँ, वह अन्याय के लिए लड़ेगी। मरना होगा तो इनसाफ की देहरी पर सिर फोड़कर मरेगी।

दरोगा ने उसे रात-भर रोके रखने की हिदायत दी—"महन्त का नाम ले रही है यह लुगाई। बात की पूरी तहकीकात करनी होगी। इसे कुछ खिलाओ-पिलाओ रामदीन..."

रुक्की का जी बैठ गया। हाथ-पैर सुन्न! रात-भर वहाँ अकेली? शेर की माँद में बकरी क्या खैर मनाएगी?

बच्चू नन्ही टाँगें हिला-हिलाकर नींद में किलक रहा था। रुक्की का कलेजा बुक्का फाड़कर बाहर आने को हो रहा था। राधे इस नन्ही जान को देखकर निहाल हो गया था। रातों को इसे जगकर देखता। बच्चा नींद में होंठ हिलाता तो कहता, "परियाँ सुपने में आई हैं मेरे राजकुमार के।" अब इसे भिखारी बनाकर कहाँ चला गया बेदर्द? वह साथ रहता तो रुक्की इस तरह से इन कुत्तों के मुँह की हड्डी बन जाती?

रामदीन और लच्छू, यही उन दो पुलसियों के नाम थे, उसके लिए खाना ले आए। रामदीन अलग से दोने में चार लड्डू लेकर आया। लच्छू की तो जैसे माँ लगती थी रुक्की, बार-बार पूछता था—"आराम से तो हो रुकमिनी? उधर मच्छर तो नहीं लग रहा रुकमिनी? अपने दरोगा साहब की बड़ी ताकत है, उन्हें तू जरा खुश कर दे, बस! बाकी समझ ले कि न्याय आपे चलकर तेरे दरवाजे पर खड़ा हो जाएगा।"

वह खाना क्या खाती, भय के मारे प्राण हलक में आ रहे थे। रात घिरते ही ये शैतान उसे निगल जाएँगे और इस छोरे को लेकर वो क्या करेगी? दरोगा तो इनका भी बाप लगता है! उससे क्या कहेगी?

नहीं, इन कसाइयों से वह पार न पाएगी। रुक्की को याद आया—

चाची उसकी सेहत देखकर बोल मारती माँ से कहती—"तेरी बेटी तो पहलवान है काकी। चार मर्दों को पटकने का दम है।" माँ गर्व से हँसकर कहती—"हाँ, बहन, खावा-लजावा नहीं है, खाया-पिया दिखता है।" पर रुक्की की पहलवानी यहाँ किस काम की, इन दो-दो मुस्टंडों के सामने? उसने सोचा, जोर-जब्बर नहीं चलेगा इधर...

रुक्की को दिमाग से ही काम लेना पड़ेगा। रुक्की रामदीने से हँसकर बतियाने लगी। रामदीने के फूहड़ मजाकों को दाँत भींचकर सहती भी रही। जब उसने कन्धे पर हाथ रखकर पूछा कि छोरे का असली बाप कौन है, तो वह नखरा दिखाकर थोड़ा पीछे हटकर हँसी भी। तभी तो उसे गच्चा देकर वह दिशा-मैदान के बहाने, बाहर जा सकी। लच्छू ने 'दूर मत जाना' कहकर जरूर टोका। पर वह "नहीं, पास ही हूँ। तुम जरा खयाल रखना," कहकर पीपल के झाड़ के पीछे छिप गई। दो-एक मिनट बाद तने की ओट होकर उसने जब दोनों को चिलम का सुट्टा लगाते देखा तो वह दबे पाँव कटे हुए धान की ढेरियों और झाड़-झरबेरियों से होती हुई भाग निकली, और रात-भर थकान से चिथड़ा-चिथड़ा हुआ जिस्म लिये भागती रही।

अचानक रुक्की को महसूस हुआ कि झोंपड़ी की छत उस पर गिर रही है। हजारों हाथ ज्यों उसे नोचने को बढ़ आए हों। दबाव और घुटन से उसकी चीख निकल गई।

"क्या हुआ?" शोर सुनकर दूसरे कोने में सोई स्त्री जाग पड़ी।

"कोई आदमी..." वह हकलाई।

"फिटे मुँह मरदुए..." कमरे में डोलती छाया देखकर वह बड़बड़ाती पास आई—"तू डर गई है शायद सपने में।" रुक्की से उसने नरम आवाज में कहा, "सो जा। मैं दिया बाल कर सिरहाने धर दूँगी।" स्त्री अपना बिछौना सरकाकर पास लेट गई।

सुबह धुँधलका छटते ही उसने रुक्की को जगाया—"उठो, हाथ-मुँह धोकर मुँह में कुछ डाल दो। दो रोटी पोकर देती हूँ। इन्हें साथ ले चलो, और यहाँ से चली जाओ।"

रुक्की खामोश उसे देखती रही।

कपड़े में लपेटकर रोटियाँ उसने बाँध दीं। बाटी में थोड़ा-सा दूध डालकर बच्चे को पिलाया।

"अब जाओ, शाम तक नेडे के गाँव पहुँच जाओगी। वहाँ सरदार अतरसिंह

की कोठी है। उधर जाओ, कुछ काम-धाम देगा। खाता-पीता आदमी है, धर्म-कर्म में विश्वास है, सुना है सुच्चा आदमी है।" कन्धे पर हाथ रखकर वह स्नेह से बोली, "भगवान और इनसान दोनों ने तेरे साथ बेइन्साफी की है। तू घर से निकल पड़ी है, अकेली औरत की हर तरफ से मार है। मैं नहीं जानती तुझे न्याय मिलेगा या नहीं, पर गिद्ध-चीलें तुझे नोचेंगे जरूर। मर्द जात पर मेरा भरोसा नहीं, पर हो सकता है, इस छोरे की किस्मत से तुझे कोई भगवान मिल जाए।"

सरदार का घर पक्की ईंटों की हवेलीनुमा कोठी थी। बड़ी हिम्मत बाँधकर रुक्की ने दरवाजे का भारी सा गोल कुंडा खटखटाया। दस-बारह वर्ष के लड़के ने दरवाजा खोला।

"किससे काम है?"

"सरदार अतरसिंह जी यहाँ रहते हैं?"

रुक्की लड़के के इशारे पर भीतर चली गई। साफ खुले आँगन में मंजे पर दरी बिछाकर बैठी सरदारनी सरौते से सुपारी काट रही थी। सरदार आरामकुर्सी पर टेक लगाकर बैठा अखबार पढ़ रहा था। रुक्की बच्चे को लेकर पैरों के पास धरती पर बैठ गई।

सरदार पक्की उम्र का रौबदार आदमी था, उसकी दाढ़ी आधे से ज्यादा सफेद थी जो करीने से मोड़कर चेहरे पर जमा दी गई थी। सरदारनी ने उसे एक-दो बार देखा, एकाध बात की और विशेष रुचि न दिखाकर तन्मयता से सरौता चलाने लगी। सरदार ने परीक्षक की दृष्टि डाली और पूछा, "किसलिए आई है?"

रुक्की ने बताया कि वह काम माँगने के लिए आई है।

"कौन-सा काम करोगी?"

"रोटी-पानी करूँगी, झाड़-बुहार करूँगी, कपड़े-लत्ते धोऊँगी। और हाँ..." रुक्की ने कुछ रुककर धरती ताकते हुए कहा, "कोई गलत काम नहीं करूँगी।"

सरदार ने एक्सरे मशीन जारी रखी—"गलत काम मतलब?"

रुक्की बेलाग लहजे में बोली, "आपकी बड़ी तारीफ सुनी है, इसी से साफ बात कहती हूँ। मैं वह काम नहीं करूँगी जो मर्द लोग औरत को मजबूर समझकर कराते हैं।"

सरदार स्तम्भित, अचम्भित उसकी तरफ देखने लगा। मुँह में सुपारी चुभलाता मूँछों में हल्का सा मुस्कराया भी शायद।

"मैं घर से भाग आई हूँ, यह भी सुन लो सरदारजी, यों घर में नाज-पानी की

कमी नहीं थी, पर वहाँ गाँववाले मेरा बच्चा ले रहे थे, इसी से!"

"तुम्हारा बच्चा क्यों?" इस बार सरदारनी की रुचि जाग उठी।

"वह दूसरी बात है, आप कहो काम मिलेगा कि नहीं? जान लगाकर काम करूँगी।" सरदारनी प्रभावित हुई। रुक्की को काम मिल गया। रुक्की जब्बर औरत मालूम पड़ती है। सेहत अच्छी है, खेत-मजूरी भी कर सकती है।

आगे की कहानी यों है कि रुक्की को काम मिल गया। महीना-भर उसने काम किया, जी-जान से। खाना बनाया, झाड़-बुहार की, खेतों पर गोड़ाई-निराई भी की और सरदारनी के पैरों में मालिश भी करती रही। कभी उसके सिर में 'कर्बुल-कर्बुल' होती तो दो टटोले भी देती सिर में। सरदार ने उसकी दु:खगाथा सुनी और कहा कि वह उसे किसी बड़े वकील से मिलाएगा। महन्त को सजा दिलाएगा और रुक्की के बच्चे को, जिसे वे कन्हैया कहने लगे थे, पूरा न्याय दिलाया जाएगा। सरदारनी आश्वस्त हो गई। रुक्की सचमुच हीरा है। रुक्की सरदार-सरदारनी को चाचा-चाची कहकर बुलाने लगी और ऐसा महसूस हुआ कि रुक्की के दिन फिर गए, उसे भगवान मिल गया।

तभी एक दिन अचानक शहर से तार आया, सरदारनी के पिता बीमार हैं, जल्दी चली जाओ। सरदारनी घर-बार रुक्की को सौंपकर शहर चली गई।

रुक्की खाना बनाती रही, चाचा को खिलाती रही, खाते वक्त पंखा झलती रही। आखिर वह उसका चाचा बन गया था।

एक दिन सरदार को सर्दी हो गई, बुखार और जबरदस्त कँपकँपी छूटने लगी। रुक्की ने पैर में मालिश की, छोकरे को डॉक्टर के पास भेज दिया, बल्कि एक आदमी शहर दौड़ाया—"चाची घर लौटो, चाचा बीमार हो गए हैं। कहने के लिए। दुपहर में वह चाचे का दुखता माथा दबा रही थी कि वह आँय-बाँय बकने लगा। रुक्की की बाँह पकड़ ली। रुक्की को लगा चाचे को सरसाम हो गया है। वह थर-थर काँपने लगा था।

"बहुत दर्द हो रहा है चाचा?" रुक्की रुआँसी हो गई।

सरदार जी की जुबान भी हकलाने लगी थी—"न...न...तुम...इधर आओ..."

"पानी दूँ?" रुक्की पानी लाने गई कि सरदार ने मतलब की बात कही—"बच्चे को उधर लिटा दो और मेरे पास आओ।"

रुक्की आसमान से धरती पर गिर पड़ी। यह देवता पुरुष? यह धर्मी-कर्मी सत्संगी जिसे वह चाचा कहती है, औरत को अकेली देखकर अचानक राक्षस बन गया?

"देखो सरदार साहब, तुम अपना ईमान खराब मत करो। मैंने तुम्हें पहले दिन ही कहा था..."

सरदार ने बच्चे को दाएँ हाथ से उठाया और बाएँ हाथ से रुक्की को अपनी तरफ खींच लिया।

"ज्यादा चूँ-चपड़ की तो बच्चे को धरती पर पटक दूँगा, ऐसे ही मरियल पिल्ला-सा है..."

"एक मिनट रुक जाओ सरदारजी, अभी आई।" रुक्की ने पलभर में चेहरा मुलायम बनाकर अपनी बाँह छुड़ा दी और सधे कदमों से चौके में गई। वहाँ से मीट काटनेवाला छुरा लाकर सरदार के पीछे खड़ी हो गई।

"छोड़ दो बच्चे को, नहीं तो..."

"नहीं तो क्या करेगी तू?" सरदार हँसा। लेकिन रुक्की पर भूतनी सवार हो गई थी। पीपलवाली भूतनी। उसने सरदार की बाँह में बत्तीसों दाँत गड़ा दिए और बच्चे को एक हाथ से खींचकर परे लुढ़का दिया। सरदार की चीख जब तक सँभले वह फुर्ती से उसकी छाती पर चढ़ बैठी।

"मेरा बच्चा मरियल पिल्ला है, तुम इसे धरती पर पटक दोगे? एक तूने ही अपनी माँ का दूध पिया है मरदुए?"

बुखार में भी हट्टे-कट्टे सरदार में इतना दम था कि एक ही वार से रुक्की को दिन में तारे दिखा सकता था। पर छुरी की नोक उसके गले पर थी और जरा भी हिलने से वह उसकी साँस की नली काट सकती थी। वह कें-कें करता छटपटाने लगा। लेकिन सहसा रुक्की ने हाथ पीछे खींच लिया। सरदार का सिर पलंग की पाटी पर मारकर अलग हट गई—"जा छोड़ दिया तुझे पापी! तेरी बीवी ने मुझ पर एतबार किया है। तुझ जैसा पाखंडी औरत को देखकर लार ही टपका सकता है, उसे बहन-बेटी नहीं मान सकता। इसका मुझे गुस्सा नहीं, पर तूने मेरे बच्चे को हाथ लगाना चाहा..."

रुक्की ने छुरी फेंक दी थी और वह लपककर बच्चे को उठाने ही जा रही थी कि उसकी बात अधूरी रह गई। अब वह सरदार की कड़ी गिरफ्त में थी और छटपटा रही थी। सरदार वहशी हो गया था—"तू मुझे मार डालती साली? सात घाट का पानी पीकर सती सावित्री बनती है चुड़ैल? जाने किस का पाप ढो रही है बदचलन! तूने कहानी गढ़ी और समझा मुझे बुद्धू बना दिया? तुझमें दम है मारने का? जेल-फाँसी न होती तेरी, और यह भरी जवानी तेरी सड़ती नहीं उम्र-भर जेलखाने में?"

चिथड़ा हुई देह को उठाते, बदहवास रुक्की ने रोकर बेदम हुए बच्चे को नंगी छातियों से चिपका लिया। ओढ़नी समेटते उसने अजहद नफरत से धरती पर थूका—"वो ऊपरवाला कहीं है तो जानता है कि अब तक तेरी यह कीड़े पड़ी देह ठंडी पड़ गई होती। मैं सती-सावित्री नहीं हूँ रे पाखंडी, पर तुझ पापी कंस की आज इसी 'मरियल पिल्ले' ने ही जान बख्श दी। रुक्की आज अपने इस कोखजने के कारण ही मार खा गई।"

रुक्की की आँखों से उबलते पानी का सोता फूट पड़ा, थर्राती आवाज घर के सूने कोने-अन्तरों को हिलाने लगी—"जेहल-फाँसी से तुझ जैसे धर्मी-कर्मी ही डरते हैं शरीफजादे! मैं तो तुम्हारे कानून से डर गई। कत्ल के जुर्म में मुझे फाँसी मिल जाती तो शायद मेरा इन्साफ हो जाता रे पापी, पर मेरे इस कलजुगी कन्हैया के साथ कौन इनसाफ करता?"

मुक्ति प्रसंग

गंगा के घाट पर, सीढ़ियों से कुछ हटकर बैठे तीनों बेटे दिवंगत पिता का श्राद्ध कर रहे थे। पिंड के लिए पके चावल, फल-फूल, अक्षत मौली चन्दन, वस्त्र और हवन सामग्री बिछा, राधानन्द पंडा एकनिष्ठ भाव से श्राद्ध सम्पन्न करवा रहा था, जबकि आसपास के पंडे रटे-रटाए ढंग से श्लोक पढ़ते, कनखियों से नए यजमानों की तलाश करते, जल्दबाजी में पिंडदान करा रहे थे।

भरी-भरी नदी तटों की कई सीढ़ियाँ फलाँगती हुई बह रही थी। पुल के विशाल स्तम्भों के पास मटियाले पानी में फेन भरे आवर्त चक्करघिन्नी खा रहे थे। रात जमकर बारिश हुई थी, इसलिए तटबन्धों की मिट्टी नदी में रिसकर उसे मटियाला रंग दे गई थी। आकाश में घुमड़ते काले बादल उदास माहौल को ज्यादा बोझिल बना रहे थे।

पास ही सूखे छुहारेनुमा चेहरेवाले दो युवक बूँदाबाँदी में भीगते हुए, बार-बार बुझती हुई लकड़ी को फू-फू फूँकते, धुएँ से कड़वाती आँखें कन्धे पर पड़े अँगोछे से रगड़ रहे थे और मृतकों की मुक्ति की मुहिम में जूझते से नजर आते थे। कुछेक श्राद्धकर्मियों ने धरती में चार डंडे गाड़कर उनसे तम्बू की शक्ल में चद्दरें बाँध दी थीं।

लेकिन उनके लिए विशाल छतरियों का प्रबन्ध किया गया था। दो जूनियर अफसर—शर्मा जी, वर्मा जी, खुद उनकी सुविधा के लिए प्रबन्ध करने आए थे, यह कहकर कि आखिर पिता का

स्वर्गवास हुआ है, हमारे भी तो बुजुर्ग थे, कुछ तो हमारा भी फर्ज बनता है...

मौसम बड़ा बेएतबारी था लेकिन शर्मा जी, वर्मा जी, ने पहले ही पंडों के साथ बात करके विशेष प्रबन्ध करवा दिए थे। श्राद्ध पूजा आदि निर्विघ्न सम्पन्न हो, यह बहुत जरूरी था। आखिर दिवंगत एक विशेष पदाधिकारी के पिता थे।

श्राद्ध विधिपूर्वक ही चल रहा था। उँगलियों में दूर्वादल की पवित्री पहन बेटे पंडे के बनाए पिंड के छोटे-छोटे लोंदे बनाकर पिंडदान कर रहे थे। पंडा श्लोकों-विधियों के उच्चारण के साथ कार्य सम्पन्न करा रहा था।

"नाम—पिता का नाम बताइए।"

"गोकुलनाथ।"

"गोत्र?"

"मदगुले..."

"हाँ, तो बोलिए..."

कुछ महिलाएँ ऊपर धर्मशाला में उपवास सम्बन्धी अनुष्ठानों में व्यस्त थीं। श्राद्ध के बाद दूध, सागू, तले हुए आलू, शक्करपारे, गेहूँ के आटे का हलवा आदि, जिसकी जो इच्छा हो, खाए। शुद्ध घी-दूध आदि का प्रबन्ध पहले ही हो गया था। शर्मा जी, वर्मा जी, बड़ी निष्ठा से सभी काम देख रहे थे।

सुबह से उपवासी रहे हैं बेटे, उनकी पत्नियाँ, बेटियाँ आदि, जैसा कि कायदा है। पत्नियाँ पतियों के कुम्हलाए चेहरे देखकर चिन्ता करने लगी थीं। नम्बर एक सुपुत्र को तो एसिडिटी की भी शिकायत है। नम्बर दो व नम्बर तीन भी क्या खाते हैं चिड्डी का चुग्गा समझो, पर जो भी खाएँ, समय से ही, नहीं तो परेशानी हो जाती है....

"हाँऽऽ, सो तो है लेकिन आज तो..."

बच्चे गले में कैमरा लटकाए, यहाँ-वहाँ कुछ रोचक पाकर फोटोग्राफ ले रहे थे। बच्चे तो बच्चे ही हैं, परलोक-आस्था-श्रद्धा आदि क्या जानें? महन्त जी ने आश्रम में ही उन्हें देखकर सराहना-भरे स्वर में कहा था—

"बाल तो भगवान के रूप हैं, उन्हें सब माफ है..."

बड़े आश्रम में ही इन लोगों के सपरिवार ठहरने का प्रबन्ध किया गया था। वहाँ सभी सुविधा थी। डनलप के गद्दे, चौबीस घंटे गरम पानी की व्यवस्था, सुच्चे खाने का इन्तजाम, इसके अलावा सामने कटे-छटे हरे-हरियाये लॉन, और छत पर चढ़कर देखिए तो दूर से बहती गंगा जी के दर्शन भी हो जाते हैं।

सो एक तरह से चहल-पहल सी थी। हाँ, छोटीवाली लड़की घाट की सीढ़ियों पर कुछ अलग-सी बैठी सूनी आँखों से गंगा की लहरों का उद्वेलन देख रही थी।

पिंडदान, श्राद्ध क्रियाएँ, पिता का नामोच्चारण, बच्चों के फोटो खींचने और पोज़ लेने के अन्दाज...।

पंडों में होड़ लगी थी। इधर...इधर आइए...अच्छा तो आप किस प्रदेश के वासी हैं? बड़ी दूर से आए हैं। धन्य हैं। पितरों के ऋण से मुक्त होने का यही तो एक उपाय है, गंगा मैया किनारे श्राद्ध। भागीरथी सगर-पुत्रों के कल्याण के लिए स्वर्ग से धरती पर उतर आई थी, तभी से जन-जन का कल्याण करती आई है...

क्लेशनाशिनी गंगा, पीड़ितों के आँसू, तन-मन के मैल, अस्थियाँ, पिंड आदि अपनी छाती में जज्ब करती अनवरत बहती उस म्लानमुखी दादी-नानी-सी लग रही थी जो ताउम्र पीढ़ी-दर-पीढ़ी बच्चों के पोतड़े-पातड़े धोती बुढ़ा गई हो...

आसपास आवाज ज्यों टुकड़ों में यहाँ-वहाँ उछलकर गिर रही हों।

"कौन जात?"

"ब्राह्मण..."

"ब्राह्मण तो होंगे ही, पर कौन से? सनातनी, कान्यकुब्ज, शिवकर्मी, विष्णुकर्मी...पता-ठिकाना?"

"यह देखिए। इस पन्ने पर, यह आपके प्रपितामह का नाम। सऽऽब लिखा है इन पोथियों में। बैकुंठनाथ नाम था न? यह यहाँ इस पन्ने पर आपके पितामह का नाम...नीलकंठ...यह पिता श्री गोकुलनाथ के हस्ताक्षर पहचान लीजिए। आप इधर अपने हस्ताक्षर करें। हमने पूरी वंशावलियाँ सँजो के रखी हैं इन पोथियों में। खानदानी पंडे हैं हम..."

वक्त की मार से बदरंग, घिसी हुई पोथियों को लाल कपड़ों में सँभाल कर तहाते पंडा गर्व से फूल उठा। पारिवारिक इतिहासों की अनुपलब्ध कुंजी थी जो उसके पास।

दक्षिणा! अरे बेटा, यह क्या? तुम्हें मालूम भी है तुम किस पिता के बेटे हो? वे अपने पिता नीलकंठ के श्राद्ध पर पूरे हरिद्वार के पंडों, साधु-संन्यासियों के साथ अनाथ-अपंगों और दरिद्रनारायण को हलवा-पूड़ी-सब्जी का भोग खिलाया करते थे। मना-मनाकर। ऐसा तृप्तिदायी भोजन, अहा! कि फिर दो दिन खाने की इच्छा ही न हो। उसपर सब की दक्षिणा बँधी हुई। हाँऽऽ। एक कौड़ी भी कम नहीं।

दक्षिणा पाकर हड्डियल हाथ माथे तक लाकर बूढ़े पंडे ने धुँधलाई, मोतियाबिन्दी आँखों से नोट जाँचे और उच्छ्वास भरा, कितनी आस्था थी उनमें, अपार श्रद्धा, स्वर्ग में वास हो। खूब दान-पुन्न करवाओ। उनकी आत्मा तृप्त हो।

बेटों ने पहले ही दो सौ जनों के लिए हलवा-पूड़ी-सब्जी आदि का प्रबन्ध करवाया था। वे भी आयोजन में कोई कसर नहीं रखना चाहते थे। उनकी भी एक साख थी अपने विशिष्ट समाज में, श्रद्धा आस्था में कमी भीं नहीं।

महिलाओं ने स्वयं दीन-दुखियों को खाना परोसा, हालाँकि शर्मा जी-वर्मा जी पूरी मुस्तैदी से काम में जुटे थे, पर बड़ी बहूरानी बोलीं, "कुछ तो हमें भी ऋण उतारने दें, ससुर जी क्या बार-बार स्वर्गवासी होंगे?"

खानेवालों की भूख भी अनन्त थी। पूड़ी-सब्जी पर गिद्धों की तरह टूट पड़ते वे और-और की रट लगाए जा रहे थे। शोर ज्यादा हुआ तो मुख्य पंडे ने जरा धमकाते हुए उन्हें शान्त रहने का आदेश दिया, यानी कि जो मिलता है चुपचाप खाओ और फूटो यहाँ से।

छोटीवाली लड़की शायद बीमार थी, या रजस्वला। वह किसी भी धार्मिक अनुष्ठान में भाग नहीं ले रही थी। इस बात का भाभियों को थोड़ा बुरा जरूर लगा होगा। तभी मँझली ने कहा कि आखिर पिता तो उसके भी थे, उसका भी कुछ फर्ज बनता है...बड़ी भाभी ने दु:ख से कहा, "बेचारी! पिता को ही उसकी सेवा मंजूर नहीं होगी। अन्तिम दर्शन भी कहाँ किए? हाथ लगने होते तो उनकी मृत्यु के चार दिन बाद पहुँच पाती? और अब देखो, इस वक्त अपवित्र होना इस सबका कुछ मतलब तो होगा ही..."

छोटी चुप रही, यों कहना वह भी चाहती थी कि इसे तो इन सब अनुष्ठानों में आस्था ही नहीं। नहीं तो क्या पहले से ही पिल्स-विल्स नहीं ले सकती थी? आज तो सभी उपाय हैं...

बहनों ने बातें सुनीं और कड़ाही से हलुवा निकालने में व्यस्त हो गईं। वे क्या कहें? पिता की मृत्यु के चार दिन बाद आ पहुँची छोटी। तब तक तो वे रो-धोकर अधमरी हो चुकी थीं। बाद में भी क्या किया? बिटर-बिटर सूखी आँखों से मातम मनाने आई औरतों को देखती रही। रोई भी तब जब मृतात्मा को रोने से कष्ट पहुँचता है। सभी तो उलटे काम। जिसे दुनियादारी सीखनी ही न हो, उससे कोई कहे भी तो क्या कहे? यों वह भी अब बाल-बच्चोंवाली हो गई है...

छोटीवाली लड़की ने सचमुच भरे कमरे में मातम मनाती महिलाओं के बीच आँख से दो आँसू बहने पर जल्दी से आँखें पोंछ डाली थीं, ज्यों अपने निजी दु:ख को सार्वजनिक बनाकर उससे दु:ख का अपमान हुआ हो, जबकि कमरे में लच्छेदार वाक्य संरचना और सस्वर रुदन की प्रतियोगिता-सी चल रही थी।

शहर-भर के लूले-लँगड़े, चिथड़ों में लिपटे भिखमंगे, गन्दे सिर-जाँघें खुजाते

पंक्तियों में बैठ गए थे। जल्दी-जल्दी कौर निगलते,ज्यादा-से-ज्यादा पेट में ठूँसने को उतावले। हड़बड़ी के कारण किसी के हलक में पूड़ी अटक जाती। किसी को धसका लगता, ख: ख: लेकिन उनके पेट में जो गहरा गड्ढा था, वह भरता ही न था।

मुख्य पंडा जय गंगे, हर गंगे उच्चारता श्राद्ध करने आए बेटों से कह रहा था—"यह गरीब भुखमरे अब तरसते हैं हलवा-पूड़ी के लिए। पहले तो परोसा हुआ आधा छोड़कर उठ जाते थे, अब कौन खिलाता है इन्हें भर पेट? नहीं जी महँगाई-वहँगाई की बात नहीं है इसमें, और किस खर्चे में कमी आई है? बस, दान-पुन्न में ही फिजूलखर्ची लगती है। श्रद्धा ही नहीं रही, कहिए।"

"अरे, एक-एक करके इन्हें दक्षिणा क्या देंगे आप? लाइए, इधर लाइए, हम दिलवाते हैं, साधु राम! ओ साधुराम! जरा इधर आना...।"

साधुराम लपककर पास आया तो पंडा यजमानों से मुखातिब हुआ, "आप लोग चलिए, कुछ मुँह में डालिए, दूध-फल। यह काम हम पर छोड़िए। इन छोटे लोगों से निपटना आपके बस का नहीं...।"

तीनों लड़के समझदार थे, इशारा समझ गए। धर्मशाला की ओर रवाना होते छोटे सुपुत्र ने याद दिलाया—

"सब को दक्षिणा मिले, इसका थोड़ा ध्यान रखेंगे..."

"हाँ, हाँ अवश्य! यह भी कोई कहने की बात है?"

पंडे के माथे पर दो त्यौरियाँ खिंच आईं। नम्बर एक भाई ने छोटेवाले को इशारे से बरज दिया। ये सभी कुछ कर लेंगे। चिन्ता न करो। यानी संशय दिखाना छोटेपन की निशानी है। भिखमंगों की भीड़ आर्त नजरों से यजमानों को जाते देखती रही। पंडे से कुछ पाने की उम्मीद शायद वे पहले ही खो चुके थे। बहरहाल, पेट उनका भर गया था।

दूध-फलाहार लेकर वे लोग जल्दी ही लक्ष्मण झूला देखने चले गए। बच्चे नदी किनारे स्नान-पूजन करते जनेऊधारियों और साड़ी समेत डुबकियाँ लगाती महिलाओं के फोटो खींचने में लग गए। आसपास ऋषिकेश की सरसब्ज पहाड़ियाँ खड़ी थीं। हवा के स्वच्छ झोंके फेफड़ों में घुसकर शरीर को ज्यों भारमुक्त कर रहे थे। शर्मा जी ने नम्बर एक सुपुत्र से एक ग्रुप-फोटो लेने की आज्ञा चाही—"छोड़िए, कौन हम यहाँ पिकनिक मनाने आए हैं, यह तो फादर के लिए...।" लेकिन उनके न, न करते भी पुल के आगे खड़े होकर एक ग्रुप फोटो खींच दी गई जिसमें पूरा परिवार वक्त की माँग के मुताबिक अवसादपूर्ण मुद्रा में शामिल हुआ। सिर्फ बच्चों ने थोड़े

विनोदपूर्ण पोज बनाए, दस से सोलह वर्ष के बीच के बच्चे, आखिर कितने समझदार हो सकते हैं?

मन्दिरों की कतार देखते उन्होंने श्रद्धा से भिन्न-भिन्न देवी-देवताओं के दर्शन किए। शिल्प एवं मूर्तिकला की प्रशंसा की, यथासम्भव दान-पात्रों में नोट-सिक्के भी डाल दिए। देवी के मन्दिर में सुगढ़ नाक-नक्शोंवाली एक मूर्ति को देखकर नम्बर दो सुपुत्र ने पत्नी से कहा, "यह देवी बिलकुल पारुल-सी लग रही है न?"

"कौन पारुल?" पत्नी आध्यात्मिक माहौल में ज्यादा गहरे डूबी थी।

"अपनी सुजाता की बहू। तुम्हें नहीं लगता, आँखें, होंठ बिलकुल वैसे ही..."

नाव पर बैठकर उन्होंने नदी पार की। बच्चों ने हथेलियों में पानी भर फव्वारे उछाले तो बड़ों ने हूँऽकार के साथ मना किया। शर्मा जी ने नन्दी जी की मुद्रा में सिर हिलाकर वक्त की नजाकत का अनुमोदन किया। दूर-दूर तक पसरी गंगा की छाती पर, हवा के खुशनुमा थपेड़ों के बीच थिरकती नाव में बैठे बच्चे इस गाम्भीर्य का औचित्य नहीं समझ सके। आखिर बूढ़े दादाजी तो हारी-बीमारी से मुक्त हो गए थे, ए नैचुरल डेथ। वे नदी की सतह पर तैरते मैल-झाग को देखकर शीघ्र ही गंगा सफाई अभियान के बारे में बात करने लगे, बड़ों से बहस करने का वक्त तो नहीं था यह।

नदी पार के मन्दिर में कोई सिद्ध योगी पधारे थे, जिनका प्रवचन सुनने दूर-दूर से श्रद्धालुओं की भीड़ जुटी थी। नम्बर दो बेटे ने सुना था कि वे भविष्यवक्ता हैं। उन्हें अपने कार्यालय सम्बन्धी समस्याएँ याद आ गईं। वे शायद कोई समाधान बताएँ। मिलना ठीक होगा। शर्मा जी ने विभिन्न मंत्रियों-नेताओं आदि का हवाला देकर कहा था, सभी आते हैं महात्मा जी से परामर्श लेने...

"जरूर जाएँगे, नम्बर एक ने दूसरे की आकांक्षा जान महिला वर्ग से कहा, "आप लोग भी दर्शन करो। सिद्ध महात्मा हैं, प्रवचन सुनने का समय नहीं है, टाइट शेड्यूल है, फिर भी..."

गीता मन्दिर में दीवारों पर श्रीमदभगवद्गीता के श्लोक अंकित थे, कृष्ण-अर्जुन संवाद, आत्मा की अमरता, कर्म का महत्त्व, नैनं छिन्दन्ति शस्त्राणि, कर्मण्येवाधिकारस्ते...।

परिवारजन सिद्ध महात्मा के दर्शन करने गए तो छोटीवाली लड़की दीवारों पर लिखे श्लोक पढ़ने लगी। पिता कहते थे—'कर्म तुम्हारे हाथ में है, यदि तुम्हारा विवेक तुम्हारे साथ है तो लोकोपवाद और आलोचना से डरना किसलिए?' कर्म करते पिता गए लेकिन अन्त में शरीर दगा दे गया। अथाह पीड़ा झेली। निजी कष्टों

का भागीदार कौन बनता है? वह तो शरीर को ही झेलना पड़ता है। अपने उगाए पेड़-पौधों की छाया से दूर, अकेले झड़ जाना भी वक्त की सच्चाइयों में एक अहम सच है। काम-धन्धे-नौकरियाँ, आदमी आगे देखे कि पीछे? जीवन कितना जटिल हो गया है! छोटा बेटा अन्त तक साथ रहा, पिता उसके लिए भी स्वयं को दोषी ठहराते रहे...

वस्त्र जीर्ण हुए और नए वस्त्रों की तलाश में आत्मा चली गई। वर्षों के रतजगे के बाद पिता गहरी नींद सो गए। शान्त...द्वन्द्व-मुक्त। मुक्ति तो उनको उसी दिन मिल गई थी।

यों बेटों ने भी कमी न रखी। गंगा जी में गले-गले तक पानी में उतर पिता का अस्थिकलश दोनों हाथों से सिर के ऊपर तक ले जाते, जल की गहरी धारों में अस्थियाँ विसर्जित कर दीं, माँ गंगा की गोद में। एक-दूसरे के दाएँ कन्धे पकड़ते-छूते पंक्ति में खड़े होकर बेटों ने पिता को अन्तिम विदा दी। बहू-बेटियों ने रुमालों-पल्लों से आँखें पोंछीं, ताई-चाची ने पिता की आत्मा के लिए प्रार्थना की, 'मुक्तिदायिनी गंगा' से। और छोटीवाली लड़की गले में अटकी फाँस लिए लहरों पर बहती अस्थियों को दूर तक हिचकोले खाते देखती रही...

यही पिता एक बार जोर की हवाओं में नाव पर झील पार करते उस छोटे से टापू पर आए थे जहाँ वे कई दिनों से बीमार पत्नी और नन्हे बच्चों के साथ ठहरे थे। डॉक्टरों की सलाह के मुताबिक पत्नी को स्वच्छ जलवायु चाहिए थी। उस दिन बरसते पानी और आँधियों में बच्चे सहमे हुए दूर से आती नौकाओं को बेसब्री से देखते रहे। आखिर पिता आ गए थे। अचानक आँधी-तूफानों के बीच मुलायम सूरज मुस्कराया था। बच्चों ने दूर से ही पापा-पापा की गुहार लगाई थी। पिता दिन-भर के श्रम से इतना नहीं थकते थे, जितना रोगग्रस्त पत्नी के कारण घर-परिवार के बिखराव से उद्विग्न रहते थे। शिकारे में बैठे उस दिन वे जिस गीत की पंक्तियाँ गा रहे थे, छोटीवाली लड़की को वे अचानक याद आ गईं—

'अथ सोदरस वाव तूफानो,
नाव वुछमस बेशुमार,
केंहि फचि तय
केंह छि यीरानो...
बोज जानों सुयसोज जना।'

(इस सागर में तूफान और आँधियाँ हैं, बेशुमार नावें इस पर तैर रही हैं, कुछ डूब जाती हैं और कुछ धारों पर हिचकोले खाती बहती जा रही हैं...)

भटकन, बहाव, हिचकोले खाना जीवन की शर्तें, आँधी-तूफान इसके सच। सूफी सन्तों के लिए डूबना मंजिल पाना है, उस प्रेमी में विलय होना, जिसके रहस्य खोजते उम्र निकल जाती है...

लेकिन पिता सन्त नहीं थे। साधारण मनुष्य थे, गुण-दोषों से भरे। जिन्दगी की विसंगतियों से, परन्तु, उन्होंने न शिकायत की और न घुटने टेक दिए। किसी तन्त्र-मंत्र, सिद्ध योगी का सहारा भी न लिया, किसी मुक्ति कामना के साथ। कर्म में उनकी अटूट आस्था थी। तभी पत्नी की मृत्यु के बाद बिखरे घर को समेटने के साथ वे कोशिश-भर नाते-रिश्तेदारों के लिए भी खटते रहे, उसका कारण मन की सहज करुणा ही थी, प्रशस्ति-लालसा नहीं। लेकिन अपने आसपास, असन्तुष्टों की भीड़ पाकर अन्त में वे जान गए कि सन्तुष्टि कोई ऐसी चीज नहीं जिसे तुम दूसरों को दान में दे सको, उसे स्वयं ही कमाना होता है...। अब उनकी ये अस्थियाँ! दूर तक हिचकोले खाती पुल के भँवरों के साथ सिर धुनती रहेंगी या दूर तक गंगा की गोद में माँ के सीने से चिपके शिशु की तरह शान्त बहती रहेंगी!

यही है सच? उम्र-भर की आकांक्षाओं, संघर्षों और सुख-दुख का निचोड़, मुट्ठी-भर अस्थियाँ? या वही—वासांसि जीर्णानि यथा विहाय, नवानि ग्रहणाति नरो परानि...?

मन्दिर के विशिष्ट सेवक या पदाधिकारी ने शुद्ध घी में बना ढेर-सा प्रसाद बच्चों के लिए साथ थमा दिया, आप तो इस ओर कभी पधारते नहीं..." उन्होंने साधिकार शिकायत की। वे एक प्रभावी नेता से लग रहे थे। नम्बर एक सुपुत्र ने शालीनता से हाथ जोड़ दिए।

"आप तो हमारी व्यस्तताएँ जानते हैं..."

छोटे से तंग बाजार में महिलाओं ने कुछ खरीदारी की। ताई, चाची ने राम-राम पट्ट, सुमिरनी, चन्दन की मालाएँ...यही, अपनी अन्तिम यात्रा के लिए कुछ सामान। गंगाजी में गोता लगाकर रखेंगे तो अन्त समय आत्मा की मुक्ति का कुछ तो उपाय हो जाएगा। बच्चियों ने चन्दन आदि के बुरादे से बनी कुछ मालाएँ बगैरह खरीदीं। आजकल इन्हें पहनने का कुछ चलन-सा हो गया है...

नदी पार कर वे वापस आश्रम में लौटे। चाँदी की थालियों में विशुद्ध घी में बना सात्विक भोजन करके वे विश्राम करने चले गए।

सुबह-सवेरे आश्रम के दान-पात्र में अपनी सामर्थ्य से कुछ अधिक ही रकम दान कर वे महन्त जी का आशीष पा गए। उन्होंने एक दिन रुकने का अनुरोध भी

किया जिस पर नम्बर एक सुपुत्र ने असमर्थता दिखाते हुए कहा—

"गंगाजी के किनारे विश्राम करना हमारे भाग्य में कहाँ? यह तो पिता जी के कारण...आप तो जानते हैं..."

"सत्य वचन। आप जैसे सुपुत्रों के कारण ही कलिकाल में भी थोड़ी श्रद्धा-आस्था बची है..."

लौटते समय वर्मा जी ने आग्रह किया कि संन्यासिनी माँ के दर्शन करके लौटें, आजकल इधर आई हुई हैं...शर्मा जी को उनके आश्रम में पहले ही दौड़ाया गया था।

संन्यासिनी माँ चक्करदार तंग गलियों में बने एक पुराने खस्ताहाल से आश्रम में ठहरी थीं। एक लम्बोतरे कमरे में तख्त पर बैठी, वे शुभ्र-श्वेत वस्त्रों में सरस्वती-सी मालूम दे रही थीं। नम्बर एक-दो सुपुत्रों ने उनसे अध्यात्म एवं कामकाज सम्बन्धी प्रश्नों के समाधान पूछने की कोशिश की जिसका उत्तर उन्होंने संक्षिप्त से एक-दो वाक्यों में दिया। वे लोग शायद उनसे किसी समस्या के समाधान की अपेक्षा कर रहे थे।

"आप लोग माँ से कुछ पूछना चाहती हैं?" नम्बर एक सुपुत्र ने कुछ निराश- सा होकर महिलाओं से पूछा।

"दर्शन किए, कृतार्थ हो गए।" चाची ने हाथ जोड़कर सभी का प्रतिनिधित्व किया।

तभी जाने क्या हुआ कि छोटीवाली बेटी, जो अभी तक सभी प्रसंगों से कटी नि:संग-सी बैठी थी, भर्राए गले से फूट-सी पड़ी, "मन बहुत अशान्त है माँ।" ज्यों बड़ी देर से वह गले में अटकी फाँस से मुक्त होने को छटपटा रही हो या गहरे पानी में डूबते अचानक पानी पर कोई लकड़ी का तख्ता तैरकर पास आता देख सहारे के लिए लपककर उस ओर दौड़ी हो...

घरवालों ने थोड़ा ताज्जुब से लड़की को देखा। पूरी यात्रा में चुप बैठी यह लड़की बोली भी तो क्या?

श्राद्ध अवसर पर किसी अनुष्ठान में हाथ नहीं लगाया। पितृ-मुक्ति के किसी भी आयोजन में शामिल होकर पिता के लिए कोई चिन्ता न दिखाई। दो बूँद आँसू भी न बहाए। अब अचानक यह बेतुका व्यवहार? इस आध्यात्मिक माहौल में? लेकिन छोटी लड़की को संन्यासिनी उस वक्त सिर्फ माँ नजर आई थी, उसके सिर पर ममता से हाथ फेर रही थी। कुछ शब्द भी उसने कहे, जो लड़की ने नहीं सुने। वह उसकी आँखों में अपनी माँ की आँखें देख रही थी, उसके स्वर में पिता के बोल

सुन रही थी। श्रीकृष्ण के अर्जुन को युद्धक्षेत्र में कहे वाक्य, "कर्म ही तुम्हारी मुक्ति है, वही तुम्हारी चिन्ता, शेष सब गौण..." लौटते समय सभी जन पीछे छूटे कामों की तफसीलों में लग गए, और साथ ही अगले कार्यक्रमों की रूपरेखाएँ बनाने में भी जुट गए।

नम्बर एक सुपुत्र को, कई सालों की तिकड़मों के बाद मंत्री जी के साथ विदेश यात्रा का मौका मिला था, पर इधर अचानक पिता जी का देहावसान हो गया...

"चलो, पिता जी का काम ठीक-ठाक सम्पन्न हो गया।" उन्होंने उच्छ्‌वास-सा छोड़ा।

"हाँऽऽ। जीते रहो, पुत्रधर्म निभाया। पिता को सद्गति मिल गई।" ताई ने आशीष दिया।

नम्बर दो सुपुत्र, जो एक प्राइवेट कम्पनी के अधिकारी थे, पिछले दिनों कर्मचारियों की माँगों व हड़ताल की धमकियों से खासे परेशान थे। पिता जी की मृत्यु का समाचार पाकर उन्हें वक्ती छुटकारा तो मिला, पर अब लौटकर हालात का सामना करना था। इधर खर्चा भी काफी हुआ लेकिन मन में जो, पिता की बीमारी में सेवा न कर पाने का अपराध-बोध-सा पल रहा था, उससे कुछ मुक्ति-सी जरूर मिली थी। चाचीजी ने रामनामी वस्त्र को तहाते इस बात की भी पुष्टि की कि बिरादरी में सिर ऊँचा हो गया। कौन आजकल इतना करता है? बहुत हुआ तो बड़ा लड़का जाकर गंगा में अस्थि-विसर्जन कर श्राद्ध कर आता, इस तरह पूरा परिवार अनुष्ठान में जो शामिल हुआ...कोई सेठ-साहूकार भी न करे...

नम्बर तीन सुपुत्र ने कुछ न कहा। वह सबसे छोटा था। पिता उसी के पास स्वर्ग सिधारे थे, तो जाहिर है पूरे वर्ष मासिक श्राद्ध, वार्षिक आयोजनादि उसे ही देखने थे।

बेटियाँ बीच-बीच में पिता के कष्टों को याद कर एक-दो वाक्य बोलती जाती थीं, उनको अब पीछे घर परिवार की चिन्ताएँ भी सताने लगी थीं।

छोटीवाली लड़की ट्रेन की खिड़की से सिर टिकाए गंगा के प्रवाह को चुपचाप देख रही थी। उसके भीतर की जकड़न धीरे-धीरे खुलने लगी थी, भीतर से कुछ तरल-सा बहकर आँखों में घुमड़ रहा था। पिता, भाई-बहनों और शायद अपने लिए भी उसके भीतर प्रार्थनाओं के खामोश स्वर उगने लगे थे...'जडानंधान पंगुन् प्रकृतिवधिरा-मुक्ति विकलान...।' 'हे अम्बे! जन्म से बहरे, लँगड़े, गूँगे, अन्धे और जिनके पापों से छुटकारे के हो गए हैं सारे मार्ग अवरुद्ध...उनका तुम उद्धार करो।'

उधर गंगा किनारे घाटों पर श्राद्ध, पिंडदान, अस्थि-विसर्जन आदि होता रहा, पंडे यजमानों को बहियों में हस्ताक्षर करवाते रहे, पत्नियाँ पतियों का हाथ पकड़ गंगा में साथ-साथ गोते लगाती रहीं...और कल शाम जो नंगे-भूखे अपंगों की भीड़ गोकुलनाथ के सुपुत्रों का दिया हलवा-पूड़ी का भोज खाकर तृप्त हो गई थी, आज फिर भूख की ऐंठन से त्रस्त, किसी दूसरे गोकुलनाथ के दानी सुपुत्रों की तलाश में घाट-घाट भटकने लगी थी।

वनवास

उम्र के अस्सी पार के दौर में जब जानकी देवी अपने पेट पोंछने बेटे के साथ रवाना हुई, तो नाते-रिश्तेदारों ने मान लिया कि यह उनकी अन्तिम यात्रा है और पीछे छूटते अपनों-सगों के अन्तिम दर्शन भी। गो कि जानकी देवी 'सावधान' की मुद्रा में तनकर न सही, पर बिना सहारे अभी भी खड़ी रह सकती थीं। सुबह-शाम मन्दिर या पार्क तक सैर-वैर भी कर लिया करती थीं। चलते-चलते कभी थक जातीं तो किसी दीवार या पेड़ के तने से पीठ टिका लेतीं या राह पर पड़े किसी ढोक-पत्थर पर बैठ दम-भर सुस्ता लेतीं, पर बहू-बेटों के सुझाने पर कि 'माँजी, सैर करते हाथ में सोटी या बाबू जी का केन रखा करें, सहारा रहेगा,' उन्होंने नाराजगी और कुछ-कुछ चोट खाए भाव से ऐलान-सा कर दिया कि वे मरते दम तक केन-सोटी का सहारा नहीं लेंगी। बल्कि बड़ी ठसक से उन्होंने यह पुछल्ला भी जोड़ दिया कि तुम लोग साथ चलना न चाहो, मत चलो; अभी मैं अपने ही सहारे चल सकती हूँ।

तीन-तीन बेटों-बहुओं, नाती-पोतों की चहक-महक से पूरमपूर संसार और उसमें रची-बसी जानकी लाठी का सहारा ले? इससे बड़े आश्चर्य की बात उनके लिए दूसरी क्या हो सकती थी!

बड़ी बहू-बेटों ने जानकी देवी के वचन की लाज रखी, यानी सैर-वैर करते समय कोई-न-कोई उनके साथ हो लेता। बहुएँ चौके में व्यस्त हुईं तो बच्चे दादी का हाथ पकड़ उन्हें छत तक पहुँचा आते, जहाँ वे परछत्ती की दीवार के साथ डले मंजे पर बैठकर दूर

तक फैले घरों पर झुके आसमान के लाल-सुरमई रंग देखतीं। नीले शामियाने पर शक्लें बदलते बादलों को देख उन्हें हजारों किस्से याद आ जाते, जिन्हें छोटे-बड़े बच्चों को सुनाकर वे बार-बार जिन्दा कर लेतीं।

"ऐसा ही! बिलकुल ऐसा ही तीतरपंखी बदलियों से ढँका आसमान था। मानसबल झील में बादलों की टुकड़ियाँ बर्फ के तूदों-सी तैरा करतीं। हम ढोंगे में बैठ उन तूदों को छूकर देखते...।"

"बादलों के तूदे?"

"हाँ जिगरा। रूई के ढेरों ढेर, पानी में अपना मुँह देखते...ढोंगों में सैरें हुआ करती थीं मानसबल...डल और वुलर झीलों की। आह! हवा कैसी संजीवनी! हरमुख पर्वत के बर्फीले ताजों को छूकर आया झोंका तन को सहलाता तो प्राण हरिया उठते। कमल और हरे सिंघाड़ों की खुशबुओं से महकी झील। तुम लोगों ने वह सुख देखा ही कहाँ?"

"आप पानी में घुसकर कमल तोड़ते थे?" बच्चों की अनंत जिज्ञासाएँ!

"ना, ना, लाड़लो, पानी में घुसकर नहीं, हाथ ढोंगे से बाहर निकाल, थोड़ा झुककर। पर तुम्हारे नाना की एक आँख तो बच्चों को टोहती रहती। थोड़ी चंचल थी न मैं! जरा-सा भी शुबह होता कि बच्चे पानी के संग खिलवाड़ कर रहे हैं, आवाज लगाकर सामने बिठाते। फिर किसी की मजाल थी कि जरा-सी हिलडुल भी करता? यों खिलत्तरों पर भोजन करना उन्हें भी कम पसन्द न था। मानसबल झील की ताजा कमल ककड़ी, और ट्राऊट माछ! जरा-सी तरकारी के साथ थाली-भर भात खाओ बेशक। पता नहीं वह स्वाद कहाँ खो गया?"

"और कमल?" बच्चे जो न खाया, उसका स्वाद क्या जानें! पर कहानी आगे बढ़नी चाहिए।

"कमल, कमलडोडे, खिलवत्तर, यह सब तो रहमान जू ही तोड़ लाता था।"

"वह नहीं डूबता था पानी में?"

"अरे, पानी की मीन था रहमान। पूरा मानसबल खेल-खेल में एक छोर से दूसरे छोर तक नाप लेता।"

कहानी से कहानी जुड़ती, किस्से से जुड़ता किस्सा! कितना कुछ घटा था जानकी देवी के साथ, जैसे कल की बात हो। "एक बार जब मैं कमल-डोडे तोड़ते पानी में गिर गई तो रहमान जू ने छप्प से पानी में छलाँग मारी। जब तक घर के लोग 'हाय-हाय बचाओ' करते छाती पीटें, उसने दाएँ हाथ से मुझे पकड़ बाएँ से पानी पछाड़ा और किनारे तैर आया। यों, ऐसे...केंकड़े की तरह!"

"ही-मैन की तरह दादी?"

"ही-मैन क्या पुत्तर?"

"छोड़ो, तुम नहीं समझोगी, फिर क्या हुआ?"

"फिर क्या? किनारे पर लाकर उलटा लिटा दिया। पीठ दबाई तो मुँह से पानी के वो फव्वारे छूटे कि काका हैरान! यह बित्ते-भर की लड़की मन-भर पानी पीकर भी जिन्दा कैसे रही?"

"नया ही जन्म लिया था मैंने समझो!"

और यह नया जन्म जानकी देवी ने कई बार लिया था—"बड़का विशू जब पैदा हुआ तब तो मुँहजली आशमा दाई ने मरी कहकर मुझे धरती की सेज भी दिलवा दी थी, पर तुम्हारे दादा ने 'डिसीलवा' डॉक्टर को बुलाकर नब्ज जँचवाई तो जाना कि मैं तो कमजोरी के कारण बेहोश-भर हो गई थी। डॉक्टर न आते तो मुझे श्मशान भी पहुँचा दिया होता..."

"छोटे वरुण के वक्त तो पूरे नौ महीने पानी भी न पचा। ऐसी कमजोरी, कि जरा जोर से आवाज हुई कि मेरा दिल बैठ जाए..."

"दादी! रानी बुआ जब आई तब?" बच्चे भी दादी की टाँग खिंचाई में आनन्द पाते और जानकी जानबूझकर अनजान बनतीं।

"रानी की बात तो पूछो ही मत शरीरो! मैं दही-सगुन लेकर आई सातवें मास में, और मरी डॉक्टरनी बोलें कि तुम्हारे पेट में बच्चा ही नहीं है...।"

"ओ गॉड! यह तो हद हो गई दादी!"

सपनों में देखती और जागते में सुनाती कहानियों के संसार में जीती जानकी देवी, अगली पीढ़ियों को अनुभवों, किस्सों का भागीदार बनातीं। वे ही तो उसके हाथ-पैर और लाठियाँ थे। लकड़ी की लाठी उठाएँ उनके दुश्मन।

लेकिन जब इन्दिरा गांधी एयरपोर्ट पर बहू-बेटों और तमाम परिजनों से घिरी जानकी देवी विदा वेला में मिलने-भेंटने की आँसू-भरी रस्में पूरी कर चुकीं और 'चैक-इन' की तीसरी पुकार पर विदा में हिलते हाथों के उत्तर देती कस्टम काउंटर की ओर मुड़ीं, तो छोटी बहू वीरा ने उनके दाएँ हाथ में एक नक्काशीदार स्टिक थमा ही दी।

आखिर सफर में वे यात्रा सम्बन्धी एहतियातों, सामान की उठा-पटक, वायुयान की अदला-बदली और कस्टम की तवालतों आदि से निपटेंगे या माँजी का हाथ ही थामे रहेंगे? सोचने की बात है!

जानकी देवी ने उस वक्त मुड़कर बड़ी बहू विमला को जिस लाचार नजर

से देखा, उसमें उम्र-भर के पोसे अहम और—तेवर ध्वस्त होने की पीड़ा तो थी ही थी, साथ ही आगत की उन स्थितियों का खामोश स्वीकार भी, जिन पर उनका कोई अंकुश नहीं था।

बहू-बेटे ने यात्रा में काफी एहतियात से जानकी देवी की देखभाल की। विमान परिचारिका से कम्बल-कुशन लेकर माँजी को आराम के साथ सीट से टिकाकर बिठा दिया। खान-पान का पूरा ध्यान रखा।

"यह बटर-चिकन लेंगी या मटर-पनीर?"

"कुछ नहीं, भूख नहीं है।" जानकी देवी की भूख सचमुच ही मर गई थी।

"कोई बात नहीं, यह कुकुम्बर सैंडविच ले लीजिए, पाइन एप्पल जूस के साथ। हल्का रहेगा।"

"थोड़ी ताकत तो रहनी चाहिए माँजी, जो भी मन हो, लें जरूर!" वीरा ने सामने स्क्रीन पर शुरू हुई फिल्म की ओर ध्यान दिलाया, पर जानकी देवी ने आँखें बन्द कर लीं—"अह, न इन लोगों की बात समझ आए और न हरकतें। फालतू की गिटपिट से सिर दुखे...।"

वीरा ने कान पर हेडफोन लगाकर हल्के संगीत की धुन सुना दी। जैसे भी माँ का मन ठीक रहे।

बेटे-बहुएँ हमेशा से जानकी देवी का मन रखते आए हैं क्योंकि वे जानते हैं कि तमाम उम्र जानकी देवी की आवाज पर घर चलता रहा है। पतिदेव अजोध्यानाथ तो उन्हें पलकों पर ही बिठाया करते थे। उन्हें जरा-सी छींक आती तो अजोध्यानाथ परेशान हो उठते :

"आराम करो जानकी, जुकाम बढ़ जाएगा, आओ, जरा अमृत अंजन मल दूँ। खाने को क्या, सब हो जाएगा, हम कर लेंगे...।"

रात को उठकर चद्दर ठीक से ओढ़ाते—"आह! तुम तो बिलकुल बच्ची हो। पंखे के नीचे बिना ओढ़ने सोई हो। ठंड-वंड लग गई तो बेकार में हैरानी...। सोचता हूँ, कल मैं न रहा तो...।"

अधूरे वाक्यों से छलकता अतिरिक्त प्यार, अतिरिक्त चिन्ता और सब खताएँ माफ। संक्षेप में यही रिश्ता था अजोध्यानाथ का पत्नी के साथ! यहाँ तक, बात करते यदि पति के अधूरे वाक्य में वे 'ऊँह सुना रहे हैं उल्टी रामायण! इन्हें कुछ मालूम भी है? बात यों है कि...' कहकर हस्तक्षेप करतीं, तो अजोध्यानाथ मुसकराकर, 'अच्छा-अच्छा, विदुषी जी' कहकर उन्हें अधूरे वाक्य की रास थमाकर, वक्ता से श्रोता की पाँत में बैठ जाते। मजाल है कभी बात काटने, टोकने या टाँग अड़ाने की

गुस्ताखी के लिए उन्होंने जानकी देवी को डाँटा-फटकारा हो! या अपमानित ही महसूस किया हो!

यों भी पतिदेव ने घर के भीतरी-बाहरी शासन में पहली और आखिरी बात कहने का हक उनकी झोली में डाल दिया था। स्थितियों-संवादों के बीच कहीं उनकी जगह थी जरूर; पर वह बच्चों की समझ में नहीं आई। हाँ, जानकी देवी उस जगह की अहमियत खूब जानती थीं। बच्चे, जो अब खुद अधबूढ़े होने लगे थे, मानकर चले थे कि पिता जी के प्राण माताजी के तोते में निवास करते हैं। तभी तो, अपनी जरूरतों के साथ, दूसरों के छोटे-बड़े काम भी पूरा करने के आदी अजोध्यानाथ, जब एक दिन दुर्घटना का शिकार होकर बिस्तर से बँध गए और अपनी नितांत निजी जरूरतों के लिए भी दूसरों के मुहताज हो गए, और 'जानकी' 'जानकी' की आर्त पुकार से घर के कोने-अन्तरे गुँजाने लगे तो, जिसने देखा उसने ऊपरवाले से प्रार्थना की कि जानकी देवी ठीक रहें और अजोध्यानाथ अन्त समय तक उन्हें अपने सामने ठीक-ठीक पाएँ।

देखा जाए तो यह ज्यादती थी। भारतीय नारी के सनातन विश्वास, आदर्शों और इच्छित परिणतियों के हिसाब से तो जानकी देवी को ही पहले ऊपर जाना था। वे सुबह-शाम भगवान् से प्रथम गमन का आशीष ही माँगतीं, पर मन ही मन जानती थीं कि ऐसा नहीं होगा क्योंकि उनके कुल-ज्योतिषी माधव पंडित ने उनकी जन्मपत्री बाँचकर बताया था कि ऐसा योग नहीं है। साथ में उनके उतरे चेहरे पर तरस खाकर यह आश्वासन भी थमा दिया कि ज्यादा फर्क नहीं है, यानी कि आगे-पीछे का ही मामला है।

बच्चे कभी मजाक के मूड में आकर माँ से कह देते—"पता नहीं बाबू जी तुम्हारे बिना दफ्तर में आठेक घंटे कैसे गुजार लेते हैं। जरूर कभी-कभी स्टेनो या चपरासी को बुलाते, 'जानकी, कहाँ हो' उनकी जुबान से निकल पड़ता होगा।" जानकी देवी इस मजाक पर नाराज होने की बजाय गर्व से तन जातीं।

"आज का जैसा व्यापार नहीं है हमारे साथ। आठवीं कक्षा में पढ़ते थे तुम्हारे पिता, जब मैं इस घर में ब्याहकर आई। यानी कि प्रेम-प्यार को तुम भले ही चोंचलेबाजी समझो, पर वह उम्र के साथ ही गहराता है।" इस-उस का हवाला देकर यह भी जता देतीं कि प्यार आदर की हकदार होने के लिए औरत में भी कुछ खास होना चाहिए। "क्या खास?" यह उनका बेहद निजी रहस्य था। क्योंकि वह सिर्फ उन्हीं में था।

यही बात पति की मृत्यु के बाद उन्हें सबसे ज्यादा सालती रही। उम्र-भर का

संग-साथ छोड़कर अजोध्यानाथ चले गए। जाते वक्त कुछ कहा भी नहीं। कोई अधूरा वाक्य भी नहीं, जिसे वे पूरा कर लेतीं। बस, आखिरी नजर उन पर टिकाकर प्राण त्याग दिए।

जब मातम मनानेवालियों ने उनके साथ तमाम सहानुभूति रखते हुए भी, अजयोध्यानाथ की मृत्यु को महापर्व की संज्ञा दी कि नब्बे की संख्या छूते गोलोकवासी हुए, शरीर यात्रा सिद्ध हो गई और तुम्हें नानी-पोतों का भरा-पूरा संसार सौंपकर गए, तो जानकी देवी ने सिसकी भर-कर एक ही वाक्य में उत्तर दिया, "जो जितनी ऊँचाई से गिरता है बहन, उसे उतनी ही जब्बर चोट लगती है।"

जानकी देवी नेवार्क से कार से न्यूजर्सी पहुँचीं तो रास्ते में ऊँची इमारतों, चौड़ी छाती फुलाए लेटी साफ-सुथरी सड़कों को चुपचाप देखती रहीं, गुमसुम! करीब दस साल पहले जब वे पहली बार बेटे के पास अमरीका आई थीं, तब बेटा वाशिंगटन में रहता था। अजोध्यानाथ तब हर छोटी-बड़ी चीज देखकर बेटे से बेशुमार प्रश्न पूछते जाते। नई दुनिया की चकाचौंध से अभिभूत। कैसी बच्चों की-सी निश्छल जिज्ञासा थी। लिंकन मेमोरियल देखते कमजोर नजर के बावजूद एक एक पट्टे और पत्थर पर लिखे वाक्य पढ़ते और बेटे के साथ अमरीका का इतिहास पृष्ठ-दर-पृष्ठ खोलते। व्हाइट हाउस देखकर उन्हें अपना राष्ट्रपति भवन याद आया था, जहाँ का उद्यान अपने लाजवाब गुलाबों, गुलदाऊदी और नायाब फूलों की छटा के लिए बेजोड़ है। उन्होंने वरुण से कहा भी कि "यह क्या? ऊपर की मंजिल में राष्ट्रपति रहते हैं और नीचे का हिस्सा दफ्तरों को दिया है। सामने एक कटा-छँटा लान-भर! दुनिया को अँगुलियों पर नचानेवाले देश के राष्ट्रपति के लिए ज्यादा तामझाम चाहिए...।"

लेकिन आरलिंगटन के कब्रिस्तान में जॉन एफ केनेडी की कब्र पर खुदे वाक्यों से वह बेहद प्रभावित हो गए थे। राष्ट्र-प्रेम से छलकते वाक्य। पर जानकी देवी ने हजार कब्रों को देखकर बचकानी-सी प्रतिक्रिया दिखाई थी, "अँग्रेज लोग भी मरते हैं, मैंने तो कभी सोचा ही नहीं था..." बेटा-बहू माँ को कम-अक्ल या बुद्धू समझें, इससे पहले ही अजोध्यानाथ ठहाका लगाकर हँसे थे, "देखा बहू, तुम्हारी माँ तो छोटी एम्मा से भी भोली है।" भोली! मंदबुद्धि नहीं समझना।

वरुण माँ को गुमसुम देखकर बातों में उलझाने लगा—

"वह देखो माँ, उस तरफ ऊँची चिमनियों से आग की लपटें निकलती दिख रही हैं न, वहाँ क्रूड आयल से पेट्रोल वगैरह बनाया जाता है और फालतू गैस जला

दी जाती है, इस तरफ अम्यूजमेंट पार्क है, अपने यहाँ चिड़ियाघर होते हैं न, वैसे ही! किसी दिन ले चलेंगे तुम्हें...।"

बल्कि जल्दी ही वे माँ को अम्यूजमेंट पार्क ही नहीं, साउथ कैरोलाइना के 'कैरोविंड्स कैंपग्राउंड' भी ले गए।

बेटे को दफ्तर की तरफ से टूर पर जाना था। उस ओर बुआ जी भी रहती हैं, सोचकर आउटिंग का प्रोग्राम बना। माँ जो इधर खोई-सी रहने लगी हैं, बहल जाएँगी। अपनी बातचीत और अतीत की स्मृतियों की मुहरबन्द पोटलियाँ खोलने-खँगालने में उम्रदराज लोग जो सुख पाते हैं, हुआ भी कुछ ऐसा ही। अपनी बाल-सखी ननद के साथ यादों के कोनों में दबी-ढकी दास्तानें आँखों के आगे जी उठीं, और तो और, चाचा ससुर की सुहागरात की वह घटना भी, जब ननद के साथ मिलकर नवेली जानकी ने साठ साला दूल्हे का नकली दाँतों का सैट छिपा दिया था। हद थी वह ननद जी की, चाचाजी दाँतों का सैट धो-धाकर कटोरी में रख जरा मुँह-हाथ धोने में लग गए कि पीछे से ननद जी ने हाथ बढ़ाकर कटोरी खिसका ली, जाएँ अब पोपले मुँहवाले नवाबजादे बीस साला तीसरे नंबर की दुलहिन से प्यार की बातें करने! हा-हा! समझते हैं गरीब लड़की को ब्याहकर अहसान कर दिया, रोटी-कपड़ा देंगे, उम्र का क्या, साठे पर पाठे हैं।

जानकी ननद जी से सहमत थी, पर डर के मारे थर-थर काँप भी गई थी। ननद तो लड़की ठहरी, उसे कौन दोष देगा? वह तो बड़ी थी। और सुनना भी खूब पड़ा था दोनों को, पर उन्होंने आरोप अपने सिर ले, एक-दूसरे को बचाकर दोस्ती निभाई थी।

बहू ने दम आलू और रोगनजोश चाव से पकाया। पूरे चार दिन वे साथ-साथ घूमे, बतियाए। ननद जी ने ही जानकी देवी को व्हील चेयर पर बिठा पार्क की रौनकें दिखाईं। बच्चे जब पारदर्शी नीले पाइप में घुसकर रबर बोटों पर फिसलते हुए नीचे आए तो उनके अस्त-व्यस्त गीले हुलिए देख दोनों थोड़ा डर गईं, कहीं बोट किसी घुमाव पर अटक जाती तो?

बच्चे रिवर रैफ्टिंग के लिए गए तो जानकी देवी के साथ ननद जी भी पुल पर बने मचान-सी जगह पर बैठ छोटे-बड़े लोगों के हुजूम देखती रहीं। आइसक्रीम, फ्रेंच फ्राइज, बर्गर खाते; पेप्सी पीते; धैर्य से अपनी बारी का इन्तजार करते कतार-दर-कतार लोग। जिन्दगी से भरपूर लोग।

नीचे ढोक चट्टानों से टकराती, लड़ियाती, थक्कों के थक्के झाग उछालती नदी का पाट दिखता था। किश्तियों में बैठे सैलानी छोटी-छोटी पहाड़ियों से गिरते

आबशारों में भीगते, डगमगाते, खुशी से चीखे जा रहे थे। जानकी ने ननद जी को देखा, हमारा युग क्या इससे कम रोमांचक था?

बच्चों के लौट आने तक वे सम्पत्ति, गुणी प्रभा के साथ पहलगाम की लिद्दर नदी में घुटनों-घुटनों भीगती रहीं। गुणी ने जानकी का हाथ पकड़ पानी में जो खींचकर उतारा तो जानकी चिल्ला-चिल्लाकर आँय-बाँय बकने लगीं—"हाय काकनी, तेरी जानकी डूब गई। अरी मरी गुणी, मैं मर गई तो पुलिस तुझे फाँसी पर चढ़ा देगी।"

पानी में डुबकियाँ लगाती लड़कियाँ नहीं पसीजीं—"तू एक बार तो जा, हम सभी हँसकर फाँसी चढ़ेंगे, हमारी नाजनीना...।"

जानकी किनारे के पत्थरों-कछारों को जकड़ नदी से बाहर आ गईं। देर तक काँपती रहीं, थर-थर! कितना डरती थीं वे पानी से। नदी की हहराहट रीढ़ की हड्डी में दहशत-भरी कँपकँपी कर देती थी, जबकि अजोध्यानाथ ने कई बार झील पारकर तैराकी में इनाम पाए थे। हाँ, किनारे पर बैठी वे पाँव नदी में डाले घंटों ननद जी से गप्पियातीं। उथले तल में लेटे छोटे गोलाकार बट्टे, सीपियाँ, कौड़ियाँ और नन्हे शिवलिंग बटोरने की खब्त थी उन्हें। एक काला शिवलिंग, जिसके गले में सफेद जनेऊ पड़ा था, वे अपने मायके से ले आई थीं। अजोध्यानाथ जब सुबह-सुबह ठाकुरद्वारे में रखी छोटी-बड़ी देवी मूर्तियों को नहलाकर पूजा-अर्चना करते, तो छोटे शिवलिंग पर विशेष ध्यान देते, वो जो जानकी अपने मायके से साथ लेकर आई थीं।

बच्चे पानी की सैर से लौटे तो जानकी देवी ने छोटी एम्मा से पूछा, "तुमने वहाँ नन्हे शिवलिंग देखे?"

"शिवलिंग?" एम्मा आश्चर्य से ग्रैंडमाँ को देखती रही।

"वो छोटे-छोटे गोल चिकने पत्थर?" उँगलियों की विभिन्न मुद्राओं से समझाने पर भी जब एम्मा के भेजे में बात नहीं आई तो उसने कन्धे उचकाकर हार मान ली—"ग्रैंडमाँ, टाक्स सो डिफरेंट।" जानकी देवी उसाँस भरकर रह गई। उसके ये नन्हे पोते-पोतियाँ विदेशी बनकर उससे कितनी दूर हो गए।

वैसे एम्मा, ममा-डैडी के आदेशों का पालन करते ग्रैंडमाँ का ध्यान रखती। उसी के कारण एम्मा ने हिन्दी भाषा सीख ली। "ग्रैंडमाँ चाय पीना," "ग्रैंडमाँ सेब खाना?" लेकिन मन की भाषा? स्मृतियों की भाषा?

सैर-वैर वीक एंड्स पर ही हो पाती। शेष दिनों जानकी देवी की आँख खुलने से पहले ही एम्मा स्कूल चली जाती और वरुण-वीरा दफ्तर।

रात को सोने से पहले जानकी देवी कुछ उठंग-सी सोकर खिड़की के काँच से, नीचे 'ड्राइव-वे' की तरफ देख लेतीं। हरे लॉन के बीच बिछी सुरमई चूनर-सी सड़क पर दो कारें एक के पीछे एक खड़ी देख जानकी देवी आश्वस्त होकर रजाई में घुस जातीं। लेकिन सुबह जब सूरज की किरणें सफेदों के बीच झाँक खिड़की पर खामोश दस्तकें देने लगतीं तो पलकों पर गुनगुने उजास की छुअन से वे जाग जातीं और बिस्तरे पर से अधउठी स्थिति में ही काँच से बाहर देख लेतीं। दोनों कारें जा चुकी होतीं। नंगा ड्राइव-वे उन्हें विधवा की सूनी माँग-सा उदास और अपशकुनी लगता।

जानकी देवी फुरसत से दिन की शुरुआत करतीं। उदास और थकी-थकी सी शुरुआत। ऊपर से नीचे एक सुई फेंक खामोशीवाला दिन तागे बँधी तलवार-सा सिर पर लटकने लगता। पता नहीं किस कोने से उभरकर एक डरावनी आँख उसकी ही हरकत का पीछा करने लगती। दीवार थामे, कदम-कदम बढ़ाती वे टायलेट तक चली जातीं। टायलेट पेपर का इस्तेमाल सीखने पर भी बिना पानी से धुले शरीर से उन्हें घिन्न-सी आती। धुलाई के वक्त तमाम एहतियात बरतते भी अकसर पानी कमोड से बाहर फर्श पर छिटक आता। वीरा को गीला बाथरूम बिलकुल नापसन्द था। सो वे 'एक्जॉस्ट' का बटन दबा स्पंज से फर्श पोंछ देतीं और धीरे-धीरे सीढ़ियाँ उतरकर नीचे लिविंग रूम तक उतर आतीं। सोंटी का सहारा लेने की जगह, वे उकड़ूँ-सा बैठ, दोनों हाथों और पाँवों से, किसी चौपाए की तरह घिसट-घिसटकर सीढ़ियाँ उतरतीं। गिरने से उन्हें बेहद डर लगता। गिर गईं और सिर-माथा फूटा तो किसे पुकारेंगी? पास-पड़ोस भी दूर-दूर। उनकी आवाज बन्द कमरों में घुटकर रह जाएगी। मौत से तो अब क्या डर? पर इतनी अकेली मौत? वे आँखें बन्द कर ईश्वर से प्रार्थना करतीं, परदेश में मौत देनी ही है तो अकेली मौत मत देना। आखिरी साँस वे बेटे को देखकर भी छोड़ना चाहेंगी। अजोध्यानाथ तो अब नहीं थे, पर उनसे थोड़ी ईर्ष्या भी होने लगती। अन्त समय विशू बेटा, विमला, रानी और बच्चे उन्हें घेरे थे।

लिविंग रूम के एक कोने में उनकी कुर्सी पड़ी रहती। उनका छोटा-सा साम्राज्य। बारह कमरोंवाले बँगले की सम्राज्ञी का सिकुड़ा राजपाट! कुर्सी के पास छोटी तिपाई, जिसकी दराज में उनका निजी सामान यानी मलहम, तेल, दवाइयाँ, आई ड्रॉप, सुई-धागा आदि रहा करते। कुर्सी पर बैठकर सबसे पहले वे तिपाई पर ढककर रखा 'प्रूनजूस' पी लेतीं। यह बहुत जरूरी था। इसे पीने से कब्ज की शिकायत नहीं रहती और 'कब्ज सभी बीमारियों की जड़ है।' यह बात बहूरानी ने कुछ इस तरह समझा दी थी कि जानकी देवी की पहली नजर 'प्रूनजूस' ही ढूँढ़ने

लगतीं। एक बार भूल गई थीं तो वीरा को बड़ी चिन्ता-सी हुई कि "माँजी यहाँ बीमार हुईं तो हमारी मौत ही समझो।"

जानकी देवी बच्चों को अपने कारण कोई कष्ट नहीं देना चाहतीं। यों भी महँगा इलाज, डॉक्टरों के चक्कर और बहू-बेटे की व्यस्त दिनचर्या, इसमें फालतू कामों के लिए गुंजाइश ही कहाँ थी! वे फालतू होना नहीं चाहतीं, पर शायद इधर आकर वे फालतू हो गईं। उन्हें अकसर घर की याद आती। बच्चों-बड़ों से घिरी वहाँ, सुबह से शाम होते दिन पलक झपकते बीत जाते। बच्चों को किस्से-कहानियाँ सुनाते और उनके बचकाने प्रश्नों के समाधान करते उन्हें खुद को फालतू समझने का अहसास ही नहीं हुआ।

"दादी! छोटे बच्चे और बूढ़े एक जैसे क्यों लगने लगते हैं?" नितिन पूछता।

"नहीं दादी, ऐसे नहीं। सुनो, अभी पैदा हुए बच्चों को कतार में रखो तो सभी एक जैसे ललमुँहे बन्द आँखोंवाले, छोटी-छोटी मुट्ठियों और झुर्रीदार, मुलायम-मुलायम, निरीह नजर आते हैं। बूढ़े भी एक जैसे। झुकी कमर, झुर्रीदार चेहरे, खिचड़ी बाल, पोपले-पोपले मुँह, निरीह लगते हैं न एक जैसे?"

जानकी हँसतीं—"इसलिए मेरे बच्चो, कि बच्चों को भगवान एक खास साँचे में ढालकर दुनिया में भेज देता है, कुछ बनने के लिए, तो एक जैसे होते हैं, और बूढ़े वक्त और अपनी शक्तियों के मुताबिक गढ़े जाकर जिन्दगी जी चुके होते हैं, अलग-अलग ढंग से, पर जब वापस जाने की बारी आती है, तो एक ही ढंग, एक ही नियति। तभी शायद सूरतें भी एक जैसी लगती हैं। जीर्ण हुए वस्त्र कितने ही अलग और विशिष्ट रहे हों, पुराने और बदरंग होकर एक जैसे चिथड़े लगने लगते हैं। तब उन्हें एक ही मिट्टी में मिलना होता है न? इसी से! यही नियम है प्रकृति का।"

छोटे बेटे के आग्रह पर जानकी देवी चार-छ मास रहने के इरादे से इधर आई थीं। पर इधर आते ही टाँगें कुछ कमजोर हो गईं। इधर ननद जी की जिठानी का यात्रा के दौरान विमान में हार्टफेल हो गया तो वरुण भी डर-सा गया। कहीं माँ को भी रास्ते में कुछ हो गया तो जमाने भर की थुक्का-फजीहत होगी कि दो मुट्ठी भात की हकदार माँ को अपने पास न रख सका।

सो जानकी देवी का वनवास ऐसे ही काटना लिख गया। आरामकुर्सी की सीध में, शीशे की दीवार से बाहर देवदार के पेड़ साँय-साँय की सदाओं में हवा से बतियाने लगे हैं। दूर तक फैले लॉन! सड़क यहीं खत्म हो गई है। बस्ती का आखिरी छोर है यह। आगे जाने कहाँ तक फैला हुआ जंगल ही जंगल।

क्या होगा उस जंगल के बीच? घने वृक्षों के पार? उनकी टाँगों में ताकत होती

तो वे जरूर जाकर देख आतीं। वरुण से पूछा तो उसने बेमन से कहा,"क्या पता माँ! हमें यह सब सोचने की फुरसत ही कहाँ है। कुछ दूर पीछे शायद खेत हों, या सड़क। कहीं कोई सिरा तो होगा ही..."

हाँ, अन्त तो कहीं होगा ही। जानकी देवी जानती हैं। अन्त लाजिमी है! पर जाने क्यों वे अभेद्य जंगल के आखिरी छोर के बारे में उत्सुक हो उठी हैं। जगन्नाथ के 'बाईस पाक्चूछ' सी यह जीवन की सीढ़ियाँ, इसके पार कोई विवर, कोई शून्य, जहाँ आत्माओं का मिलन होता होगा। वीरा कहती है,"जंगल तो जंगल है, खन्दक-खाइयों, पेड़ों और नागफनियों से भरा। उसमें जानने का क्या है?"

लेकिन जानकी को लगता है, उधर आगे सोनमर्ग की पहाड़ियों के ऊपर बने सँकरे रास्ते-सी कोई पगडंडी हो शायद, जिस पर वे और अजोध्यानाथ घोड़ों पर सवार होकर साथ चले थे। जहाँ अजोध्यानाथ ने उसके साथ खेल खेला था। छोटे रास्ते से आगे बढ़कर आँख ओझल होने का खेल! वे गहरी खाइयोंवाले घने जंगल में निपट अकेली हो गईं तो भय से सुन्न, रोने लगीं। उनका दिल जरूर उसी वक्त बैठ जाता यदि अजोध्यानाथ अगले मोड़ से आवाज न देते—"जानकीऽऽ!"

"लो, बाबूजी तो ऊपरवाले मोड़ पर घोड़े की रास थामे खड़े थे!"

जानकी को हिलक-हिलक रोते देख अजोध्यानाथ अपराधी बन गए थे।

"अरे, मैंने जरा-सा मजाक किया, देखूँ कितनी बहादुर हो! कभी अकेले सफर करना पड़ेगा तो क्या करोगी, जरा हिम्मत रखा करो...।"

"नहीं, ऐसा मजाक फिर मत करना। मुझे तुम्हारे बिना रहना ही नहीं है।"

"अच्छा भई, सॉरी, आगे हमेशा तुम्हारे साथ-साथ रहूँगा।"

जानकी कभी अकेली बैठी घबरा जातीं तो उस जंगल की ओर मुँह किए, सड़क के आखिरी छोर पर बैठी पुकारतीं—

"कहाँ होऽऽ?"

आवाज कुछ दूर जाकर पलट आती—ओऽऽ। जानकी को लगता, अजोध्यानाथ ने उत्तर दिया है, वही हैं। उन्होंने कहा था, पास रहूँगा। बैठे-बैठे पैर सुन्न हो जाते तो जानकी देवी धीरे-धीरे डेक पर निकल आतीं। मुँह उठाकर पेड़ों की फुनगियों के बीच झाँकते आसमान की ओर देखतीं। टुकड़ों में बँटा आकाश इतना तीखा नीला, कि आँखों में चुभने लगे। आकाश के ये रंग कितना भाते थे पहले! सुबह-शाम के सुरमई से गुलाबी होते रंग, धुला नीला आसमान! लेकिन इधर आकाश आब खो रहा लगता है। या शायद उम्र का तकाजा हो। उम्र के साथ तो रंग भी बदल जाते हैं। धूप में पड़े रंगीन कपड़ों के रंग जैसे उड़ने-से लगते हैं! होता ही है।

बैठे-बैठे वे पेड़ों के बीच किसी पहचानी चिड़िया को ढूँढ़ने लगतीं। हाथों की गुलक-सी बनाकर आवाजें निकालतीं—"कुहू कु गु गू गु...! माजि लोयनम, काजवटे सूत्य...कु हू कु...।" उसके ननिहाल में गुगी ऐसे ही बोलती थी। माँ-बहन से डाँट खाकर गुगी के शिकायती स्वर हवा में दूर तक तैरते रहते।

लेकिन इधर पेड़ों पर कोई पाँखी नहीं आता। एक था, उड़कर चला गया। आसपास कोई आदम न आदमजाद। कोई होता तो जानकी की हरकतें देख कहता, बुढ़िया पगला गई है।

जानकी दूसरी तरह की आवाजें निकालतीं, कु कू कु हू कू...कु कू कु हू कू...श्रीकृष्ण गोपियों-वोडि छय न टूपियो...कु हू कु कू हू...। ऊँ हूँ। आवाज फिर 'ऊऽऽ' की गूँज के साथ पेड़ों में जज्ब हो जाती है। घर में उनके शहतूत के पेड़ पर जो पिड़कुलिया बैठती थी, कैसे दुम जैसे पंख ऊपर-नीचे हिलाती उसका मन मोहती थी—"मैं भी कुछ कम नहीं"..."मैं भी कुछ कम नहीं"...अजोध्यानाथ कहते, "बिलकुल तेरे जैसा दिमाग पाया है, नाजुक-सी जान और तेवर ऊँचे।" वे दाएँ हाथ की प्रथमा उँगली ऊपर-नीचे हिलाती पिड़कुलिया से जुड़ी यादों में खो जातीं। कहाँ गए वे तेवर जानकी के? यादों की गन्ध से लिपटी जानकी दूर दिसाउर की यात्राएँ करतीं। बाहर खड़े पेड़ वैसे ही खामोश रहते, हवा के झकोरों के शाँय-शाँय की सदाओं में व्यस्त! होता है ऐसा ही...। जानकी देवी नहीं रहेंगी तब भी प्रकृति के इस खेल में क्या फर्क पड़ेगा?

अचानक जानकी देवी बदहवास-सी किसी पाँखी को ढूँढ़ने लगती हैं, आँखें दुखती हैं, पर पहचान की कोई चिड़िया नजर नहीं आती। वह पीछा करती डरावनी आँख ऐन सामने टँग जाती है।

आगे फैला सूना जंगल, शब्द को सोखता दानव, पीछा करती डायन आँख! वे किसी को पुकारना चाहतीं, लेकिन दूर तक कोई नजर नहीं आता, सिर्फ पेड़ों के पीछे खामोश लाल ढलुवाँ छत की झलक-भर!

घुटनों पर हाथ देकर वे उठ जातीं। दीवार के साथ-साथ सहारे टटोलती कमरे में बन्द हो जातीं।

अपने सोफे पर अधलेटी-सी वे आसपास की बार-बार देखी चीजें फिर से देखने लगतीं। शेल्फ पर करीने से सजी किताबें, जिन्हें वे पढ़ नहीं सकतीं, दीवारों पर लटके चित्र, वीरा-वरुण बाँहों में बाँहें फँसाए, नन्ही एम्मा प्रेम में अँगूठा चूसते और पहाड़ों के पीछे डूबता सूरज! काले बादलों में लिपटी मौत की तलवार सूर्य के दो टुकड़े करती हुई, लाल-लाल आसमान!

जानकी देवी लगभग झपटकर 'रिमोट' उठा लेती हैं और बटन दबाकर टी.वी. ऑन कर देती हैं। चुप्प कमरे में आवाजों की चाँपें चहलकदमी करने लगती हैं। संगीत की धुनें, सीरियल खाते बच्चे! सुनहरे बालोंवाली लड़की 'हेल्लो' कहकर जानकी की आँखों में आँखें डालकर हँसती है। जानकी देवी कुछ देर तन्मय-सी टी.वी. की चहक में डूब जाती हैं।

अचानक टी.वी. के पर्दे से निकलकर एक लड़का और लड़की सामने खड़े हो जाते हैं। अरे! यह तो चिपट ही गए एक-दूसरे से, बेशर्म! लो, होंठों पर होंठों रखे चूमाचाटी भी होने लगी। छि:-छि: कोई देखे तो? लेकिन आसपास जानकी के सिवा कोई नहीं। वे थोड़ा आश्वस्त-सी होकर देखती हैं, इतना लम्बा चुम्बन कि खत्म ही नहीं होता। क्या दम ही घोंट डालेगा! अरे कुछ शर्म भी करो, मैं देख रही हूँ! ये लोग, अब तो बाजाब्ता बिस्तर में घुस गए। जानकी ने नजर हटा ली, मरने दो, भरदुपहर! अब शायद किस्सा खत्म हुआ हो, देखा, साँस हलक में अटक गई। औरत की देह टटोलते पुरुष के हाथ! और ये क्या? औरत के नेल पॉलिशवाले नाखून पुरुष के कन्धों में चुभे जा रहे हैं। हे राम! धक्-धक-धक—यह लम्बी-लम्बी साँसें, फुसफुसाहट...यह क्या जानकी देवी के भीतर से आ रही हैं या टी. वी. के पर्दे से?

जमाने की रफ्तार को लानत भेजती जानकी देवी बटन दबाकर दोनों के ऊपर काला लबादा डाल देती हैं। लेकिन आँखों के आगे टटोलते हाथ ठहर जाते हैं। अनाड़ी हाथ! अँधेरों में ब्लाऊज का हुक नजर नहीं आता। घुप्प अँधेरा, अनाड़ी हाथ और बेकाबू युवा शरीर!

जानकी का हलक सूखा जा रहा है, पर हुक उलझते ही जा रहे हैं, जानकी खुद खोले? लेकिन लाज-शर्म हाथों को सुन्न किए दे रही है, सुबह अजोध्यानाथ नवेली से आँखें चुराते हैं। आते-जाते जानकी के होंठों पर शरारत की झलक पाकर वे बेबात सिर खुजाने लगते हैं। रात बिस्तर पर नाइट लैम्प की मद्धम रोशनी में मनुहार करते हैं—"यह हुकवाला ब्लाउज रात को पहने रखना जरूरी है क्या?"

जानकी नाइट लैम्प की रोशनी में भी शर्म से मरी जा रही है। चूड़ियाँ गहने झमकाकर बेहद निजी बातें करनेवाली प्रेमिका देह ताप से अनभिज्ञ तो नहीं थी, पर भर दुपहर देह की नुमाइश?

जानकी देवी ने अपने सिकुड़ते शरीर को देखा। हाथों-बाँहों पर उभरती नीली नसों के बीच झूलता लटकता मांस, सूखी तोरी-सी लटकती छातियाँ, झुकती हुई

पतली कमर। अजोध्यानाथ को नाज था पत्नी के सुघड़ वक्ष पर। कहते थे इस छ गजी साड़ी का भार तेरी बित्ते-भर की कमर कैसे सह पाती है? मैं हैरान हूँ।

जानकी देवी अकेले में बैठी पिटारे से रंगीन धागे निकालती हैं। रंगीन धागों से बुनी इबारतें। अजोध्यानाथ आगे-पीछे घूमा करते। पर-पुरुष की प्रकृति! हरजाई! एक बार किश्तवाड़ की एक छोकरी पर लट्टू हो गए, पर ऐन मौके पर जानकी ने प्रकट होकर अकेले रोमांस को परवान चढ़ने से पहले ही धराशायी कर दिया। छ महीने जानकी ने पति से बात नहीं की। कैसे पिटे चेहरे से कान पकड़े, हाथ जोड़े, पर जानकी नहीं पिघलीं। यह सब जानकी के घर में? बाहर वह कौन पहरे दे रही है! जो जी में आए करो...।

बस! एक ही किस्सा घटा। उम्र-भर अजोध्यानाथ उसकी भरपाई करते रहे। जिन्दगी-भर कवच बनकर छाए रहे जानकी के ऊपर!

जानकी को भूख-सी महसूस हुई। टोकरी में पड़े फलों में से एक सेब उठा लिया। वीरा टिफिन में टोस्ट, मफिन रख गई है, पर अकेले हलक से कुछ नहीं उतरता। अँतड़ियाँ कुलबुल-कुलबुल न करें तो वे फल भी न खाएँ। कौन इधर देखता है, खाया है या नहीं...ऐसे में किसी अदेखी दरार से अजोध्यानाथ प्रवेश कर जाते हैं—"जानकी, कुछ खा लो, खाओगी नहीं तो कमजोर हो जाओगी..." जानकी सेब की फाँक मुँह में भर लेती हैं। सेब में खारे आँसुओं का स्वाद भर जाता है—

"कल मैं न रहा तो...?"

घड़ी की सुइयाँ चार बजा रही हैं। शीशे की दीवार के पीछे एम्मा की सुरमई स्कर्ट झलक आती है।

"हाय ग्रैंडमाँ!"

"आ गई बिटिया?"

"हाँ ग्रैंडमाँ! लंच खाया? चाय पीना?"

"हाँ, हाँ, तुम कपड़े बदल आओ, फिर चाय बनाना।" जानकी का वाक्य पूरा होने से पहले ही सीढ़ियों पर पदचाप के साथ अंग्रेजी गुनगुन सुनाई पड़ती है।

एम्मा फ्रिज खोलकर रोल निकालती है। मफिन काटकर बीच में चिकन भरती है और माइक्रोवेव अवन का बटन दबा देती है।

"आप खाओगी ग्रैंडमाँ?"

"तुम खाओ बेटे, भूख लगी होगी...मैं चाय पिऊँगी!"

एम्मा चाय सामने रख जाती है—"बैठो मेरे पास एम्मी!"

"ग्रैंडमाँ बहुत काम है—होम वर्क! ईऽऽतना।"

"अच्छा अच्छा जाओ।" एम्मा अपने कमरे में चली जाती है।

जानकी देवी फिर कोच में धँस जाती हैं पिटारे के धागे उलझते जाते हैं।

सात बजे बेटा-बहू साथ ही लौट आते है। दीवार पर की टोहती आँख एकदम गायब हो जाती है। सोई जान में खून दौड़ने लगता है।

"कैसी हो माँ? लंच खाया?" बेटा पास बैठकर डाक देखता है। जानकी देवी मोह सनी देखती रहती हैं— "विशू की चिट्ठी है? 'रानी' ने बड़े दिनों से पत्र नहीं डाला। पहले हर पन्द्रह दिन में लिखती थी...।"

"अब रोज-रोज क्या लिखेंगे! अपने बेटे के पास हो, पराई जगह तो नहीं...।"

बहू रसोई बनाती हल्का-सा हँस देती है। जानकी देवी को गुस्सा नहीं आता। होता है ऐसा। उम्र-भर का बोझ! अब कहाँ जाएगी जानकी!

"आज बॉस की विदाई थी, आँखें दुख रही हैं...।"

"क्यों? तुम रोईं क्या?"

"उसी ने मुझे 'हायर' किया था। अच्छा था। पता नहीं नया बॉस कैसा होगा?"

जानकी देवी अपनी कोच में धँसी सुनती हैं। कुछ समझती हैं, कुछ नहीं समझतीं। हर वक्त की बातें एक-सी तो नहीं होतीं।

"आओ खाना खाएँ।" बेटा सामने बिठाकर माँ की थाली में खाना परसता है। बहू कन्धे उचका लेती है—"यूँ मेक हर टोटली डिपेंडेंट!" जानकी देवी अंग्रेजी नहीं जानतीं। अब तो लगता है कुछ भी नहीं जानतीं। जीभ का स्वाद तक भूल गई हैं। हफ्तों पहले पकी सब्जियाँ खाते पहले तो उबकाई-सी आती थी। एक बार कहा था—"बहू, धुले मूँग की दाल बना लेतीं कभी हींग-जीरे का छौंक लगाकर। बासी बैगन की सब्जी मुझे बादी करती है।"

बहू का चेहरा तमतमाया था—"मेरी कलीग्स हैरान हैं कि मैं रोज खाना पकाती हूँ..."

वीक एंड्स पर छ दिन के लिए मटन, सब्जी बनाकर फ्रिज में धरी जाती है। रोज कुछ मिनट माइक्रोवेव अवन में गरमाकर चावल या पीताब्रेड के साथ परोस दी जाती है। फुरसत ही कहाँ है जो स्वाद देखें।

इधर खाने के अलावा भी और काम देखने होते हैं, नौकर-चाकर तो नहीं रहते।

ठीक बात! शनि-रवि को धुलाई, घर की सफाई, लॉन काटना। पिछली बार जब अजोध्यानाथ बेटे के पास आए तो बहू के हाथ से मशीन लेकर खुद घास की छँटाई करते। जानकी उन्हें हाँफते देखतीं तो टोकतीं—

"कुछ अपनी उम्र का तो खयाल किया करो।"

"उम्र से नहीं, आदतों से बूढ़ा होता है आदमी, जानकी! जब तक हो, करो।"

लेकिन चाहने पर भी जानकी ज्यादा कर नहीं पातीं। पहले तो घास की थैलियाँ ही उड़ेलती थीं। अब तो न झुका जाता, न ज्यादा देर खड़ा ही रहा जाता है। बस, बैठे-बैठे जो काम मिले, कर लेती हैं। कपड़े तहाए, कभी टूटे बटन टाँके, कभी सब्जी छाँट ली। इससे ज्यादा कुछ होता ही नहीं।

वीरा, बर्तन डिशवाशर में डाल देती है—"एम्मा, ग्रैंडमाँ को बेडरूम ले चलो, सुबह जल्दी जागना है, हरी अप...।"

"वरुण बेटा!" जानकी वरुण का स्पर्श टोहती हैं। जिस दिन वरुण बाँह थामता है, जानकी 'स्टिक' हाथ में नहीं लेतीं। उस रात नींद भी अच्छी आती है। इतना काफी है जानकी देवी के लिए। दो वाक्य, कैसी हो? खाना खाया? और बाँह पर बेटे का स्पर्श! इतने से कट जाता वनवास!

लेकिन रविवार की शाम जानकी देवी टॉयलेट में घुसीं तो निकली ही नहीं। बहू-बेटे को चिन्ता हुई। एम्मा ने दरवाजे पर दस्तक दी। दरवाजा खुला था। बाथरूम से सड़ी बदबू का भभका उठ रहा था। एम्मा ने भीतर झाँककर देखा, ग्रैंडमाँ की टाँगें मल से सनी हुई हैं और वे टायलेट पेपर से फर्श साफ करती हिलक-हिलककर रो रही हैं। एम्मा घबराकर चिल्लाई, "ममा, ग्रैंडमाँ का एक्सीडेंट हो गया...।"

वरुण दौड़ा आया—"ओ गॉड, क्या बदबू फैला रखी है..." बाथरूम में झाँका, कमर तक गाउन उठाए माँ काँपते हाथों से फर्श पोंछ रही हैं। बेटे को देखकर दरवाजे के पीछे छिप गईं। देह की गलाजत जवान बेटे ने देखी और माँ मर गई। यही यादें छोड़कर जाएगी क्या जानकी?

जानकी देवी के आगे अजोध्यानाथ का कातर चेहरा खड़ा हो गया। एक्सीडेंट में कमर की हड्डी टूट गई तो मल-मूत्र बिस्तरे पर ही होता था। सफाई की खब्तवाले अजोध्यानाथ, जानकी को टट्टी-पेशाब उठाते देखते तो अनेक मौतें मरते। जानकी नौकरों को हाथ नहीं लगाने देतीं, मुँह पर शिकन नहीं आती। पर एक बार जब अजोध्यानाथ ने गन्दा हुआ बिस्तरा खुद ही खींचकर अलग करना चाहा और इस क्रिया के दौरान मल-मूत्र कमरे में बिखर गया, जानकी देवी गुस्सा हो गईं। कुछ आँय-बाँय भी बोलीं। अजोध्यानाथ ने निहायत दीन होकर याचना की—"जानकी, मुझे अपने हाथ से कुछ खिलाकर सुला दो। कम-से-कम मेरे पीछे यह घिनौनी देह तो तुम्हें याद न रहे, कुछ अच्छा रहे याद करने को। ठीक तो मुझे अब होना नहीं है। कब तक सहोगी मुझे...?"

जानकी देवी का गला रुँध गया—"मुझे माफ कर दो, पता नहीं क्या हुआ मुझे? शरीर किसका साथ देता है आखिर तक? मेरे रहते ऐसा न सोचो।" जानकी पति की माँ बन गईं, बच्चों के पोतड़े धोती माँ!

जानकी को छिपते देख बेटे को ग्लानि हुई—"कोई बात नहीं माँ, ऐसा होता है कभी। रोओ मत।" पत्नी को पुकारा। बहू नाक पर रूमाल रख सफाई अभियान में जुट गई। उबकाइयाँ रोकते सास की टाँगें धुलाईं, बेटे ने पानी का टब भरा। 'डोर गेट' 'गारबेज बैग' में डाल दिया।

नहा-धोकर जानकी देवी ने साफ-सुथरा गाउन पहना। बेटा खुद बिस्तरे पर पहुँचा आया, तसल्ली दी—"यह सब तो होता ही है उम्र के साथ। सोचो मत, आराम करो।"

सुबह बहू ने तबीयत पूछी और दफ्तर चली गई। एम्मा और वरुण भी चले गए। जानकी देवी थोड़ा सँभल चुकी थीं।

आँख खुलते ही जानकी देवी ने स्टिक उठाई। धीमे कदमों से दीवारों का सहारा लेते-लेते डेक पर आईं। डेक की छोटी सीढ़ी उतर डगमगाते कदमों से लॉन पार करती उस छोटी-सी टेकरी पर बैठ गईं, जहाँ से सड़क और जंगल शुरू होता था।

जानकी देवी ने मुँह उठाकर तित्तर पंखी बदलीवाले आकाश को देखा। पेड़ों के साये में झुके घर की छत पर उचाट-सी नजर डाली। छाती के भीतर कोई तरल-सी हिलोर उठी और आँखें धुँधला गईं। शायद अजोध्यानाथ का कातर चेहरा झलक आया हो। यादों की रील कुछ इतनी तेजी से खिंचती गई कि वे किसी भी चेहरे को ठीक से देख नहीं पाईं। पीछे से छूटी यादें, उनकी मिली-जुली गंध, शक्ल, सब गड्डमड्ड! मल से सने विवश अजोध्यानाथ, काले सूट में माइक पर सभा को सम्बोधित करते ऊर्जा से भरे अजोध्यानाथ, लॉन छाँटते, हाँफते, कभी न थकते अजोध्यानाथ, ब्लाउज के हुकों से उलझते अनाड़ी अजोध्यानाथ और सोनमर्ग की पहाड़ियों से गुजरते सँकरे रास्ते पर जानकी के साथ मजाक करते अजोध्यानाथ। कैसी यादें छोड़ गए थे अजोध्यानाथ! और वे? कैसी यादें छोड़कर जाएँगी!

जानकी देवी ने धुँधलाई आँखों से सामने जंगल की ओर देखा। जंगल के बीच कोई पगडंडी नहीं है लेकिन दूर एक घोड़ा उन्हें नजर आ रहा है। दाढ़ीवाला गूजर उसकी रास थामे खड़ा है। अरे! यह तो उन्हीं का घोड़ा है और अजोध्यानाथ? यहीं छूट गए थे न? जानकी ने ऊबड़-खाबड़ टीलों के पार नजर दौड़ाई, पहाड़ी-सी दिखी, और पहाड़ी के ऊपरी मोड़ पर सफेद घोड़े पर सवार अजोध्यानाथ।

“मैं, यहाँ हूँ जानकीऽऽऽ! ऊपर आ जाओ।” उन्होंने पुकारा क्या? जानकी देवी ने अजोध्यानाथ तक पहुँचना चाहा। हाथों से धरती का सहारा लेकर शरीर का पृष्ठ भाग उठाना चाहा, थोड़ा उठीं, टाँगें लड़खड़ाईं, दो कदम चलीं; पर टाँगों ने जवाब दे दिया। जानकी देवी धम्म से धरती पर गिरने से पहले ही बैठ गईं। नहीं, वे कुछ नहीं कर पाईं। शरीर जर्जर हो जाए तो दौड़ा नहीं जाता। रुककर देखना ही पड़ता है। जो भी दिख जाए! ऐसा ही होता है।

जानकी देवी ने आहत होकर जाना कि इस ‘होता है’ के साथ ही वे भी शेष यात्रा पूरी कर लेंगी।

आत्मबोध

रात बेहद भारी है। बेहद खामोश। अचानक मौत के-से अशुभ सन्नाटेवाली यह उमसीली अँधेरी रात निहाल भाई के तन, मन और जेहन पर हावी हो रही है। लगता है किसी ने उन्हें भीगे हुए कम्बल के नीचे दबोच दिया है। बड़ी घुटन महसूस हो रही है। वे सो नहीं पाते, लेकिन उनके आसपास की दुनिया खर्राटे भर-भर सो रही है।

मुहल्ले, घर, आँगन में खड़े पेड़ पर चीखती चिड़ियाँ और रात को काँखता जख्मी कुत्ता भी सो गया है। लोग अपने गमों, खुशियों और परेशानियों को तकिये के नीचे दबाए सो रहे हैं। सुबह जागना है। रोजमर्रा की कारगुजारियों के बीच गुजरते, कुछ करने का गरूर पालते उम्र को एक निश्चित लय में तमाम जो करना है।

कैसे घोड़े बेचकर सोया करते हैं लोग? निहाल भाई हैरान हैं। यों वे कई बातों, घटनाओं और स्थितियों पर हैरान हैं, पर अपनी हैरानी वे किसी को बता नहीं पाते; हमदर्द, हमराज दोस्तों को भी नहीं। वे जानते हैं कि कुछ बातें अपने भीतर ही घुमड़नी होती हैं क्योंकि उन्हें या तो किसी को बताया-समझाया नहीं जा सकता या बताकर खुद को बेवकूफ बनाने के सिवा किसी प्रश्न का उत्तर पाया नहीं जा सकता। बगल में लेटी, सुख-दुख की राजदार, अपनी बेहद भली, घर की जिम्मेदारियों को समर्पित पत्नी से कहकर वे कुछ हल्का महसूस कर सकते थे, पर वह आँख-कान खोलकर

चलती थी, हैरानियों-परेशानियों की बातें 'वाहे गुरु की इच्छा' पर छोड़ मुक्त होना जानती है, जबकि निहाल भाई के लिए मुक्ति इतनी सहज प्राप्य नहीं है।

सीने पर बैठे भारी बोझ से त्रस्त वे पत्नी से इतना ही कह पाते हैं, "रानिए! मेरी कमीज बड़ी कसी-कसी लग रही है। वह कपड़ा इतना टाइट कैसे हो गया?"

"कहाँ? तंग तो बिलकुल भी नहीं है।" रानी कौर कमीज के बटन खोल सीने पर हाथ फिराती है। चिन्तित स्वर में पूछती है, "थोड़ी विक्स मल दूँ? सर्दी तो नहीं बैठ गई छाती में? कहो तो गुनगुने तेल की मालिश ही कर दूँ। थोड़ा आराम आ जाएगा।"

"ना, ना, कोई सर्दी-वर्दी नहीं है। तुम समझती नहीं।" निहाल भाई अपनी बात समझा न पाने की विवशता में चिढ़ उठते हैं। पर दूसरे पल समझौते के स्वर में कहते हैं, "वो थोड़ी घुटन-सी है। ठीक हो जाएगी।"

"देखो जी, कल डॉक्टर को जरूर दिखा आओ, डर से मेरी जान निकलती है।" रानी कौर की आवाज में भीतर की चिन्ता झलकती है। वह रुआँसी हो जाती हैं। निहाल भाई पसीने सना हाथ रानी के हाथ पर रख देते हैं। सान्त्वना-भरा स्पर्श—"अरी पगली, कुछ नहीं होता मुझे। तू काहे को फिक्र कर रही है? क्या होगा जट-यमले को भला, हैं? पचपन पार कर गया। कोई खम आ गया है जिस्म में? वैसा ही नहीं हूँ, जैसा ब्याहकर लाया था तुझे!"

"छोड़ो जी!" नजर न लग जाए, इस डर से रानी कौर मन ही मन गुरु महाराज को हाथ जोड़ लेती हैं। थोड़ी शरारतें तो निहाल भाई के मिजाज में हैं। रोजमर्रा की ठहरी हुई जिन्दगी में थोड़ी छेड़खानी मीठी-सी हलचल जो पैदा कर देती है। ज्यों ठहरे ताल में कंकर फेंककर संगीतमय आवर्त बन जाए। कुछ देर माहौल मीठे सरूर से भर जाए।

"रानिए, जरा सजकर चलूँ तो मोढ़े पर डाँग रखना पड़े अभी भी..." रानी कौर हँस पड़ती है—"अच्छा जी! लेकिन यह मोढ़े पर डाँग क्यों?"

"भई वो कुड़ियाँ जो पीछे पड़ जाती हैं..."

"हटो जी! नाती-पोतेवाले हुए और ऐसी-वैसी बातें करते हो।"

कहने को तो कह देती है रानी कौर, पर अपने भीतर वह गुलाबों का खिलना रोक नहीं पाती। लज्जा, गुरूर और मीठी चुहल से उसके रूखे गालों पर रंग थिरकने लगते हैं। सच तो यही है कि इसी सजीले पुरुष को देखकर वह बौरा गई थी। लम्बा-पूरा कद। चौड़ा सीना, बात-बात में हँसी-मजाक और गहरी कजलाई आँखों में मीठी-सी चुभन। रानी कौर उस मीठी चुभन से ही तो घायल हो गई थी।

लेकिन यह पहले की बातें हैं। निहाल भाई के मुँह से आजकल बोल भी कम ही फूटते हैं। लगता है कि बेहद डरे हुए हैं। आँखों में सहम की परछाइयाँ डोलती हैं। दिन में दस-पन्द्रह गिलास पानी पीने के बावजूद गला खुश्क रहता है। भूख ज्यों मर गई है।

रानी कौर कभी फूलकर कुप्पा हुए हल्के फुल्के बनाती है, कभी घी में तली उड़द-मूँग की खस्ता कचौरियाँ, कभी मटर-गोभी के चावल, कभी सरसों का साग और मक्की की खूब सिंकी-चुपड़ी रोटी। लेकिन निहाल भाई दो कौर खाकर थाली सरका देते हैं—"गले नहीं उतरता रानिए..."

रानी कौर शौक से पकाए भोजन की उपेक्षा देख मुँह भी नहीं फुला पाती। इतना निढाल, इतना बेबस, उसने अपने पति को कभी नहीं देखा। घर में होनेवाली छोटी-बड़ी आवाजों से भी वह चौंक-चौंक उठते हैं। अभी कल की ही बात लो, वर्षा के दिन हैं न? आकाश में घटाटोप छाया हुआ था। बादलों के गर्जन की धमाकेदार आवाज सुन, वे धरती से दो हाथ ऊपर उछल पड़े। "यह गोली चलने की आवाज कहाँ से आई?" रानी कौर परेशान है। अपनी सखी माला जी से अपना हाल सुनाती है, "क्या करूँ बहन, जाने इन्हें कौन-सी बीमारी लगी है। छाती पर बोझ-सा धरा रहता है। उच्चे बोल भी बरदाश्त नहीं होते। मेरी तो मेरी, बच्ची की जान भी आफत में डाल रखी है..."

माला जी सहानुभूति से द्रवित हैं—"यह सिर, छाती की पीर अच्छी नहीं। किसी अच्छे डॉक्टर को दिखाओ। आजकल कित्ती तो नई बीमारियाँ पैदा हो गई हैं मरी।"

"हाँ जी, और क्या," कमला भी जोड़ देती है—"वो श्यामे के पप्पा को नहीं मालूम क्या हुआ? परसों रात जोरों का दर्द उठा, ये सीने में इधर बाईं ओर। पसीना, उल्टियाँ, बस, कुछ मत पूछो। उसी वक्त बड़े अस्पताल ले गए। हार्ट अटैक था। क्या कहते हैं वो, बाई पास सर्जरी कहा है करने को डॉक्टरों ने। कोई पन्द्रह-बीस हजार लगने हैं ऑपरेशन के।"

"इधर तो पन्द्रह-बीस में हो जाएगा। उधर अमेरिका में पचास हजार लगते हैं। मेरे ननदोई का हुआ था। पर इलाज पक्का होता है। ये इधरवाला काम नहीं। कभी चीरा लगाकर कैंची रख छोड़ी भीतर, तो कभी कोई और चीज..."

"तेरा तो जीतू है उधर। ले क्यों नहीं जाते? तसल्ली हो जाए दिखाने से।"

लेकिन इन सीधी-सादी घरेलू महिलाओं को क्या मालूम कि निहाल भाई की बीमारी का इलाज न इस देश में है, न परदेश में, न छोटे गाँव में और न बड़े शहर में!

अब आप पूछेंगे कि आखिर यह निहाल भाई कौन हैं? इन्हें क्या बीमारी है और ये रहते कहाँ हैं?

आपकी उत्सुकता वाजिब है। निहाल भाई यहीं रहते हैं, हमारे-आपके पास। यानी कि कश्मीर से लेकर कन्याकुमारी तक के किसी भी शहर के, किसी भी गाँव के किसी भी मुहल्ले में। नाम-पता देने की जरूरत नहीं। जगह सुन्दर है और लोग अच्छे।

यों जगहें सभी सुन्दर हैं हमारे देश में। यहाँ हिमालय की महान पर्वतमालाओं से घिरा कश्मीर प्रदेश है, पवित्र कन्याकुमारी का वास है। श्रीकृष्ण के चरण-स्पर्श से पवित्र ब्रज की रज और मर्यादा-पुरुषोत्तम की अवधभूमि है। वारिसशाह के नगमे, रवीन्द्र के गीत और सुब्बुलक्ष्मी की आवाज है। गरज, चप्पा-चप्पा सुन्दरता से अटा पड़ा है। यह दीगर बात है कि देखनेवाली आँख चाहिए। निहाल भाई के मन में यह बात अखंड विश्वास की भाँति पलती आई है। (अब आप यह मत कहिए कि इसीलिए यह बौरा गया है) बहरहाल!

यही कारण है कि वे अपना देश छोड़कर विदेश में बसना पसन्द नहीं करते। उनके छोटे बेटे जीतू ने कई बार आग्रह किया, मनाया, फुसलाया—'पापा जी मान जाओ, क्या रखा है यहाँ? उधर सभी सुख हैं। रहोगे तो स्वर्ग को भूल जाओगे...'

निहाल भाई उत्तर में मीठा-सा हँस देते—"पापे दा पुत्तर, तू ही देख स्वर्ग के नजारे। हमें तो अन्त समय अपनी मिट्टी में ही मिल जाना है..." अब क्या कहें बच्चे बुजुर्गों से। बहस की गुंजाइश ही नहीं छोड़ते। वही, मुर्गे की एक टाँग!

निहाल भाई यों भी फालतू बहस पसन्द नहीं करते, खासकर, बच्चों के साथ। एक भरे-पूरे घर के स्वामी की ठसक उनके चेहरे से झलकती है। ऐसे गृहस्वामी को देखकर ही लोग ऊपरवाले से माँगते हैं—जो उसे दिया, वो सबको दो। यानी कि अच्छी-खासी आमदनी। अपनी दुकान है हार्डवेयर की! खूब चलती है। फलता-फूलता घर है। तीन-चार आज्ञाकारी सन्तानें, जो बचपन में बेहद प्यारे, किशोरावस्था में बेहद ऊधमी और अब जवानी में समझदार और कामकाजी निकल आए हैं। एक बेटा रामागुंडम में बिजली का इंजीनियर है। अच्छा खाता-पीता है। दूसरा विदेश में डॉक्टर है, खाता-पीता भी है और मौज भी उड़ाता है। बेटियाँ तो पराई, सो बड़ी अपने मेजर पति के साथ कभी कश्मीर, कभी असम फिरकनी-सी घूमती रहती है। छोटी अभी पास है पर उसके भी नन्हे पंख निकल आए हैं और वह भी आकाश में उड़ान भरने के सपने देखती या मौका तलाशती रहती है। सोहन भाई के बेटे अविनाश से उसकी गाढ़ी छनती है। रानी कौर के माध्यम से निहाल

भाई को इस बात की भनक मिली है। दो दिन अविनाश घर से बाहर रहे तो छत पर चढ़कर उदासी के नगमे गाने लगती है। निहाल भाई कभी-कभी खुद भी उसे गाते हुए सुनते हैं—

छज्ज परिया होइया लीराँ दा
ओय तेरी वे जुदाई विच
साड्डा हाल फकीराँ दा...!

निहाल भाई कुछ समझने के अन्दाज में सिर हिलाते हैं। रानी कौर कहती है, "कह क्यों नहीं देते सोहन भाई से, बच्चों की कुड़माई कर दें..."

"कहेंगे जरूर सोहन भाई से। बात तो हाथ में ही है।" निहाल भाई जानते हैं कि सोहन भाई उनका कहा टालेंगे नहीं। बचपन की यारी है। उनकी ही क्यों, उनके पिता बन्ता सिंह और सोहन भाई के पिता गिरधारी लाल में भी भाईचारा था। देश के बँटवारे के वक्त लाहौर से जर, जमीन छोड़कर भाग आए थे और दोनों इधर बस गए थे। कैसे क्या किया, क्या खोया, क्या बचाया, यह तो लम्बी दास्तान है। घरों से उजड़े हजारों-लाखों लोगों के दिलों में खुद गई है और ताउम्र भूलनेवाली बात नहीं। संक्षेप में इतना कहें कि एक बीवी-बेटों को लेकर और दूसरा बीवी-बेटी को खोकर अकेले बेटे के साथ नई जमीन पर बसने आए। कई दिन शरणार्थी कैंपों में जख्मी दिलों पर फाहे लगाने के बाद, जिन्दा रहने की मजबूरियों और जरूरतों के आगे झुक गए। सो एक ठेले पर सामान बेचने की शुरुआत कर वे एक साझे की दुकान तक पहुँच गए। उसमें नल के टुकड़े, पाइप, नट-बोल्ट, गाड़ी-ट्रकों के छोटे-मोटे कल-पुर्जों का सामान बेचकर अपना और अपने परिवारों का पेट पालते रहे। लेकिन बेटे होनहार निकले। अपने पिताओं की ईमानदारी और मेहनती स्वभाव उन्हें विरासत में मिला। बँटवारे के समय वे जवान हो रहे थे। उन्होंने भी उखड़ने की परेशानियाँ झेली थीं। खून की नदियाँ बहती देखी थीं। बहन-भाइयों की दशहत-भरी चीखें और माताओं के विलाप उनके दिल और दिमाग में गूँजते रहते थे। सो जवानी के खिलन्दड़ेपन से दूर रहकर वे जी-जान से काम-धन्धे में जुट गए। बन्ता सिंह का बेटा निहाल सिंह और गिरधारी लाल का बेटा सोहनलाल। कुछ ही समय में दोनों का कारोबार जम गया और दोनों अलग-अलग दुकानों के मालिक बन गए।

दुकानें अलग हुईं पर मेलजोल बढ़ता गया। बल्कि पिताओं ने ही जमाने की रफ्तार और हवाओं का रुख देखकर अलग-अलग काम सँभालने की सलाह दी। अब उनकी दुकानों में नल-पाइपों के टुकड़े ही नहीं, देश-विदेशों से मँगाई गई छोटी-बड़ी कई मशीनें आ गई हैं। दोनों ने एक ही मुहल्ले में घर बनाए हैं। निहाल

भाई के घर का नाम प्रेम कुटीर है और सोहन भाई के घर का नाम शान्ति कुटीर। सोहन भाई के घर कमलककड़ी के कोफ्ते बनते हैं तो निहाल भाई भी किसी से उसकी तारीफ सुनकर लीला का भेजा खाते रहते हैं। वह भी खीजकर कह ही देती है— 'इतना स्वादिष्ट लगता है भाभी के हाथ का खाना तो उधर ही खाया करो न! यों भी बीवी के हाथ से ज्यादा भाभी के हाथों में स्वाद होता है।' इस प्रकार थोड़ी-बहुत चिकचिक, थोड़ी-बहुत मान-मनोबल और ढेर-सा प्यार दोनों घरों में बँटता है और दोनों आराम से जी रहे हैं।

आराम से ही जी रहे थे निहाल भाई। उतने आराम से जितना एक समझदार और संवेदनशील व्यक्ति रह सकता है आजकल के हालात में। लेकिन इधर पिछले एक-दो वर्षों से निहाल भाई कुछ अस्त-व्यस्त से हो गए हैं। उन्हें कारण समझ में नहीं आता, पर फिजाँ में कोई बेचैनी है, जो घुन की तरह भीतर-ही-भीतर खाए जा रही है। अभ्यास, आदतों की बात करें तो निहाल भाई की आदतें अच्छी ही हैं। कोई खास ऐब नहीं। यार-दोस्तों में उठना-बैठना है। एक-दूसरे की हारी-बीमारी में सदा आगे रहते हैं। रानी कौर से कहते हैं—'क्या लेना-देना इधर रानिए, मीठे बोल ही पीछे छोड़ने हैं न याद करने को?' नियम से रहते हैं। प्रतिदिन सुबह उठकर सैर को जाते हैं। जी हाँ, सोहन भाई तो साथ रहेंगे ही। और चार-छ: हमउम्र भी पार्क में मिल जाते हैं। सूर्योदय से पहले खुली सड़क पर दो-चार मीलों का चक्कर लगाकर सभी जन बीस-पच्चीस मिनट पार्क में बैठते हैं। वहाँ राजनीतिक और सामाजिक समस्याओं पर चर्चा होती है। अपना देश ही नहीं, पूरा विश्व ही चर्चा का विषय बन जाता है। अवकाशप्राप्त लोगों की आदतें जैसी होती हैं। यह अच्छा ही है व्यस्त रहने के लिए। बाल-बच्चों के मामलों में बिलावजह टाँग घुसाने से अच्छा तो चार दोस्तों में गप्पें हाँकना ज्यादा समझदारी का काम है। फिर ऐसी चर्चाओं से ज्ञान बढ़ता है। निहाल भाई कहते हैं कि अन्त समय तक सीखने की गुंजाइश रहती है, फिर इस मंडली में कई विद्वान हैं, कई अनुभवी, एक-दो काइयाँ, एक-दो खुश्की भी। शिवजी की बारात समझिए। पर हैं सभी भले मानस। राजनीति इनका शौक है, बल्कि खब्त कहिए। दुनिया के किसी कोने में युद्ध हो तो यह मंडली बेचैन हो उठती है। तीसरे युद्ध की चिन्ता भला किसे न होगी, जो जानता होगा कि अमरीका, रूस, चीन तो जाने दो, पाकिस्तान तक एटम बम बनाने में लगा है।

मिसाल के तौर पर लीजिए दीनानाथ तिवारी को। ये ईरान-इराक युद्ध के बारे में चिन्तित हैं। एक ही मजहब के लोग एक-दूसरे के खून के प्यासे क्यों हो रहे हैं? यह बात इन्हें समझ नहीं आती।

एक मुंशी रामलाल हैं जो खुमैनी के अत्याचारों का बयान करते फतवे देने के अन्दाज में ऐलान-सा करते हैं—"दरअसल खुमैनी साहब देश के ही नहीं, पूरे इस्लाम के शत्रु हैं।"

सोहन भाई राजनीतिक सूझवाले व्यक्ति हैं। फतवे देना उनकी आदत नहीं। वे रामलाल को सुधारते हैं—"ऐसा है मुंशी जी, खुमैनी ने राजतन्त्र के विरुद्ध बगावत की। इस झंडाबरदारी में उसे सफलता भी मिली। पर वो कहते हैं न कि कामयाबी का एक सुरूर, एक नशा होता है। यह नशा कभी अंगूर की बेटी के नशे से भी ज्यादा खतरनाक हो सकता है। उसके साथ ऐसा ही हुआ। एक मोनार्क को हटाकर वह खुद दूसरा मोनार्क बन बैठा।"

"हो, हो, हो, क्या बात कही है!" मुंशी जी अंगूर की बेटी के नाम से ही जरा सुरूर में आ जाते हैं। एकाध पैग चढ़ाने की आदत जो है उन्हें नजले, सर्दी की बाबत!

निहाल भाई भी स्थितियों का विश्लेषण करने में कम विवेकशील नहीं। वे जानते हैं कि युद्ध खुमैनी का नशा बन गया है। तभी आज ईरान की हालत खस्ता हो गई है। कितनी बार इराक ने युद्धबन्दी की कोशिश की, पर खुमैनी माना?

"अरे, निहाल भाई, वह लड़ाई क्या बन्द करेगा! कहते हैं वहाँ कारखाने तक बन्द पड़े हैं। पेट्रोल के कुएँ बह रहे हैं, पर खुमैनी तबसे आँखें बन्द कर बच्चों-बूढ़ों को युद्ध में झोंके जा रहा है। जनता को भुलावे में रख रहा है। नहीं तो क्या जनता ही उसका तख्ता न पलटेगी?" मास्टर शामलाल जोड़ देते हैं।

"हाँ बिरादर, सभी राजनीतिक हथकंडे हैं, नेताओं की कारस्तानियाँ, अपनी कुर्सियाँ बचाने के लिए। दूर क्यों जाते हो, अपने आसपास ही देखो।"

और तब शुरू हो जाता है कश्मीर के फारूख अब्दुल्ला से लेकर आन्ध्रप्रदेश के एन.टी. रामाराव और मिजो चीफ लालडेंगा तक का विश्लेषण। बूढ़े लोग करें भी क्या, फुर्सत में बैठे बाल की खाल निकालते रहते हैं। लेकिन इधर जाने क्या कुछ ऐसे होने लगा है कि राजनीतिक बहसों से भी ये लोग कतराने लगे हैं, खासकर पंजाब का जिक्र आने पर। वही पंजाब, जिसका नाम सुनते ही पाँचों नदियों और जट यमलों के पसीने से सिंचे लहलहाते खेत, सोहिनी-महिवाल के किस्से और वारिसशाह के नगमे याद आते थे, अब आतंक भरा जंगल बनकर आँखों के आगे उभरने लगा है। स्वर्ण मन्दिर का जिक्र आते ही जहाँ दरबार साहब की महिमा, गुरुओं के सद्वचन और पवित्र सरोवर की भव्यता और मनौतियाँ पूर्ण होने की बातें होने लगतीं, वहीं अब मनों में षड्यन्त्रों का खौफ और कानों में गोलियों की

आवाजें गूँजने लगती हैं। निहाल भाई ही क्यों, सोहन भाई भी अब प्रसंग उठते बात का रुख पलट देते हैं।

बशीर मियाँ कभी-कभी तात्कालिक प्रसंगों से ध्यान हटाने की गरज से अतीत का गौरव-गान करने लगते हैं।

"अब सियासी बहसें मजा नहीं देतीं बिरादर! एक जमाना था जब हमारे कौमी नेताओं में दम था। लोग उनके इशारों पर जानें कुर्बान करने को तैयार रहते थे। आज कहाँ वह सत्याग्रह की आवाज बुलन्द करनेवाला लँगोटी बाबा गांधी, और कहाँ 'तुम मुझे खून दो, मैं तुम्हें आजादी दूँगा?' कहनेवाला वह दमदार सुभाष बोस।"

"पंडित नेहरू से लोग कितना प्यार करते थे? मेरी बूढ़ी माँ तो उनके अस्थि-कलश के दर्शन करने मील-भर चलकर गई थी और कई दिन धार-धार आँसू बहाती रही थी।"

मास्टर शामलाल ने सहमति जताई—"हाँ भई, अब वे नेता कहाँ जो देश के नाम पर बलिदान हो जाएँ? कहाँ वे बाँके वीर, वो भगत सिंह, राजगुरु, चन्द्रशेखर आजाद! आज तो भाई भाई का गला काटने को ही बहादुरी माना जाने लगा है!"

"सऽऽब ऐसा ही है!" तिवारी जी स्थितियों से बेहद निराश हैं, "जस राजा तस प्रजा। साम, दाम, भेद, दंड की नीतियाँ अपना रहे हैं, हमारे छोटे-बड़े राजे। रामराज्य तो गांधी बाबा का सपना था। हम तो कहते हैं कि कलिकाल अपने अन्तिम चरण में आ गया है। एक महायुद्ध और, और बस प्रलय!

"उसके बाद?"

"उसके बाद न हम होंगे और न तुम? सभी झगड़े खत्म!" सोहन भाई गम्भीर होती स्थितियों-संवादों पर विराम लगाते उठने लगते हैं। चौराहे पर मंडली छितरने लगती है और दूर तक मास्टर जी की आवाज गूँजती है—"श्रीकृष्ण भगवान ने गीता में कहा है—'यदा-यदा हि धर्मस्य ग्लानिर्भवति भारत: अभ्युत्थानम् धर्मस्य तदात्मानम् सृजाम्यहम्!' बस! अब वह समय आ ही गया समझो.."

भगवान अवतार-रूप में जन्म लेगा और पापियों का नाश करेगा। अपने पौराणिक विश्वासों को स्वर देकर भी यह मंडली आश्वस्त नहीं हो पाती। वैज्ञानिक युग का अभिशाप है यह। सत्य की खोज में आस्था, विश्वासों की बलि! और सत्य की खोज में उम्र खिसक जाती है। कम-से-कम निहाल भाई और उनकी मंडली को तो अस्ताचल की ओर प्रस्थान करता सूर्य ही नजर आता है। नया सूर्योदय उनके बच्चे देखें, इसी कामना में वे चिन्तित हैं।

और इसी छोटी-सी चिन्तित मंडली में सितम्बर की एक सुबह मातम छा गया। आतंक, आक्रोश, असहायता दबी आवाजों में फूटने लगी।

"वह बटाला के पास दुर्घटना की बात सुनी?"

निहाल भाई सुबह का अखबार नहीं पढ़ पाए थे, मुँहबाए देखते रहे।

"कोई कह रहा है आठ आदमी थे। कोई तेरह। अब क्या मालूम, सच क्या है और झूठ क्या?"

"जालन्धर के सिनेमा हाल में, बम-विस्फोट में कितनों की जानें गईं!"

"क्या पता कितनों के घर उजड़ गए!"

"पागलपन सवार हो गया है लोगों पर।"

"क्या होगा? कैसे होगा? क्या फिर खून की नदियाँ बहेंगी? फिर..."

दीन जहान की खैरियत के लिए चिन्तित इन कल के लोगों में गहरा अवसाद इसलिए भी छा गया कि इनमें तिवारी जी ने स्वतन्त्रता-संग्राम के दौरान कई वर्ष जेल में काटे थे। रामलाल गांधी बाबा के तीन बन्दर अपने ड्राइंगरूम में रखकर, गाहे-ब-गाहे बच्चों को उनकी अहमियत बताया करते थे। सोहन भाई बँटवारे में माँ-बहनों के हश्र को भूल नहीं पाए थे और निहाल भाई जवान लड़के-लड़कियों को भी गुरु गोविन्दसिंह के लाड़लों की कहानी और वारिसशाह के नगमे सुनाया करते थे।

लेकिन उसी दिन से निहाल भाई गूँगे हो गए। उनके होंठ गुनगुनाना भूल गए। बहुत पीछे छोड़ आए वक्त के भुलाए हुए जख्म फिर जिन्दा हो गए।

मित्र-मंडली ने औपचारिकता में कुछ टूटे वाक्यों को जोड़कर संवाद जारी रखने की कोशिश की, पर संवाद जमा नहीं, एक अदृश्य दीवार ज्यों दिलों के बीच उठती गई। दम घुटने-सा लगा।

निहाल भाई दूसरे दिन देर तक बिस्तर पर पड़े रहे। रानी कौर ने जगाया—"क्यों जी, आज घूमने नहीं जाना? तबीयत तो ठीक है?"

"हाँऽऽ ठीक हूँ। तबीयत को क्या होना है?"

"तो फिर उठो। मैं भी गुरुद्वारे मत्था टेककर आती हूँ।"

पिछली रात की चर्चाओं और भीतर ही भीतर लावे की तरह भभकती अफवाहों से रानी कौर अपरिचित थी, ऐसा कहना गलत होगा। पर रानी कौर अपनी दैनन्दिन व्यस्तताओं और नियमितताओं में जीनेवाली स्त्री है। अफवाहों से दूर रहती है। सुनती वह भी बहुत कुछ है। उसके गाँव में क्या कम आग लगी है? अभी-अभी तो आतंकवादियों के नाम पर गुरदासपुर में उसके बूढ़े चाचा और

उसके जवान बेटे को गोली का शिकार होना पड़ा था। वह भी क्या भूलनेवाली बात थी? इतनी मार-काट देखकर उसे भी तो लगता कि चौतरफ फैली इस नफरत की आग में आदमी, आदमी को प्यार करना भूलता जा रहा है। रात कितने डरावने सपने देखे थे उसने।

निहाल भाई का हाल तो बुरा है। कुम्भकर्ण की नींद सोनेवाले निहाल भाई या तो आधी-आधी रात तक आसमान ताकते रहते हैं या खूँखार दरिन्दों के सपने देखते रहते हैं। पिछली रात वे किसी घने जंगल में भटक रहे थे, जहाँ चीते और भेड़िए दहाड़ रहे थे। कहीं मासूम हिरण दम निकलने तक भाग रहे थे, कहीं झाड़ियों की ओट सुस्ताए खरगोश को भालू चीथ रहे थे। एक बेहद सुन्दर नन्दन कानन में खूँखार घुसपैठियों ने उत्पात मचाया था। पीसने से बेहाल वे चौंककर जागे थे। नींद में चीखने से उनका गला खुश्क हो गया था। अप्रत्याशित की आशंका से वे भयभीत हो रहे थे।

न, इस तरह आशंकाओं में जीना नहीं हो सकेगा। एक-दूसरे को कसूरवार ठहराकर मासूम जिन्दगियों से खेला नहीं जा सकता।

भीतर चलते इस युद्ध से त्रस्त वे दोस्तों में बैठकर किसी भी तरह का समाधान खोजना चाहते थे। बड़े राजनीतिक हल नहीं, बल्कि भय-त्रस्त लोगों में प्यार और भाईचारे का कोई सन्देश भेजकर वे कुछ तो मुक्त हो जाते।

काफी देर हो गई थी। रास्ते में कोई संगी नहीं मिला। लेकिन पार्क की बेंच पर बशीर मियाँ, तिवारी और रामलाल गर्मजोशी से हाथ हिलाकर किसी मुद्दे पर बहस-सी कर रहे थे। लेकिन निहाल भाई पास गए तो तिवारी जी और रामलाल एकदम चुप्पी साध गए। बशीर मियाँ ने औपचारिकता निभाई—"आज बड़ी देर तक सोए लग रहे हो बिरादर!"

"हाँ! रात कुछ ठीक से सो नहीं पाया।"

अचानक उन्हें ध्यान आया कि सोहन भाई और मास्टर जी नहीं हैं—"आज सोहन भाई नहीं दिख रहे?"

कुछ देर सुई फेंक खामोशी छाई रही।

"तबीयत तो ठीक है न? कल सुबह से देखा नहीं। चलूँ एक चक्कर लगा आऊँ उधर से भी।" निहाल भाई उठने की मुद्रा बनाते बोले।

"तुम्हें मालूम नहीं?" तिवारी ने शंकालु नजरों से उन्हें देखा।

"क्या मालूम नहीं?" निहाल भाई थोड़े आश्चर्य में पड़ गए। ऐसा क्या हुआ है रातों-रात, जो उन्हें मालूम नहीं और दूसरे जानते हैं।

"वो उनके बेटे अविनाश के बारे में?"

"क्या? अविनाश के बारे में क्या?" निहाल भाई के कानों में ज्यों सनसनाहट होने लगी...कल की बटालावाली दुर्घटना में...

"अवि बेटा!" निहाल भाई के पाँवों के नीचे धरती डोलने लगी। "मगर वो तो मासी के पास गया है। मुझसे मिला था जाते वक्त..."

"हाँ भाई, वापस घर लौटना नसीब न हुआ..."

"उसने कहा था, मुझे छोड़ दो। अकेला बेटा हूँ। बाप आस लिए बैठा है। माँ रो-रोकर अन्धी हो जाएगी..."

मुंशी जी बोले जा रहे थे और निहाल भाई कलेजे में तीखे भालों की कोंच महसूस कर रहे थे। आँखों के आगे अँधेरे के बारीक लच्छे तैरने लगे थे।

"हो आओ बिरादर उधर से। सोहन भाई को दिलासा दो। हम तो उधर से आकर ही यहाँ बैठ गए। बैठा ही नहीं गया ज्यादा। लीला भाभी के कलेजे की हूक सही नहीं गई।"

निहाल भाई टाँगों की थरथराहट सँभालते उठे। पचासेक गजों का रास्ता ज्यों लम्बी घुमावदार पगडंडी में बदल गया, जिसपर बबूल की कँटीली टहनियाँ बिछ गई हों और वे नंगे पैर चल रहे हों, लहूलुहान।

सोहन भाई का शान्ति कुटीर अशान्त सागर में तब्दील हो चुका था। भीतर से मौत के सन्नाटे को चीरती दहशत-भरी चीखें और करुण विलाप की गूँजें बाहर तक सुनाई दे रही थीं, ज्यों किसी के जख्मी फोड़ों को बेदर्दी से चीरा जा रहा हो।

दरवाजे पर खड़े निहाल भाई जड़ हो गए। किसी देव ने शाप देकर उन्हें पत्थर का बुत बना दिया। आते-जाते लोग उन्हें या तो शंकालु नजरों से देखते या उन्हें देख नजरें झुकाकर अपना रास्ता ले लेते। एक बुजुर्गवार, जिन्हें निहाल भाई ने कभी पहले न देखा था, उन्हें देख, लाल आँखें निकालते अपने साथी से बोल रहा था—

"अब यह क्या लेने आया है यहाँ? कोई कोर-कसर बाकी रह गई है क्या?"

साथी उन्हें देख बुजुर्ग से बोले, "ये तो निहाल भाई हैं, सोहन भाई के अजीज दोस्त!"

बुजुर्ग ने बगल में दबा समाचार पत्र निकालकर साथी की आँखों के आगे फड़फड़ाया—"दोस्त को दुश्मन बनते देर लगती है आजकल? यह पढ़ न, यह? इन मासूम लोगों की कौन-सी दुश्मनी थी हत्यारों के साथ? बोलो? कोई अपनी लड़की की शादी के लिए जोड़ा खरीदने गया था, किसी को बीमार माँ को अस्पताल पहुँचाना था। सभी किसी-न-किसी की आस-औलाद, जैसे इसी सोहन के बुढ़ापे की आस! वे

लोग जिन्दा रहना चाहते थे। पर हत्यारे तो खंजरों से गोदना ही जानते थे। किराये पर लिये गए वे दलाल...बिलावजह अपने भाइयों के खून के प्यासे बन गए..."

निहाल भाई को लगा, जैसे इस सबके पीछे उसी का हाथ हो।

गहरी भर्त्सना से पीड़ित वे भीतर गए। दु:ख और आवेग से उनका गला रुँध गया था। वे सोहन भाई के गले मिलकर रोना चाहते थे, अपना दु:ख बाँटने और सोहन भाई के मन की थाह पाने के लिए। इन जहर-बुझी चर्चाओं से उनके दिल में फर्क तो नहीं आया?

भीतर सोहन भाई कई लोगों से घिरे, अपने असह्य दु:ख में डूबे एकाकी नजर आ रहे थे। निहाल भाई आगे बढ़े, सोहन भाई ने मुँह उठाकर देखा, दु:ख के आवेग से चेहरे में कम्पन हुआ, पर वे उठकर निहाल भाई के गले नहीं मिले। कन्धे पर सिर रखकर रोए नहीं, जैसा वे हर गहरे दु:ख में किया करते थे। निहाल भाई लोगों की भीड़ में एक तरफ बैठ गए। कुछ कहने को मुँह खोला पर शब्द बाहर न आए। उनका अपना दुख भी जो सोहन भाई के दु:ख से मिल गया था। लेकिन एक फर्क था। सोहन भाई का दु:ख दुनिया जानती थी, निहाल भाई की पीड़ा जाननेवाला कोई नहीं था।

वे जड़ होकर बैठे रहे। तभी उन्हें चेत आया, जब दाईं ओर बैठे मास्टर शामलाल उनके करीब खिसककर उनके कान में बोले—"मेरी मानो भाई, तो अभी घर चले जाओ। सोहन भाई थोड़ा सँभल जाएँ तो आ जाना। अभी उनके जख्म हरे हैं। दु:ख का पहाड़ टूट पड़ा है उन पर। मामला कुछ ऐसा है कि तुम्हें देखकर उनका दु:ख बढ़ेगा..."

निहाल भाई उजबक-से मास्टर जी को देखते रहे। यह सब क्या कह रहे हैं वे? सोहन भाई उनके जिगरी दोस्त हैं...

"मुझे गलत मत समझना भाई। मैं तुम्हारा दिल जानता हूँ। यह भी जानता हूँ कि सुख-दु:ख, ग़म-गुस्सा कुछ ज्यादा देर टिकता नहीं। अच्छा-बुरा सब गुजर जाता है। यह सब भी गुजर जाएगा..."

निहाल भाई ने कुछ सुना, कुछ न सुना। गले में अटकी लोथ उनका दम घोंटने लगी। आँखों के आगे पानी का झीना परदा झिलमिलाया। काँपते पैरों से उठकर वे कैसे घर पहुँच गए, उन्हें याद नहीं। सबकुछ जैसे नींद में घट रहा था।

रात-भर वे बेहोशी की हालत में अविनाश और निकी को मंडप पर देखते रहे। कैसी खुशी छलकती थी दोनों के चेहरों पर! वे तुर्रेदार पगड़ी बाँधे सोहन भाई के गले मिल रहे हैं—"भाई से समधी बन गए सोहन भाई, जरा दबकर रहना होगा। हाँ।"

"समधिनें तो हमारी घरवालियाँ बन गईं। हम तो भाई ही अच्छे..."

सिनेमा की रील की तरह दृश्य बदलते गए।

"सुनो जी, अवि बेटा बारहवीं में पास हो गया। मैं लीला बहन को बधाई दे आऊँ।"

"जाओ, पर खाली हाथ नहीं जाना!"

"वाह! खाली हाथ क्यों? बच्चे को असीस दूँगी। और यह देख न, निकी ने तैयार किया है..."

सुनहरी कागज में लिपटा ऊनी स्वेटर!

"ये तेरी पेट-पोंछली जाएगी भाई के ही घर!"

"उसकी मर्जी के आगे मैंने मत्था टेक दिया है जी..."

कट्!

छज्जे पर खड़ी एक लम्बे बालोंवाली लड़की बेहद उदास स्वर में गा रही है—

छज्ज परिया होइया लीराँ दा
ओय तेरी वे जुदाई विच
साड्डा हाल फकीराँ दा...
कट्-कट्!

कान के बहुत करीब मास्टर जी फुसफुसाते हैं—"बुरा मत मानना भाई, पर मामला कुछ ऐसा है कि तुम्हें देखकर उनका दु:ख बढ़ेगा..."

निहाल भाई आँखें मूँदे चारपाई पर लेटे पड़े हैं। निकी अपनी बरसती आँखें छुपाती इधर-उधर फिर रही हैं और रानी कौर मंजे के पास बैठी धीमी लयात्मक आवाज में ज्यों आत्मालाप कर रही है—

"जाने क्या हो गया है। इधर यह हुआ, उधर मेरा चाचा और उनका जवान गबरू बिलू!...कोई कसूर नहीं था उसका भी। माँ रोटी परोसे बैठी थी। बेटा आएगा तो मिलकर खाएँगे। अब भी थाली सजाती है बिलू के लिए। बौरा गई है। कैसे विश्वास करे? अभी भला-चंगा, अभी..." रानी कौर सुबक रही है। कमरे में मातमी आवाजें गूँज रही हैं। भीतर-बाहर के शोर से त्रस्त निहाल भाई चारपाई पर लेटे नहीं रह पाते। अजीब बेबसी में वे सिर थामकर बैठ जाते हैं। प्यार से सींचे माहौल में लावे की तरह फूटती इतनी नफरत, इतनी हिकारत कोई कैसे सह पाएगा? वे समझने की कोशिश करते हैं, पर समझ नहीं पाते कि सोहन भाई के दु:ख को वे कैसे बढ़ा सकते हैं। उनके दु:ख का कारण उनका अपना जिगरी यार कैसे हो सकता है?

निहाल भाई जानते हैं कि अवि बेटे ने मौत की घड़ी को सामने देखकर जिन आत्मीयों को याद किया होगा, उनमें एक चेहरा उसके निहाल चाचा का भी रहा होगा।

बड़ी छटपटाहट महसूस करते वे आसमान की ओर हाथ उठाकर अरदास करते हैं—

"गुरु महाराज! मेरा क्या कसूर है? कभी किसी का बुरा नहीं सोचा। तू तो अन्तर्यामी है। ये आवाजों के कोड़े मैं कैसे सह पाऊँगा?"

अरदास करते निहाल भाई की आँखों से पानी के परनाले बहने लगे। अचानक उन्हें नया ही बोध हुआ। उनके भीतर कहीं गहरे से ज्यों तसल्ली देती-सी आवाज आई हो—

"निहाले! कभी ऐसा वक्त भी आता है, जब एक का होना ही दूसरे के दुःख का कारण बन जाता है!"

निहाल भाई की कसी हुई शिराएँ धीमे-धीमे खुलने लगीं। उन्होंने कुर्ते की बाँह से आँखें पोंछ लीं।

हम जानते हैं, निहाल भाई इस वक्त के गुजरने का इन्तजार करेंगे।

कित्थे जाणाँ पुत्तर?

वह सामने दूर तक फैली अमराइयों की महक और कीकर, पीपल व जटादार बड़ की घनी छाँह के नीचे पसरी सड़क देख रहे हैं न आप? यही, जिसके दोनों बाजू गेहूँ और मक्का की फसलें जट्टों की कदें लाँघ गई हैं, यहीं से थोड़ा पंजों के बल उचककर दाईं तरफ देखेंगे तो सुनहरी बालियों की ओट, आधी ढकी आधी खुली, कच्ची-पक्की छतों की कतारें दिखाई पड़ेंगी। कोई बीस-तीस घरों का मुहल्ला बसता है उस तरफ! ज्यादातर गाँव के किसान हैं। कुछेक छोटे-मोटे धन्धे भी करने लगे हैं अब। यों पिंड दूर तक फैला हुआ है, पर हमारी बूढ़ी बेजी यहीं रहती है। इसी तरफ थोड़ा आगे चलेंगे तो घर-द्वार भी देख लेंगे। तब तक आपको बेजी और उसके घरवालों की कुछ जानकारी देती चलूँ।

यों कोई खास बात नहीं है बेजी के घर में। किसी भी रचे-बसे गाँव का-सा घर है। कच्ची-पक्की ईंटों से बनी दीवारें, सजरी लिपाई-धुलाई से सुथरे आँगन। बल्कि बेजी के पोते रामकिशन ने आप ही दीवारों की सफेदी की है, बेड़ा भी पक्का करवा दिया है। कच्चा बेड़ा बरसात में कीच का तालाब बन जाता था और सावित्री के सजे-सजाए कमरे में फर्श पर यहाँ-वहाँ गीली मिट्टी के निशान पड़ जाते थे। इतना ही नहीं, सुबह-सुबह बेड़े की परली तरफ बने संडास को जाते बेजी के पैर गोड़ों तक कीच में धँस जाते थे। बार-बार ठंडे पानी से पैर धोते गोड़ में पीर उठती। फिर रात-बिरात कराहती-कुरलाती रहती। बहू गरम पानी देती, पर बेजी कम जिद्दन

नहीं, "छड परे, बार-बार गरम पानी से पैर धोऊँगी, तो तू घर-द्वार छोड़ मेरे साथ ही लगी रहेगी। चल, तू अपना काम देख..."

सो घरवालों ने बेड़ा पक्का करवाया तो बेजी को भी आराम हो गया। बेजी के बेटे परिश्रमी हैं, बहुएँ सुघड़। आँगन में गाय-भैंसें बँधी हैं। एक तरफ लकड़ी के जंगले में बन्द सब्जियों का बगीचा लहलहा रहा है जिसमें तोरी-कुम्हड़े की बेलें, कँवली-कँवली भिंडियाँ और गोभी के चिट्टे-गट्टे फूल...।

लो जी, मैं भी क्या सब्जियों का किस्सा ले बैठी। बात बेजी की हो रही है। सो जी, रामकिशन और उसका बापू बाबूलाल दोनों बेजी के आराम-सेहत का खयाल रखते हैं। खयाल रखना ही हुआ न? अपने कोखजने बुढ़ापे में न देखें तो क्या ऐरे-गैरे पूछने आएँगे? पूत ही क्यों, बाबूलाल की बेटी गौरी ने भी कभी बेजी को शिकायत का मौका दिया, सो याद नहीं पड़ता। गाँव-घर के ओखे काम। खाली घर से गृहस्थी शुरू की भागोंवाली ने, अब ऊपरवाले की मेहर से दूध-पूत सब घर में आ गए। गाय-भैंसें हैं, सो उन्हें पालना-पोसना, दूध-घी निकालना; पानी-सानी देना, साग-रोटी बनाकर टब्बर-टाबरों को खिलाना तो खैर घरवालियों का ही जिम्मा हुआ। उसपर बूढ़ी बेजी की भी सेवा-टहल करना। उम्र जो हो गई उसकी और उम्र के साथ तो, क्या कहें, सखियों की तरह बगलगीर होती, कभी न देखी-सुनी बीमारियाँ भी छोड़तीं नहीं।

यों बूढ़ी बेजी की उम्र का अन्दाजा लगाना थोड़ा मुश्किल है। बरसों से उसमें कोई खास उतार-चढ़ाव देखने में नहीं आया। खिचड़ी बालों और झक सफेद बरौनियों-भौंहोंवाली बेजी उम्र के बोझ से झुकी कमर तनिक सीधी करती, मोतियाबिन्द उतरी धुँधली आँखों से अगले को पहचानने का उपक्रम करती है तो मन-ही-मन हर आते-जाते विगत-आगत, पीर-पुरखों का लेखा-जोखा भी तैयार करने लगती। मिली-जुली हिन्दी-पंजाबी में शुरू होते उसके कई सवालों में पहला सवाल होता— 'कित्थे जाणाँ पुत्तर?' फिर अनेक सवाल यके-बेदीगरे होंठों से फूटने लगते—"ओय लाडो, तू सुक्खासिंह दी कुड़ी है? तेरा बापू उधर गुजराँवालाँ में हमारे बाबू से खेलने आता था, दोनों बेड़े विच खूब रोला पाते, शैतान थे खूब...।" और फिर आँखों में पहचान भर बेजी झुर्रीदार पोपले मुँह में चुबला-चुबला कर आशीर्वचन बोलने लगती—"जीवे पुत्तर, सौ बरस जीवे, फूले फले, नवीं बहाराँ देखे..."

झुकी कमर पर हाथ दिए, पूरे मुहल्ले में इसकी खैर, उसकी खबर पूछना बेजी की दिनचर्या का अहम हिस्सा है। "अब इस सत्तो धींगड़ी को कोई समझाए

कि आठवाँ लगा है, सो जरा ध्यान से सीढ़ियाँ उतरा करे। बेड़े में बड़ा अँधेरा रहता है उसके, एक लट्टू लगवा दे ज्यादा रोशनीवाला। चौखट-दहलीज लाँघते अब थोड़ा एहतियात तो बरतना ही चाहिए। अपने लिए न सही, पर वह जो कोख में पल रहा है उसी की खातिर!"..."जुगिन्दर को जब देखो, सिर खुजाता रहता है। प्रीतो को कोई तो बता दे कि खेलने-कूदनेवाले छोकरों के केश ढंग से धोने चाहिए, धूल मिट्टी निकाल दें, काठ की कन्घी से जूँ-लीख निकाल दे। ऐवें ही उलटा-सीधा जूड़ा बाँध भगा देती है खेड़ने वास्ते" और..."यह परकाश की बीवी अपनी जवान-जहान बेटी को देर-सवेर घर लौटने पर टोकती क्यों नहीं? इस्कूल-विस्कूल तो ठीक है, उसका भी कोई वक्त हुआ करे, यों बेलगाम घोड़ी-सी फिरेगी तो लौंडे-लपाड़े पीछे लगने ही हुए। पैडी जवानी में पैर फिसलते देर भी क्या लगनी है?"..."ओय अवतारा, इत्ते कड़क बोल निकालता है पापे के सामने? शरम कर, तेरा बापू है..."

अब बूढ़ी बेजी को कौन कहे कि वक्त बदल रहा है, तुम क्यों बेकार में दूसरों की फिक्र में घुली जा रही हो? पर कहे कौन? भला ओखली में सिर देना किसे भाता है? आप ही बोलो, चार बच्चे राह चलते 'धरमिन्दर स्टाइल' में ढिशुम-ढिशुम करने लगें, धौल-मुक्के आजमाने लगें, तो आपको बिना वजह टाँग अड़ाने की क्या जरूरत? आप अपना काम देखिए। दुनिया जैसे चलती है, चलने दीजिए, पर बेजी सामने हुई तो ढीली-ढाली गर्दन पर टिका मटकी-सा सिर हिलाती, जो पहले ही न-न-न की मुद्रा में यों भी डोलता रहता है; हें-हें करती बच्चों के बीच घुसकर उन्हें रोकने की कोशिश करेगी। अब आज के छोकरे भी कम गुस्ताख नहीं, वक्त का असर है। लिहाज-मुरौब्बत में क्यों पड़ें? कई बार झिड़क भी देते हैं— "बूढ़ी बेजी! बीच में टाँग मत अड़ाया करो। कभी गलती से धक्का-मुक्का लग गया, तो बेकार में धूल चाटने लगोगी..."

लेकिन बूढ़ी बेजी इन मेंढकियों की टर्र-टर्र से डरनेवाली होती तो आज अपने बेड़े के किसी कोने में पड़े मंजे पर भिन्नाती मक्खियों के बीच अपने हाड़-गोड़ जुड़ाकर बैठ गई होती। वह बच्चों को हाथ से तो नहीं, पर जुबान के कोड़ों से चार-छह लगाती धमकाने का धर्म निभा ही लेती है। आखिर बड़े-बूढ़ों का फर्ज जो बनता है निके-बालों को ऊँच-नीच सिखाना।

"दुर, फिटे मुँह तेरा, चार पसली का पिद्दी-सा छोकरा बूढ़ी बेजी से जबान लड़ाता है? करतारे का मुंडा है न तू? अभी तेरे बापू की घिग्घी बँध जाती है मेरे गुस्से के आगे! तू मुई मुर्गी का चूजा, बेजी को धमकाता है?...मच्छर की हड्डी, शैतान

की आँत..." आदि-आदि विशेषण जोड़ने में वह सिद्धहस्त है। उसका विश्वास है कि नए छोरों को बिगाड़ने में उनके माँ-बाप का भी दोष है। सीख-सिखौवल भली न भी लगे बच्चों को, तब भी माँ-बाप को ऊँच-नीच समझाना पड़ता है। लड़के-बालों को छुट्टे साँड़ों की तरह खुला छोड़ दो तो बिगड़ना ही हुआ। एक तो कच्ची उम्र, दूसरे बिगाड़नेवाले भत्तेरे।

यों गाँव के बड़े-बूढ़े, बहू बेटियाँ बेजी का लिहाज मानते हैं। उम्र का आदर तो है ही—"उन्होंने वक्त का उतार-चढ़ाव देखा है। चुनौतियाँ झेली हैं।" इसके अलावा बेजी का स्वभाव, उनकी दूसरों के सुख-दुःख में खैर-खबर लेने की आदत, सहलाने-बहलाने की भीतरी विवशता भी उस आदर का एक कारण है। लेकिन नई उम्र की यह नई फसल, जिसने फिल्मों और टी.वी. की दुनिया में आँखें खोलीं, अपने संस्कारों को जान नहीं पाई। उनके सामने बूढ़ी बेजी एक उम्र बीती बुढ़िया मात्र है जो बिना वजह दूसरों के मामलों में टाँग अड़ाती है। उससे ज्यादा कुछ नहीं, सो मानेंगे क्या?

सतिन्दर की चाची, दीनदयाल की नानी और आस-पड़ोस की सयानियाँ जानती हैं बेजी के हौसले को, उनकी जद्दोजहद और जिजीविषा को। सर्दी में जलते अलाव या अँगीठी के इर्द-गिर्द बैठी चार हमउम्र जनानियाँ जब ओढ़नियों की बुक्कलें मार, अपने हाड़-गोड़ गरमाती हैं तो अतीत की परतें उघाड़ अपने-अपने रंगों को खुरचने भी लगती हैं। स्मृतियों के झरोखों से वे खुद को लाहौर, गुजराँ-वाला या पिंडी के गली-कूचों में इतराती, लम्बी-लम्बी पराँदियाँ झुलाती, महीन चुन्नट डाले मलमल की रंगीन चुन्नियाँ ओढ़े देखती हैं; गुलाबी, मोतिया, केसरी रंगों की बहारें जगातीं वे तब सोहनियाँ और हीरें होती हैं, जिन्हें देख गबरू जवान आहें भरने लगते हैं। रस्सी-टप्पे-चिया खेलती, धम्म-धम्म कोठे लाँघती, वे कब बचपन की दहलीज लाँघ जवान होती हैं, कब लाल जोड़े पहन, बाँहों में गजरे-कलीरे, कानों में बालियाँ, गले में सतलड़िया हार और नाक में हीरे-मोती जड़ी नथें पहने वे यौवन के भार से झुकी डोली चढ़ती हैं और बाबुल का घर-आँगन सूना कर माहिया के घर आती हैं। उम्र की चहक और रचे-बसे घरों की महक से सजी वे नवेलियाँ सास-ननद की बोलियाँ-ठोलियाँ सुनती-सहती घरों की फुलवारियाँ सजाती हैं और कब अचानक लहलहाते खेतों पर बिजलियाँ गिरने लगती हैं, भाँगड़े और गिद्दे सियारों और गिद्धों की चीखों में बदलने लगते हैं। सभी दास्तानें, सभी किस्से, एक-एक कर आँखों के आगे जीवित हो उठते हैं, हँसी मायूसियों में बदल जाती है, विषाद का सागर जैसे लीलने लगता है। वे नन्हे बच्चों को थामे, सीने से चिपकाए जंगल-जंगल गाँव-गाँव

भागती फिरती हैं, मौत का खूँखार जानवर जो उनकी हरी-भरी बस्ती में घुस आया है। वे हिसाब लगाती हैं—कितने साथी छूटे? कितने नन्हे-मुन्ने छातियों से छिटक गए? घर-द्वार, हवेलियाँ, साजो-सामान और उनके बीच कटी-पड़ी लाशों के ढेर! छतों से कूदती, कुएँ में शरण लेती लाजवन्तियाँ, कतार में खड़े, एक ही गोली से शिकार किए जाते दस-दस जवान गबरू! आँसू सूखे, पर महीनों छातियों से बहती दूध की धारें कुरतियाँ भिगोती रहीं। लाखों अफसाने, हजारों दिल हिलानेवाली दास्तानें, जो यों भूल जानी चाहिए थीं अब तक, पर अभी भी गाहे-बगाहे यादों में शामिल हो जाती थीं।

उस दहशतजदा माहौल को पार कर आए थे बूढ़ी बेजी, सतिन्दर की चची, दीनदयाल की नानी और ढेर सारे लोग-लुगाइयाँ। लेकिन ये तीनों जनानियाँ एक साथ शरणार्थी कैम्पों में रहीं, एक ही गाँव में बस गईं और एक-दूसरे के अतीत की साक्षी बन गईं। एक-दूसरे के सुख-दुःख की राजदार ये उजड़े सुहागवाली जनानियाँ, दुबारा हरियायीं क्योंकि ये माँएँ थीं। बच्चों की खातिर जीने की तमाम जिल्लतों के बीच गुजरते इन्होंने सुहाग का गम भुला दिया। बेजी का बाबूलाल कोई चौदह-पन्द्रह वर्ष का खिलन्दड़ा छोकरा था तब, सतिन्दर की चाची चार और सात साल के दो बेटे-बेटियों और दीनदयाल की नानी दो बरस की बिटिया को लेकर एक ही काफिले में आ मिली थीं। बाबूलाल ने उस मरी चुहिया-सी बेजान बच्ची को काँधे लगाए मीलों पार किए थे तो दीनदयाल की नानी को लगा था कि उसका खोया बेटा उसे मिल गया। विगत की ये कहानियाँ शायद वे लोग अब तक यादों की स्लेट से पोंछ-पाँछ चुकी होतीं, पर पिछले कई सालों से इनकी तकलीफदेह यादें फिर से जिन्दा हो गई थीं, तमाम शिद्दतों से, जाने क्यों? चेतना की तहों में दबा कोई सोया वहम अपना हड्डियल सिर फिर उठाने लगा था। वजहें यों हवा में नासपीटी टिड्डियों-सी फैल रही थीं, पक्की फसलों को लीलने को आतुर। दूर पार की आवाजों, शहों पर गाँवों के सीधे-सादे, पसीने की रोटी खाते जट्ट, अपनी जमीन की शिनाख्त भूलते जा रहे थे। नई उम्र बगावत करने लगी थी। लेकिन असली वजहों की जानकारी शायद उन्हें भी नहीं थी क्योंकि वे तो किन्हीं, परदे के पीछे सक्रिय हाथों के मुहरे मात्र बन गए थे, और नशीली गोलियों व गर्द ने उनके दिमाब को सुन्न कर दिया था।

आए दिन खून-खराबे की दहशत जगाती खबरें किसी-न-किसी गाँव-घर से आने लगीं तो बूढ़ी बेजी चौकन्नी हो गई। शायद चालीस साल पीछे की कनफोड़ सदाएँ भी उसने सुनी हों। उसने काँपते हाथ आकाश की ओर उठाए और आँखों

की बची-खुची तरावट से उस अदेखे को अर्घ्य चढ़ाते अनुनय की, “ओ रब्बा! ओ परम पिता परमात्मा, वाहे गुरु! रहम कर, अब दोबारा इस हरियाली धरती पर गाज न गिरा!...मेरे जायों पर अपना साया कर!”

खबरें आती रहीं, दहशतें जगाती रहीं, पर जिन्दगी अपनी रफ्तार से चलती रही। कुछ भी तो न रुका। सृष्टि का चक्का घुमानेवाले की तो यही खूबी है कि वह किसी भी दुनियावी वजह से अपना कार्यकलाप बन्द नहीं करता।

बूढ़ी बेजी की जान पाँचेक साल की गुड्डी के पिंजरे में बसती है। उसने इस चिन्नी-भिन्नी, गोल-मटोल बिटिया पर नजरों के पहरे कड़े कर दिए। सूरज डूबने से पहले ही वह नन्ही पड़पोती को पास बिठा कहानियाँ सुनाती। कहानियों के माध्यम से ऊँच-नीच सिखाती, संस्कार विरासतें थमा देती। उन कहानियों में सजीले राजकुमारों और रंग-बिरंगे पंखोंवाली परियों के अलावा उस काले जिन्न का जिक्र भी अकसर आता, जो हरी-भरी वादियों पर अपना काला साया फैलाता, हँसते फूलों की हँसी चुराता, गिद्दों और भाँगड़ों के सुरीले तार नोचता। गुड्डो बेजी का घुटना हिलाती बार-बार टोकती—“फिर क्या हुआ बेजी, आगे क्या हुआ बेजी...बोलो न?”

“हाँऽऽ आगे...!” बेजी दिमाग पर जोर डालती, आगे क्या होगा? उसका बूढ़ा दिमाग चकरा जाता, ज्यादा सोच का वजन उठा नहीं पाता। वह गुड्डो का सिर अपनी छातियों से टिकाती तसल्ली देती। “आगे...आगे सब ठीक होगा...उड़नेवाले घोड़ों पर सवार राजकुमार अपने लम्बे चाबुक मार उस काले जिन्न को भगा देंगे, दूर-दूर...जहाँ से वह आया है...”

गुड्डो की माँ रानो और बाबूलाल की पत्नी सावित्री ने भी अब देर-सवेर अहल्ले-मुहल्ले में जाना लगभग बन्द ही कर दिया है। रानो, जो चद्दर-तकिये काढ़ने और क्रोशिए के बूटेदार मेजपोश बनाकर घर को सजाने-सँवारने की शौकीन रही है, आजकल बार-बार अपने पति किशना से कहती हैं, “अपने बापू को मना लो, मेरी सुनो, उधर पठानकोट की तरफ कोई छोटी-मोटी दुकान डाल देंगे। तुम्हारे हाथ में हुनर है, फिर मेरे मौसा भी उधर हैं, यहाँ रहकर क्यों बेमौत...?”

किशना ने गाँव से थोड़ी ही दूर राजमार्ग पर मेकैनिक की छोटी-सी दुकान खोल रखी है, स्कूटर-गाड़ियों की छोटी-मोटी मरम्मत, ब्रेक-क्लच व टायरों के पंक्चर ठीक करने में वह उस्ताद है। पैसा भी ठीक-ठीक मिलता है। यह तो आजकल शाम ढले ही इस तरफ गाड़ियों की रफ्तार थम जाती है, नहीं तो रातों-रात ट्रकें चला करती थीं। किशना चौड़ी छाती और मजबूत पुट्ठेवाला निडर जवान

है, मरने-मारने से इतना खौफ नहीं खाता, जितना अपनी लाड़ो रानी के कुम्हलाए चेहरे पर उड़ती हवाइयों से त्रस्त रहता है। वह बैंक से लोन लेकर पास-पड़ोस के किसी सुरक्षित शहर में जाकर मोटर पार्ट्स की दुकान खोलने की कोशिशें कर भी रहा है। परन्तु उसका पिता बाबूलाल गाँव-खेत छोड़कर जाने को राजी नहीं होता। उम्र के पाँचवें दशक में भी उसकी काठी मजबूत है, श्रम से गठा शरीर। वह सोच भी नहीं पाता कि लहलह करते सरसों और गेहूँ के खेतों को देखे बिना उसका दिन कैसे बीतेगा। हाथ अगर माटी को सहलाएँ, रोपें, गोड़ें नहीं, तो क्या उँगलियाँ जुड़ न जाएँगी? कोई पूछे तो इस बूढ़े होते जट्ट से कि पुरवैया जब गेहूँ की गदराई बालियों को छूती-छेड़ती खेतों से गुजरती है, तो कैसे वे अल्हड़ किशोरियों सी बेवजह खिलखिल हँसती हैं, एक-दूसरी के कानों से मुँह सटाए, फुसफुसाती, कनबतिया करती हैं। बाबू, रविन्दर, हंसराज और दूसरे अधबूढ़े दिलों के अन्दर बाँसुरी के मीठे सुर बजने लगते हैं और बाहर दर्पभरी सुहागन-सी इठलाती, खेतों-खलिहानों को सींचती-पोसती व्यास नदी की चाल में हीरों और सोहनियों के दुपट्टे लहराने लगते हैं। वहाँ की गूँज में राँझों और महिवालों की मोहसनी पुकारें बोल उठती हैं, आऽऽ जाऽऽ, आऽऽ जाऽऽ! लगता है कई-कई सोहनियाँ बोल सुनकर आसमान के शफ्फाक कोने से धीरे-धीरे हंसिनियों-सी धरती पर उतर आएँगी, और धरती प्यार के बोलों से रच जाएगी।

लेकिन बाबूलाल बदलते हालात से नावाकिफ भी नहीं है। अब लोहड़ी, बैसाखी पर, हरियाते खेतों की ओट, जलते अलावों के इर्द-गिर्द बैठे सयानों की गप्पबाजी, किस्से-कहानियाँ और झूमती फसलों के साथ चहकते युवाओं के भँगड़े और गिद्दे मन्द पड़ गए हैं। धरती की कोख में अनाज के बीज ही नहीं, तस्करी के हथियार, गोला-बारूद भी, खाद की बोरियों में भरकर छुपाए जाते हैं। आए दिन घरों में धमकियों भरे रुक्के आने लगे हैं— "चले जाओ, घर-द्वार छोड़कर जहाँ भी सींग समाए, चले जाओ..." जिनका आसपास कहीं ठौर-ठिकाना है, वे चले भी जाते हैं। पर सब लोग जाएँगे कहाँ? अपना घर-द्वार, हाड़-तोड़ श्रम से बनाया अपना आशियाना छोड़कर किस धरती पर आश्रय लेंगे? और क्यों? भागा तो दुश्मनों से जाता है। अपने सगों से भी भागना पड़ता है, यह बात बाबूलाल भी नहीं समझता, जिसने उजड़ने की तकलीफें सही हैं। अपनी बेकसूरी की सजाएँ कबूल करते गाँववाले वक्त की करवटें देख रहे हैं। कुछ मजबूरी से, और कई हौसले से गाँव की उदास फजा से लड़ रहे हैं क्योंकि बकौल पंजाबी कवि 'पाश' के, जिसकी जुबान हत्यारों ने अपनी धरती 'तलवंडी सलेम' में हाल ही बन्द कर दी, वे जिन्दगी

के टुकड़े चुनना चाहते हैं, वह जिन्दगी, जो उन्होंने बिना धर्मों-दीनों में बँटे अपने लोगों के साथ जी है।

बेजी तो बस बौराई-सी घूमती है। डर क्या होता है, खौफ की परछाइयाँ कैसे अन्तरात्मा को घेर लेती हैं, मार-काट के आखिरी अंजाम कितने व्यर्थ और तोड़नेवाले होते है, वह लोगों को समझाना चाहती है। लेकिन इस बार का दुश्मन अपनों के दिलों में घुसकर हमला करने लगा है, बेजी इस छिपकर वार करनेवाले दुश्मन को पकड़ नहीं पाती। नई-नई खबरों, हत्याओं और लूटपाट के समाचारों पर अब वह टिप्पणियाँ नहीं देती। बस, दोनों हाथ आकाश की ओर उठा, सभी जाने-सीखे मंत्र, जापे पढ़ने लगती है। "ओ मेरे रब्बा! मेरे जायों पर अपना साया कर!" यह उनकी आखिरी अरदास होती है।

लेकिन बेजी के तमाम अरदासों, प्रार्थनाओं के बावजूद बेजी के गाँव की धरती पर जिन्न का साया फैलता जा रहा है—काला, खूँखार साया, जिसने आसपास के कई गाँवों-शहरों के उजास का गला मरोड़ दिया है।

सतिन्दर कहता है—"सीमा पर आज फिर तस्करों को पकड़ा गया, सोना, अफीम, खाद के बोरों में भरे हथियार, चीनी राइफलें, ए.के.-47, पाकिस्तानी मार्का बन्दूकें, एक हजार मीटर तक मार करनेवाली मिसाइलें, एसाल्ट राइफलें...जाने कहाँ-कहाँ से भेजी जाती हैं? सब दुश्मनों की चाले हैं प्राजी, अपने लड़के उनके चंगुल में फँस गए हैं...।" सतिन्दर की आवाज में अपना घर उजड़ने की पीड़ा होती है।

बेजी लड़कों से कुछ नहीं कहती, अपने आप से बुदबुदाती है—"मेरे गबरुओं को चुड़ैल की नजर लग गई..."

तमाम सरकारी कार्रवाइयों के बाद भी चुड़ैलों के शिकंजे कसते गए। पहले-पहल कोई दयाला अपने निक्के-बिल्ले के लिए खिलौने-किताबें लिये घर लौटता हत्यारों का निशान बना, फिर खेत गोड़ता, धरती सींचता कोई सीताराम, श्यामलाल। पहले इक्के-दुक्के समाचार, बटाला में बस दुर्घटना, फिर तरनतारन, गुरदासपुर, लालरू बस कांड, खुड्डा कांड, इतने मरे, इतने जख्मी हुए, फलाँ बेटी के लिए दाज लेने गया था, फलाँ बीमार बच्चे के लिए दवाइयाँ लेने, कितनी बूढ़ी माएँ, कितनी जवान बीबियाँ और कितने मासूम बच्चे इन्तजार करते पत्थर बन गए, गिनतियाँ करना मुश्किल हो गया, या अर्थहीन भी। दिलों में दरारें पड़ीं और जिन्दगी बेरौनक हो गई। उजड़ी कोखवालियाँ, लुटे सुहागवालियाँ और सूने घरों में खोजती नजरों से उम्र का मातम मनाती घरवालियाँ बेजान तसल्लियाँ सुनती

रहीं, दान की हुई नगदी जिन्सी थामती, सूनी आँखों से अपने और बचे-खुचों के भविष्य पढ़ती रहीं। और राजा के दरबार से नई-नई तसल्लियाँ, रेडियो-दूरदर्शनों द्वारा प्रसारित होती रहीं।

हालात सुधरेंगे, इसी उम्मीद में जान हथेलियों पर रखे लोग सरेशाम खिड़कियाँ-द्वार बन्द किए बैठे रहे, पर मौत बन्द दरवाजों से पलटती है कभी? इधर शेरसिंह के चार, उधर करतार सिंह के पाँच आदमी कटे पड़े मिले। हत्यारों ने बूढ़ों, बच्चों, जवानों किसी को भी न बख्शा।

सो बच्चे उम्र से पहले बुजुर्ग होते गए। उन्होंने बीच सड़क धौल-मुक्के खेलना बन्द कर दिया क्योंकि दिन-दहाड़े सड़कों पर गोलियाँ चलने लगी थीं।

किशना ने बापू से शायद आखिरी बार कहा, "बापू, कल परले खेत में बलवन्त की लाश मिली, आज जोधेपिंड में पूरे परिवार की हत्या हो गई। अब जवान लड़कियों को भी उठाने लगे हैं, अब भी वक्त है, निकल चलेंगे कहीं..."

लेकिन बापू के लिए 'निकल चलना' इतना आसान न था—"कहाँ चलें बेटे? सिर छिपाने का ठौर यहीं, रोजी-रोटी यहीं, संगी-साथी यहीं, किसके घर हाथ फैलाने जाएँगे?"

"वह सब छोड़ दो बापू, जिन्दगी रही तो मजूरी कर लेंगे, इधर क्यों बेमौत मरें..."

सतिन्दर, बलदेवा, सत्तो, प्रकाश ने सुना तो बाँहें खोल तसल्ली दी—"तेरे साथ हम हैं बाबूलाल! हमारे रहते तेरे दिल में गाँव-घर छोड़ने की बात कैसे आई?"

बाबू का सिर झुक गया, क्या कहता? मन में जो कुछ घट रहा था वह इतना अस्पष्ट और धुँधला था कि कोई उत्तर सूझ नहीं रहा था। एक तरफ प्यार, दोस्ती और सौहार्द का दरिया, दूसरी ओर हर पल सिर पर मँडराता मौत का आतंक!

लेकिन अपने दोस्त बलवन्त की मौत के बाद किशना का मन गाँव से उखड़ गया। बूढ़ी बेजी हालात देखती-सुनती भी अड़ी रही—"कित्थे जाणाँ पुत्तर?" उसकी आवाज में मौत का यख अहसास था। अपनों से कटकर किस धरती पर ठौर मिलेगा? मिले भी तो वह क्या मौत से बदतर जिन्दगी न होगी?

"कहीं भी चलेंगे बेजी, दुनिया बड़ी है। ठौर की क्या कमी? जब तू गुजराँवाला से आई थी, तब क्या ठौर नहीं मिला था?"

बूढ़ी बेजी क्या समझाए नादान बेटे को? अरे, वह तो कहर था अँग्रेजों का ढाया हुआ, पर कम-से-कम दो भाई तो साथ थे उस दुःख की घड़ी में। अबकी अपनों से कटकर लहूलुहान हुए तो क्या वे जख्म कभी भर पाएँगे?

बेजी के साथ कोई तर्क काम नहीं कर रहा था। वह अड़ गई थी बुरी तरह से। उम्र-भर का अनुभव होने के बाद भी वह बहुत कुछ नहीं जानती थी। उसके बूढ़े होते सारी दुनिया का चेहरा बदल गया था। दरअसल, बेजी अपने गाँव-घरों में होती अन्धाधुन्ध हत्याओं के पीछे का गणित नहीं जानती थी। खालिस्तान और खाड़कुओं के नाम भर उसने सुने थे, उनके मकसदों से वह वाकिफ नहीं थी। उसने सुना था कि ब्यास नदी के ऊपर बसे अमृतसर, गुरदासपुर वगैरह जिलों की तरफ रहते माझे जुआरू जवान रहे हैं। पर वे पटियाला, संगरूर, फरीदकोट जिलों की तरफ रहते मालवों से किन राजनीतिक स्वार्थों के कारण तने बैठे हैं, और गैरों के बहकावे में आकर दोनों क्योंकर अपनी हरी-भरी जमीन और भोले-भाले मेहनतकश भाइयों की खुशियाँ दाँव पर लगा रहे हैं, यह बेजी नहीं समझती। बेजी तो यह भी नहीं बूझ पाती कि बँटवारे के बाद पाकिस्तानी अपने गाँव-घरों की खुशहाली पर ध्यान देने के बदले, हमारी सरहदों पर हथियारों की तस्करी क्यों करते हैं? तुम्हें जो चाहिए था, मिल गया, अब हमारे घर में सेंध लगाकर, हमारे बच्चों को बरगलाकर उनसे ही उनके घर क्यों उजड़वाते हो? हमारी धरती को खून से रँगकर तुम्हारी कौन-सी मुश्किल हल होनी है?

लेकिन बेजी के बेटे, गाँव के पढ़े-लिखे सम्भ्रान्त, अनुभव दानिशमन्द भी तो इतना ही जानते हैं कि वे हालात के शिकार हो गए हैं, वे दूर बैठे लोग हैं जिन्होंने हमारी हवाओं में जहर घोल दिया है और हम इसे फैलने से रोक नहीं पा रहे हैं।

यों रोकने की कोशिश करनेवालों की भी कमी न थी। अपनी जानों को दाँव पर लगाते वे दिलों की दरारें भरते रहे। बेजी की कोशिशें भी आखिर तक जारी रहीं। वह सूनी आँखों सड़क निहारती नवेलियों को फाहे लगाती रही, सुबकते बच्चों के आँसू पोंछती रही। घर-घर घूमती बदहवास बेजी को बाबूलाल ने भी समझाने की कोशिश की— "मत घूमा कर घर-घर बेजी! जाने कौन क्या समझ बैठे!" सभी की जान तो अलगाववादियों ने साँसत में डाल रखी थी। न चाहकर भी पास-पड़ोसी एक-दूसरे से कतराने लगे थे।

बेजी हैरान! "कोई क्या समझेगा? मेरे तो सभी पुत्राँ वरगे, नाती-पोते जैसे!" वह घर-घर दुहराती रही—"यह रोटी-बेटी का नाता, यह नख और उँगली का रिश्ता, कैसे बटेंगे एक भाई के दो लाल?" लेकिन यह रोज की मार-काट, यह फिजाओं में फैलता जहर? यह सुनसान होते गाँव-घर? बेजी सुरसा के मुँह-सा फैलता आतंक महसूसती रही और प्रार्थनाएँ करती रही, तसल्लियाँ देती रही— "रब्ब, खैर करेगा! हौसला रखो, उसके राज में देर है, अन्धेर नहीं..."

लेकिन अब उसकी बूढ़ी आवाज में थकान भरने लगी थी। उसकी अरदास में मायूसी थी— "वाहे गुरु! तू कहाँ है? तेरे गुमराह बच्चों के सीने से किस जिन्न ने दिल चुरा लिया? ये तेरे रसभरे गन्ने के खेतों में सरकंडे कैसे उग आए?"

इन्हीं ऊहापोह भरे दिनों में आखिर एक दिन बूढ़ी बेजी के घर भी रुक्का आ गया। वही रुक्का, जो कई घरों में पहले भी आ गया था, रातों-रात गाँव छोड़कर जाने का हुक्मनामा।

सावित्री ने पुर्जा देखा, किशने ने पढ़ा, बाबू ने समझा और बेजी सहित सभी घरवालों ने मौत का साक्षात्कार कर लिया।

"अऽऽब?" एक अबोला प्रश्न सामने खड़ा हो गया।

"सतिन्दर से बात कर बाबू!" बेजी ने आखिरी कोशिश की।

"वो बेचारा क्या करेगा बेजी?" हमें रोकेगा तो अपनी जान गँवाएगा। न, मैं उसे मुसीबत में नहीं डालूँगा।"

अब हिन्दू-सिख का प्रश्न नहीं था। इनसानियत की हत्या होने लगी थी। हिन्दू-सिख दोनों कई गाँवों से पलायन करने लगे थे।

अगली सुबह बाबू का परिवार मुँह-अँधेरे गाँव छोड़कर जाने का इरादा कर चुका था। कोई विकल्प नहीं बचा था। काँपते हाथों और रोते दिलों से जितना कुछ समेटा जा सकता था, उन्होंने समेट लिया। बेजी रातभर घुटनों में सिर दिए बैठी रही, नन्ही गुड्डो को पास में लिटाकर।

रात के सन्नाटे में आँगन में कुछ चापें आईं, कुछ पत्ते खड़के, घर के भीतर लोग भय से सुन्न हो गए। उन्होंने बल्लम, भाले, गँड़ासे, जो भी हथियार पास थे, हाथों में सँभाल लिए थे, फिर भी डर उनपर हावी था। बेजी ने खिड़की की सन्ध से देखा, कुत्ता था। नींद में चौंककर कुरलाया था। अप्रत्याशित आगत को सूँघकर वह आकाश की ओर मुँह उठाकर भौंका—भौंऽऽ भौंऽऽ! और एक लम्बी चीख हवा में गूँज उठी—कूऽऽ उ उ ऊऽऽ! दर्द-भरी पुकार।

रात में खेतों से होकर निकलना भी निरापद न था, जरा-सा भी अँधेरा छँट जाए, तो वे रब्ब का नाम लेकर निकल जाएँ। तभी वह घड़ी आ गई, जिसे वे टालना चाहते थे। दरवाजे पर थापें पड़ीं—ठक-ठक और फिर गोलियाँ बन्द दरवाजे को पार कर दीवारें छलनी कर गईं। फिर किसी ने कोई हिसाब न रखा कि कितनी गोलियाँ चलीं, कितना खून बहा, किस-किस की चीखें रात के उस दूसरे प्रहर में फरियाद बनकर गूँज उठीं। सुबह के हल्के उजास में आसमान हल्का गुलाबी था पर बेजी के घर की धरती खून से नहा उठी थी, लाल जवान खून धारों में बहकर जगह-जगह

जम गया था। बाबू-गौरी, किशना, सावित्री और दरवाजे के बाहर बेड़े में औंधा पड़ा सतिन्दर, आश्चर्य! यह सतिन्दर यहाँ कब और कैसे आ गया? कहीं बेजी ने उसे घर पर आए रुक्के की बात तो नहीं कही थी?

सब खत्म हो गया, सारी ऊहापोह! बाबू ने सतिन्दर को मुसीबत से बचाना चाहा, पर गोलियों की आवाज सुन वह घर के भीतर दुबकनेवाला दोस्त नहीं था, उसके हाथ में खून सनी किरपान थी, एकाध हत्यारे को जख्मी भी कर गया था वह। बेजी ने देखा था।

बेजी गुड्डो को बाँहों में दबाए इस हत्याकांड की गवाह थी, उसे किसी ने न छुआ। उसने अँधेरे में आए मौत के दूतों के हाथ-पैर पकड़े थे, वाहे गुरु का वास्ता दिया था। अपना घर न उजाड़ो...फरियाद की थी लेकिन उन्होंने बेजी को बन्दूक के कुन्दे से परे धकेल दिया था और बेजी की सभी प्रार्थनाओं का उत्तर उनकी आयातित ए.के.-47 ने दिया था, जिसका न उसकी धरती से कोई सम्बन्ध था और न खून से कोई रिश्ता!

बेजी पथराई-सी सहमी-सिकुड़ी गुड्डो को लेकर बैठी रही। गाँव-भर के लोग इकट्ठा हो गए, पुलिस आई, तहकीकात हुईं। बेजी चुपचाप देखती रही। बेशुमार मृतकों में कुछ नाम और जुड़ गए। दूरदर्शन पर ताजा समाचारों के लिए कुछ ताजा फोटो खिंचे। सरकार की तरफ से बेजी को 'मदद' का आश्वासन मिला। लेकिन बेजी ने कुछ भी न सुना। लोगों ने चाहा, बेजी को तसल्ली दें, पर वह तो सदा से दूसरों को दिलासे देती रही है। सतिन्दर की चाची बेजी के कन्धे पर सिर रखकर बूढ़ी आँखों की आखिरी तरावट बहाने लगी। बेजी के होंठ काँपे, आवाज गहरे कुएँ से निकली— "मौत भी जुदा न कर सकी साड्डे लालों को भैण!"

प्रकाश ने दोनों माँओं को अलग किया— "अब इधर नहीं रहना है, बेजी। हम भी चलेंगे तुम्हारे साथ, उधर बाबा जयमल सिंह के डेरे में, उधर दोनों को आश्रय मिलता है..."

बूढ़ी बेजी के मुर्दा चेहरे पर हल्की-सी हरकत हुई। हलक में अटकी साँस निकालते उसने कमजोर आवाज में आखिरी प्रश्न किया—"हुण कित्थे जाणाँ पुत्तर?" उम्र-भर की घनीभूत पीड़ा से सजा प्रश्न!

क्षमा करना, मैंने पहले नहीं बताया। यही सामने उसका घर है जिसकी दीवारों पर गोलियों के सुराख नजर आते हैं। वह रही परली तरफ तोरी-कुम्हड़े की मुरझाई बेल और वे गोभी के फूल। आप पहचान तो गए ही होंगे।

हाँ, बेजी भी नहीं रही। दूसरी बार उखड़ना उसे मंजूर न था। तन तो शायद अभी भी चलता, पर मन छलनी हो गया था। आखिरी चोट भारी पड़ी। परकाश चाची और गुड्डो को लेकर कहीं चला गया। लेकिन बेजी जाने से पहले अपना आखिरी सवाल जट्टों की धरती पर खोद कर गई। क्यू वेडिस? आखिर तुम कहाँ जा रहे हो??

करिश्मा कैसेट का

इस इन्दिरा गांधी इंटरनेशनल एयरपोर्ट पर खड़े आप आकाश में कलाबाजियाँ खाते हवाई जहाजों को उदास नजरों से क्यों देख रहे हैं भाई? क्या आपका कोई सगा, बेटा-भाई भी विदेश जा रहा है? लेकिन यह देश छोड़ विदेश में बसना तो अब पुरानी सी बात हो गई है, इसमें उदासी का क्या काम? जाहिर है बेहतर जिन्दगी जीने की ख्वाहिश में ही गए होंगे। आप दूर से उनकी बहारें देखिए और सूँघिए उन खुशबुओं को, जिनके बीच आपके बरखुरदार लौट रहे होंगे। अब थोड़ा मुस्कराइए भी, एक आपका ही फरजन्द तो नहीं जा रहा, हजारों-लाखों युवा, पहले डिग्री हासिल करने, नई तकनीकियों की जानकारी पाने, नए अनुभवों से लैस होने आदि के लिए देश से विदेश चले जाते हैं, फिर नया ज्ञान, अनुभव प्राप्त कर अपना यह सदियों पुराना देश बेहद अज्ञानी और पिछड़ा नजर आने लगता है। क्या करें, ज्ञानी को ज्ञानदंड तो भुगतना ही है फिर यह भी सही है कि उस दंड के भागीदार पीछे छूटे माई-बाप भी होते हैं! इसमें नई बात क्या?

तो झटक दीजिए यह मनहूस उदासी और मेरे साथ आइए, आज मेरे एक परम मित्र 'आशवाट' भी विदेश जा रहे हैं। उनसे आपका परिचय कराऊँ, आपको उनसे मिलकर अच्छा लगेगा और हो सकता है आपकी उदासी भी दूर हो जाए!

नहीं-नहीं, वीजा/पासपोर्ट/टिकट किसी भी चीज की जरूरत नहीं। तन से नहीं, आप मन से मेरे साथ यात्रा कीजिए। मन की बिना

टिकट यात्रा तो बड़ी आनन्दमई होती है। इसमें हींग, फिटकरी कुछ भी नहीं लगती पर रंग तो चोखा हो ही जाता है।

तो आइए, यह एयर इंडिया का विमान जाने ही वाला है। इधर, जरा सँभल के, सुन्दरी परिचारिकाओं से जाने-अनजाने टकराइएगा मत। इस इकॉनामी क्लास में, वह देखिए, वह बीच के टी.वी. स्क्रीन की सीध में, पाँचवीं—नहीं छठी पंक्ति में मेरा दोस्त बैठा है, वह नीली कमीज और फेडिड जीन्स पहने, जिसकी नाक थोड़ी आगे झुकी हुई है। हाँ, शुकनासिका! ठीक कहा, आँखें थोड़ी चिप्पी सी, पर नजर तेज है। देखा न! वही, जिनकी दाईं ओर सुनहरे बालोंवाली गोरी तन्वंगी किसी पत्रिका में सिर घुसाए बैठी है और बाईं ओर ललमुँहा-सा मुटियाया अधेड़ अलसाया-सा ऊँघ रहा है, वही हमारे आशवाट हैं। विदेशी नहीं, बिलकुल हिन्दुस्तानी हैं साहब! नाम से आप शायद कुछ चक्कर में पड़ गए! हमने भी ऐसे अजूबे नाम देश-विदेश में कम ही सुने हैं, पर इसमें मेरे दोस्त का कोई दोष नहीं। यों तो उसके माता-पिता ने पंडितों से बाकायदा सलाह-मशविरा करके, ग्रह-नक्षत्रों की स्थिति बाँचकर, दुनिया के सुन्दरतम नामों में से चुनकर ही अश्वथनारायण नाम दिया था। यह दीगर बात है कि माँ सौरी से लेकर उम्र के तीसवें साल तक बेटे को 'बबुआ' ही पुकारती आई है। अकेला पुत्र है न! पिता जी भी कभी अश्वथ तो कभी नारायण कहकर बुलाते हैं। पूरा नाम तो उन्होंने भी एक साथ नहीं पुकारा। फिर विदेशियों की जबान पर ऐसा बीहड़ नाम कैसे चढ़ता? वे जबान को कसरती अन्दाज में घुमा-फिरा, मुँह टेढ़ा कर कोशिश करते भी, तो कभी 'आशेट' या 'आशिट' नाम ही मुँह से निकल पड़ता। अपने नाम की छीछालेदर से आशवाट कम दुखी न था। यह तो भला हो उनके मैथ्स प्रोफेसर का, जिन्होंने प्यार से उसकी पीठ थपथपाते कहा, "कैन आई कॉल यू 'आशवाट'?" तो अश्वथनारायण को उनका लहजा और ढंग इतना भाया कि उसने अपने दोस्तों में ऐलान-सा कर दिया कि आगे से उसे 'आशवाट' ही बुलाया जाए।

सो इस तरह मेरा दोस्त अश्वथनारायण से आशवाट होकर अपनी और दूसरों की नजर में थोड़ा भिन्न, या थोड़ा खास कहें, सो वही हो गया।

यों हमारे आशवाट खास तो पहले ही से रहे हैं। आप खुद ही सोचिए, कहाँ उत्तर प्रदेश के होलीपुरा गाँव के निवासी, किशन दादा, स्कूल मास्टर, पिता की चार बेटियों में इकलौता बबुआ, जिसका बचपन गिल्ली-डंडा और कबड्डी-कबड्डी खेलते बीता, और कहाँ कम्प्यूटर इंजीनियर आशवाट! खास न होता तो आई.आई. टी. दिल्ली में सीट न मिलती और अगर मिलती भी तो पूरे संस्थान में दूसरी पोजीशन लाकर वे अपने दोस्तों-अहबाबों समेत आई. आई. टी. के विद्वान प्रोफेसरों को भी

दाँतों तले अँगुली दबाने पर मजबूर न करते। जहीन हैं साहब! तभी तो नौकरी के लिए जितने भी इंटरव्यू दिए, लगभग सभी में सफल हो गए। वो, बी.एच. ई. एल. क्या, ओ. एन. जी.सी. वगैरह! उसने एन.टी.पी.सी. को चुना और नौकरी करने लगा। उसकी माँ ने इस सबको अपने व्रत-उपवासों का सुफल समझा और बापू ने श्रम से इकट्ठा किए धन का, जो अधभूखे रहकर मानसिक-शारीरिक कष्ट उठाकर कमाया गया था। बापू ने भगवान को हाथ जोड़े, चलो, बेटा हिल्ले से लग गया। अच्छी नौकरी मिली, अब गाँव में घर और शहर में फ्लैट, कार आदि इत्यादि का जुगाड़ हो पाएगा। किसी धनी-मानी सुगुणी लड़की से ब्याह भी कर देंगे। दयादेवी, यानी माँजी ने खुशी से लबरेज हो पति को टोका, "देखोजी, मेरे बबुआ को नजर मत लगाओ, वो क्या कहें, अपनों की ही नजर बुरी! ऊपरवाला चाहे तो सबकुछ हो सकता है पर एक बात कहे देती हूँ, मैं घर में नौकर-चाकर न रखने दूँगी। एक तो बेकार का खर्च, ऊपर से उलटा-सुलटा खाना बनाकर बच्चे की सेहत चौपट कर दें!" वही माँओं की चिन्ता।

बहरहाल, बातें तो काफी हुईं, चार-छ: मास अश्वथनारायण ने नौकरी भी की। इस बीच अपने यार-दोस्तों को आगे पढ़ाई के लिए विदेशों से खतोकिताबत करते देखा तो उसे भी लगा कि क्यों न वह भी जी.आर.ई. टॉफल आदि के लिए तैयारियाँ शुरू करे। साथ ही विभिन्न विदेशी संस्थानों में एम.एस. के लिए आवेदन भी भेज दे। क्या पता उसके भाग्य में डॉक्टर होना लिखा हो। कम-से-कम एम.एस. तो हो ही सकता है। अपने लटरम-सटरम दोस्तों को विदेशी डिग्रियों की डींग हाँकते और उन्हें पाने से पहले ही ऐंठ दिखाते देख अश्वथ को लगा कि उसे कुछ करके दिखाना चाहिए। तो जी उसने कोशिशें कीं और कोशिशें रंग लाईं। नतीजन विदेशों में भी विशिष्ट एम. आई.टी. में उसे प्रवेश मिल गया। उसका बायोडाटा जोरदार था ही।

मेहनत करने में आशवाट का जवाब नहीं। किताबें, सिर्फ किताबें! पूरे दो साल वह किताबों की खन्दक में घुसा रहा और अपना मनपसन्द हीरा पाकर ही बाहर निकल आया। इस बीच उसके दोस्त, रूममेट; पढ़ाई के साथ-साथ नई दुनिया के नए रंगों का जायजा व आस्वाद लेते रहे। कौन कमबख्त अमेरिका की रंगीन धरती पर चौबीस घंटे किताबों में सिर घुसाए बैठे रहने के लिए आता है? पर जी, आशवाट ने ऐसा ही किया। उसके रूममेट वेंकट और तेजिन्दर ने अपने हिसाब से समझाने की कोशिश भी की कि यार, डिग्री तो तू ले ही लेगा, पर इधर की जिन्दगी में जो रंगीनियाँ, मौज-मस्तियाँ हैं, उनसे अछूता कोरा कागज ही रहेगा। लेकिन हमारा

दोस्त इन फालतू बातों के चक्कर में आनेवाला न था और न आया। उसे तो डिग्री चाहिए थी, सो ले ली।

दोस्त लोग कभी बाहर लड़कियों के साथ तफरीह करते, कभी-कभार उन्हें कमरे में भी ले आते। आशवाट उनके इरादे सूँघ पहले ही घर के बाहर हो जाता। कभी कॉलेज की लाइब्रेरी में बैठता, कभी सामने के पार्क में दौड़ लगाकर सेहत बनाता। उसे थोड़ा अफसोस भी था कि यार लोग जाने किस कूड़े-कचरे में मुँह मारकर अपनी सेहत चौपट करने पर तुले हैं। पर बारह बरस को बैध क्या करे? इसलिए चुप रहता था।

एक वीकएंड पर वह घर जरा जल्दी लौट आया। उस दिन कुछ बुखार सा लग रहा था। सिर में चक्कर भी आ रहे थे। हल्के धक्के से दरवाजा जो खोला तो चौखट में जड़ा-सा रह गया, थोड़ी देर। भीतर तेजिन्दर अपनी दोस्त जेनिफर के साथ बैठा था। बैठा क्या था, बाकायदा रोमांस चल रहा था, और वह भी आशवाट के बिस्तरे पर! इस तरह हद दरजे की बदतमीजी और बेहूदगी को देखकर आशवाट का हल्का-सा बुखार उफनकर एक सौ छः डिग्री लाँघ गया। उसकी आँखें लाल हो गईं, शरीर पसीना-पसीना! टाँगें जो यूँ भी थोड़ी कमजोर थीं। (एक बार एक्सीडेंट जो हुआ था), सो वे लड़खड़ाने लगीं। लेकिन आशवाट दिमागवाला बन्दा था। दरवाजा उढ़का कर बाहर बरामदे में दीवार की टेक लगाकर बैठा और खाँस-खाँसकर भीतरवालों को अपनी उपस्थिति की सूचनाएँ सम्प्रेषित करता रहा। लेकिन कहाँ? यह कोई उसका गाँव-जवार थोड़े था कि जरा-सी खाँसी की आवाज-आहट, शादीशुदा मर्द-औरत की भी तन्मयता में बाधा डाल दे। मतलब उस रात आशवाट देर तक बरामदे में पड़ा-पड़ा कुढ़ता-खीजता रहा। बाद में जो हुआ उसकी तफसील में न जाकर इतना कह दें कि अगली सुबह आशवाट ने बिस्तरे के चद्दर-तकिये तो छोड़िए, गद्दा-सिरहाना भी धोकर धूप में सुखाने डाल दिए। घातक कीटाणुओं की शंका मात्र से वह सिहर उठा। पर यह भी सच है कि उसी रात से उसका ब्रह्मचर्य खतरे में पड़ गया। मन अकारण भटकने लगा, बिस्तरा छूते ही ऊलजलूल स्वप्न आकर उसकी नींदें, पढ़ाई वगैरह हराम कर गए। बार-बार पुस्तक के पन्नों पर तेजिन्दर-जेनिफर के अजूबे पोज आ जाते। सत्यानाश ही हो गया समझिए! कहाँ तो बेचारा आशवाट दोस्तों की रंगीन चित्रोंवाली पत्रिकाओं को बिच्छू समझकर हाथ भी न लगाता और कहाँ यह बिना टिकट की फिल्म!

ऐसे में दोस्तों से अलग होना मुनासिब होता, पर आर्थिक सीमाएँ थीं। आप

तो जानते हैं, मजबूरियाँ अच्छे-अच्छों को दरमियाना बनाकर छोड़ देती हैं। पर एक तरकीब उसने बढ़िया निकाली। रात हो या दिन, संध्या हो या उषाकाल, जब भी उसका मन भटकने लगता, वह गाँव-घर से आए कैसेटों में से भजनों के टेप निकालकर टेपरिकार्डर में फिट कर देता और वोल्यूम इतना ऊँचा कर देता कि तेजिन्दर-वेंकट की पढ़ाई में खलल पड़ने लगता। ऊपर से आशवाट कैसेट में चलते भजन के साथ स्वर में स्वर मिलाकर जब तक 'विषय विकार मिटाओ' न गाए उसे चैन नहीं। तब कहीं उसके मन की स्लेट साफ हो जाती और उस पर पढ़ाई की इबारत सही ढंग से उभर आती। इससे यार लोगों को तो माथा फोड़ने की नौबत आई, पर आशवाट भी मँजा हुआ, दोस्तों की नाराजगी, गुस्सा, घूँसा सहकर हँस पड़ता—"यारो! कुछ ईश्वर का भी नाम लो कभी! तुम्हारा यह लोक तो बिगड़ ही गया, शायद परलोक सुधर जाए...।"

लो जी, कितना तो समय बीत गया आपसे बतियाते। यह लन्दन आ गया। यहाँ इस हीथ्रो एयरपोर्ट पर आप चाहें तो थोड़ी खरीदारी भी कर सकते हैं। वह देखिए, हमारे आशवाट तन्वंगी के साथ जा रहे हैं। लगता है कुछ ही घंटों में खासी दोस्ती हो गई है। हमारे दोस्त के चेहरे की झेंप-भरी मुसकान साफ बता रही है कि इस वक्त वह ईश्वर से विषय-विकार मिटाने के लिए प्रार्थना नहीं कर रहे हैं। बल्कि भीतर-ही-भीतर पहाड़ी झरनों की ठंडी फुहारों से हरियाये जा रहे हैं, झेंप रहा है थोड़ा, बेचारा अनाड़ी है न लड़कियों के मामले में। मगर मैं हैरान हूँ कि यह सब कैसे हो गया? कमाल है!

आप सोचेंगे इसमें क्या कमाल है? एक लड़की से जरा हँसकर बात ही तो कर रहे हैं!

रुकिए, रुकिए, सोच को थोड़ी लगाम दीजिए तो समझेंगे कि आपकी बात और मेरे आश्चर्य के बीच एक फासला है, जिसे समझने के लिए पहले मेरी बातें सुनना जरूरी है। देखिए, यूँ तो हम भी सात घाट का तो नहीं, पर एक-दो घाट का पानी पी चुके हैं। जानते हैं कि लड़का-लड़की थोड़ा हँस-बोल लें, घूम-फिर लें, सो कोई बड़ी बात नहीं, पर आशवाट की बात कुछ फर्क है। मैंने आपसे शायद कह दिया कि वह देशी-विदेशी, सभी तरह की लड़कियों से कोसों दूर रहता आया है। यह भी बताया कि एक दिन तेजिन्दर-जेनिफर को साथ देखकर उसने अपने भीतर ऊलजलूल किस्म का कुछ घटते महसूस किया, सो यहीं से बात का सिरा पकड़ लेता हूँ। तो जी, लाख भजन-कीर्तन सुनने, गाने के बावजूद, उस दिन से हमारे दोस्त आशवाट में कुछ बदलाव-सा नजर आने

लगा। भीतर कोई अजानी-सी खलबली, कोई सोया हुआ अचीन्हा-सा दर्द ज्यों उमेठ लेने लगा हो। उसकी हालत, वो क्या कहें, देवदासनुमा हो गई। परीक्षा में 'ए' ग्रेड लेकर पास तो हुआ पर चेहरा उदास, बात-बात में बेरुखी, दोस्तों से भी अनमना रवैया, जैसा पहले हमने देखा न था। बहरहाल, हम उसकी मन:स्थिति के बारे में ज्यादा जान न पाए क्योंकि उसकी पोस्टिंग न्यूयार्क में हो गई और वह हमसे दूर चला गया। वेंकट और तेजिन्दर कैलिफोर्निया चले गए। मुझे भी जल्दी ही न्यूयार्क की एक फैक्ट्री में ऑफर आया सो मैं भी वहाँ चला गया। संयोग ही कहिए कि हम दोनों आगे एक ही फैक्ट्री में काम करने लगे, सो हम दोनों ने एक अपार्टमेंट शेयर कर लिया। बॉस्टन में, मैं उसे ज्यादा नहीं जानता था, न्यूयार्क आकर खूब दोस्ती हो गई। अपने बारे में तो कह चुका हूँ कि बहुत ज्यादा बिगड़ा हुआ नहीं हूँ पर जवान आदमी हूँ सो खताएँ कभी-कभार हो ही जाती हैं। इस मामले में आशवाट से पहले ही बात कर चुका हूँ। अलग-अलग कमरे हैं हमारे, सो उसे एतराज भी क्यों होता? एतराज उसे हुआ भी नहीं पर मैंने गौर किया कि दिन-ब-दिन उसकी उदासी बढ़ती जा रही है। कोई दीमक जैसे अन्दर से खाए जा रही हो। मैंने सोचा, घरवालों की याद आती होगी। घर से निकले चारेक साल तो हो ही गए थे। सोचा, बापू और बहनों की याद ने ही उदास कर दिया है क्योंकि घर से अकसर बहनें भजनों, गीतों के कैसेट भेजा करती थीं जिनमें एक गीत पंकज उधास ने बड़े दर्द भरे सुर में गाया था, 'चिट्ठी आई है, आई है।' यह कैसेट बजता, तो मेरी आँखों में भी आँसू आ जाते। घरवालों से दूर रहना हमें भी कहाँ भाता है! पर क्या करें, कई मजबूरियाँ हैं...खैर छोड़िए यह बात। आशवाट से मैंने कह दिया कि उसे कुछ पैसे जोड़कर घर का चक्कर लगाना चाहिए। वह बोला, "यार, तू ठीक कहता है। पिता जी भी यही कहते हैं। वो मेरी शादी करना चाहते हैं, बल्कि उन्होंने मेरे लिए कुछ लड़कियाँ भी देख रखी हैं।" मैंने जाहिर है, मुबारकबाद दी।

"अच्छा बेटे! लड़कियाँ कतार में खड़ी हैं। तुझे इंटरव्यू करने जाना है, फिर मुहर्रमी सूरत बनाए क्यों घूमता है?"

आशवाट गरम उसाँस भरकर बोला, "ऐसा नहीं है यार, दरअसल एक लड़की है!"

"लड़की? तो क्या परेशानी है?" मैंने हिम्मत बढ़ाई कि वह चाहे तो मैं कुछ मदद कर सकता हूँ। ऐसे मामलों में इधर रहते-रहते हम थोड़ा जानकार तो हो ही जाते हैं। पर जी, उसकी दिक्कत कुछ दूसरी ही थी। संक्षेप में कहूँ तो, न्यूयार्क आते

ही उसे भान हुआ कि उसकी बीमारियों, उदासियों, रतजगों का इलाज लड़की है। हिन्दुस्तानी नहीं, फिरंगी। अब पढ़ाई-लिखाई और ईमानदारी के सिवा उस बेचारे में कुछ खास बात तो है नहीं। वह, जिसे हम 'माचो मैन' कहते हैं, उस जैसा जिस्म नहीं, अन्दाज, अदा, चेहरा-मोहरा, सब यों ही सा! अपने यहाँ ऐसे लड़कों को हद से हद, भाई जी कहकर लड़कियाँ राखी बाँध दें। कुछ वैसा ही हुलिया! पर आशवाट हार न माना। एक लड़की कहीं से जुटा ली! उसे वीकएंड पर डेट के लिए ले गया। 'अलतोरेतो' रेस्तराँ में लजीज मैक्सिन फूट खिलाया। सो तो लड़की को अच्छा लगा। विदा के वक्त तभी उसने धन्यवादस्वरूप प्यारा-सा चुम्बन भी दिया। आशवाट, जाहिर है, हवा के पंखों पर उड़ने लगा! सीने में आस का पंछी पर मारने लगा। सो अगले शनिवार को उसने फिर लड़की को फोन पर आमंत्रित किया। इस बार 'पीत्जा हट' में उसका मनपसन्द पीत्जा हो जाए। लेकिन लड़की ने धन्यवाद देकर साफ कहा कि वह पहले से ही बुक है। आशवाट फोन पर मनुहारें करने लगा, आखिर उससे क्या खता हुई? लड़की ने जी, बेलौस लहजे में कहा कि अब वह उससे कभी नहीं मिलेगी क्योंकि पिछली बार उसने रेस्तराँ में पॉलिटिक्स डिस्कस कर उसे बोर कर दिया था।

अब लड़की बोर होने के लिए डेटिंग पर नहीं जाती, इतना ज्ञान तो दोस्त को होना चाहिए था। पर वह पढ़ाकू किस्म का ज्ञानी इस अज्ञान के कारण ही मार खा गया। लेकिन फिर भी उसने हार न मानी। मन में ठान लिया कि एक गोरी चमड़ी से जबरदस्त रोमांस करना ही है। आगे जो होगा, सो देखा जाएगा।

लेकिन भाई साहब, जो नहीं होना हो, वह कैसे होगा? हम लोग तो नियति में विश्वास रखते हैं न? उधर घर से चिट्ठियाँ बराबर आती रहीं। माँ के आँसुओं से भरी! ऊपर से बहनों का स्नेहिल अनुरोध और वह दर्द-भरा कैसेट—'चिट्ठी आई है।' सो आशवाट ने मन बना लिया और घर चला गया।

शादी की? जाहिर है आपके मन में यह प्रश्न उठेगा, पर जल्दबाजी क्यों? अभी देखिए समय हो गया, हमें दूसरा प्लेन पकड़ना है। यह आशवाट कहाँ गया? वो, उधर देखो, लड़की के हाथ में हाथ डाले जा रहा है। मैंने कहा न, मामला कुछ फिट हो गया लगता है। चलो बेटा! तुम भी अपनी हवस पूरी कर लो। अधूरे अरमान लेकर कहीं मर गए तो साँस बन्द होने के बाद भी आँखें खुली रह जाएँगी।

अब तो भाई साहब, न्यूयार्क पहुँचकर ही किस्सा आगे बढ़ेगा। तब तक आप तो आशवाट और तन्वंगी की चाहत-भरी नजरों का नजारा देखिए या परिचारिका के सुकुमार हाथों से काफी-कोक पी लीजिए। नहीं तो एयर फोन लगाकर कोई

मनपसन्द धुन ही सुन लें। मैं तो स्क्रीन पर अटलांटिक सागर और सूर्य का करिश्मा देख रहा हूँ। अचानक हमारी घड़ियाँ गलत हो गई लगती हैं। यह समय, और समय की तरह ही हालात कैसे गड़बड़ा जाते हैं? इसका कोई निशान, कोई साक्ष्य, ढूँढ़े नहीं मिलता। आदमी के साथ भी तो ऐसा ही होता है भाई साहब! बदलाव! बदलाव हमारा स्वभाव है। जाने हम गिरगिट को ही रंग बदलने का दोषी क्यों समझते हैं? बदलाव तो जिन्दगी की हकीकत है और मौत उसका आखिरी अंजाम!

आगे की कहानी तो आशवाट ने मुझे खुद ही बताई। वह भी उस दिन, जब वह पत्नी को एयरपोर्ट लेने जा रहा था। आप कहेंगे, घाघ है! शादी की और हमें बताया भी नहीं। पर मुझे ऐसा नहीं लगता। मैं उसे दुचित्ता, या धोखेबाज भी नहीं मानता। वक्त के खेल हैं साहब, बेचारे की लड़की पाने की हवस पूरी हुई तो कब? जब उसकी शादी हो चुकी थी।

जब हम भारत से न्यूयार्क को चले थे तब उसकी नई-नई शादी हो चुकी थी। पन्द्रह दिन की नवेली को इसलिए घर छोड़ना पड़ा क्योंकि उसके, यानी सुकन्या के पासपोर्ट, वीजा आदि में कुछ समय लगना था। घर तो वह दरअसल, फिरंगनों की बेईमानी और हल्केपन से ऊब थककर चला गया था। तभी माता-पिता के जोर देने पर शादी भी कर डाली थी। सुकन्या में, उसे अच्छी, यानी विनयशील पत्नी के गुण नजर आए। आशवाट ने उसे पसन्द कर लिया, पर सच तो उसने मुझे बाद में बताया कि सुकन्या तब तो नहीं, पर बाद में, यानी कि नए प्रेम के हृदयविदारक धक्के के बाद से सुशील ही नहीं महान भी लगी। बात यूँ है कि न्यूयार्क आते समय हमने आशवाट के साथ जो गोरी तन्वंगी देखी थी, उसके साथ आशवाट गहरे प्रेम में पड़ गया था। कई सालों की जी-तोड़ कोशिशों के बाद भी जो प्यार उसे नसीब नहीं हुआ वह उसे मिला भी तो कब? जब उसकी शादी हो गई। इसे आप भाग्य की विडम्बना ही समझेंगे न? यार की नजरें-इनायत हुईं भी तो कब? जिस वक्त विवाह के शरों से बिद्ध, वे जकड़े हुए पड़े थे। लेकिन आशवाट तो कोई ऐसा-वैसा आदमी नहीं, नायाब मौका छोड़ा नहीं। देर आए दुरुस्त आए, समझकर प्यार में आपादमस्तक डूब गया। नैनसी, वही लड़की जो हमने देखी, न्यूजर्सी में रहती है। उसे देखकर आशवाट को लगा कि राँझे को हीर मिल गई। दो जिस्म एक प्राणवाली बात जानिए। नैनसी ने भी कुछ देर दिल बहलाया। वह उसे क्वीन्स पेजबॉय लगा या दिलफेंक बादशाह दिलप्रेमी, सो तो हम कभी न जान पाएँगे, पर आशवाट इस प्रेम में इतना गर्क हो गया कि जोश में आकर सुकन्या से तलाक लेने की बात भी सोच डाली। इस अप्सरा नैनसी से शादी करके शेष जीवन प्यार में सराबोर होकर बिताया जा

सकता था। कहाँ-कहाँ न घुमाया आशवाट ने उसे। हर वीकएंड नैनसी को समर्पित हो गया। यार-दोस्त छूट गए। आज लिबर्टी स्टेचू देखते हैं तो कल नयागरा फाल्स! कई बार देखी लिबर्टी की प्रतिमा नित नए सन्देश देती रही—आजादी! आजादी! बन्धनों से मुक्ति! रात को नयागरा फाल्स के इन्द्रधनुषी रंगों में प्यार का पंछी आकाश में उड़ानें भरता है! आह जीवन, वाह जीवन! सुख! सुख! आँख बन्द कर प्रेमिका की सुकून-भरी बाँहों में पड़े रहो। 'गोट आइलैंड' पर बैठ लहरों की हरहराहट उफनती रगों में महसूस करो। भूल जाओ। इस रोजी-रोटी के चक्कर में सुबह-शाम की भागम-भाग और घरों से लगातार आती फरमाइशें! सच तो सिर्फ प्यार है! 'नो लाइफ विदाउट लव!' लेकिन! जी हाँ फिर यह लेकिन बीच में आ गया। प्यार में आकंठ डूबा आशवाट ज्यादा देर यह स्वर्गिक सुख न भोग पाया। एक दिन जब नयागरा फाल्स की इन्द्रधनुषी फुहारों में नहाने के बाद आशवाट 'शर्माडा इन' के डबल बेड रूम में प्यार की पींगें ले रहा था तो नैनसी ने उसे आपादमस्तक गौर से देखा, जैसे कि पहले कभी देखा न हो, या शायद ध्यान न गया हो। उसने बड़े ठंडे लहजे में पूछा, "आशवाट! ये जो तुम्हारी दाईं टाँग पर भद्दे-से दाग हैं, मांस सिकुड़ गया है, इसकी प्लास्टिक सर्जरी क्यों नहीं कराते?" आशवाट उस वक्त रोमांस की रंगीली दुनिया में ऊब-डूब रहा था। इस नॉन-रोमांटिक प्रश्न के लिए कतई तैयार न था। सो अचानक धक्का खाकर शिखर से दामन तक लुढ़क आया। मुश्किल से सँभलकर बोला, "यह मुझे कोई तकलीफ नहीं देता।" बस, और कुछ नहीं! यह भी नहीं कहा कि ऑपरेशन और प्लास्टिक सर्जरी के बाद ही वह चलने-फिरने लायक हो गया। नहीं तो एक्सीडेंट ने उसे उम्र-भर के लिए अपंग ही बनाकर रखा था। पर नैनसी की आँखों में कुछ नफरत, कुछ विद्रूप-सा उभर आया; 'बहुत भद्दा लगता है', उस वक्त भीतर तक धँस जाने की अनुभूति के साथ आशवाट को सुकन्या याद आ गई। उसने भी तो मेरी बदसूरती देखी थी, पर उसके चेहरे पर स्नेहिल समर्पण के सिवा कोई दूसरा भाव आशवाट को नजर नहीं आया। क्या हिन्दुस्तानी लड़कियों की यह खूबी है या खराबी कि वे पति बने पुरुष की शारीरिक बदसूरतियों को नजरअन्दाज करना या सह लेना जानती हैं? सुकन्या तो उसके लिए एकदम अजनबी थी, पर नैनसी? यह जो प्यार का दम भरती है, इसका चेहरा मेरी बदसूरती देखकर विकृत क्यों हो गया? सो जी, इस घटना या स्थिति से आशवाट का मोह-भंग हो गया। अरे! वह तो एकदम बुद्धू ही बन गया था। रेत के महलों में जीने की सोचने लगा था! लेकिन आशवाट फिर आसमान से धरती पर लौट आया। अभी हम उसकी ताकत और इरादों को जान ही कहाँ पाए हैं? लौटकर थोड़ा अनमना जरूर नजर आया था,

पर मैंने भी कुछ पूछकर कुरेदा नहीं। अब किसी के निजी जीवन में कितना दखल दे आदमी?

इस बीच हमारा साझा दोस्त वैंकट देसी प्रेमिका सुलक्षणा से शादी करके आ गया तो उसने हम दोनों को सैन फ्रांसिस्को आने की दावत दी। हम गए और वहीं आशवाट का बदला स्वरूप हमें चौंका गया था। यों तो हमने आशवाट को स्वभाव से थोड़ा घुन्ना-सा पाया है पर वहाँ खूब चहकने लगा। वैंकट की पत्नी सुलक्षणा से आग्रह कर-करके बोला, 'इडली दोसा बनवाओ!' उसकी साड़ी-बिन्दी की तारीफें करता रहा। हम भौचक्क, क्या यह वही आशवाट है जिसे हम जानते हैं? यह सब तो खैर ठीक था पर जब वैंकट, तेजिन्दर हमें नगर-दर्शन करा रहे थे, तो बड़ी उखड़ी-उखड़ी बातें करता रहा। तेजिन्दर 'माउंटेन व्यू' में 'अल कमीनोरोड' के पास रहता है। आशवाट ने इस नाम को लेकर उनकी खिंचाई की, "बड़ी सही जगह चुनी है रहने के लिए यार!" 'अल कमीनो रीयाल!' कमीनो, कुत्तो! क्या चुनकर नाम रखे हैं इधरवालों ने अपनी जगहों के..." हमने मजाक समझ टाल दिया। तेजिन्दर बात बदलने के इरादे से अपने घर की रामायण ले बैठा। उसके घर से रोज नई-नई फरमाइशें आ रही थीं। वह दुखी था। "माँ-बाप भी कभी-कभी कैसे स्वार्थी हो जाते हैं यार, मेरे अपने लोग समझते हैं कि इधर कारूँ का खजाना धरा है। 'बेटा खुल जा सिम सिम' बोलेगा, खजाने के द्वार खुल जाएँगे। हमें जो इधर इन डॉलरों के पीछे खटना पड़ता है सो उन्हें क्या मालूम! क्या नहीं सहता मैं! नया चीनी बॉस तो छोटी-सी गलती को बार-बार बताकर तिल को ताड़ बना देता है। भले ही दिन-रात खटने पर कभी पीठ ठोंक लें। हरदम तनाव में रहना पड़ता है। सोच रहा हूँ जॉब बदल लूँ।" आशवाट ढोक पर बैठा बन्दर-सा झपट पड़ा— "जब इधर इतना तनाव है तो घर क्यों नहीं लौट जाता? ऐसा भी क्या जॉब, जिसमें गलाघोंट तनाव हो? तू वापस देश लौटेगा तो माता-पिता की माँगें भी कम हो जाएँगी, तुम्हें देखने को वर्षों इन्तजार में बैठे वे कड़वा गए हैं, तभी स्वार्थी भी हो गए हैं। नहीं तो कौन माँ-बाप..."

तेजिन्दर ताव खा गया, "उधर लौट जाऊँ? मरने? क्या रखा है वहाँ हमारे लिए? आए दिन दंगे-फसाद, आतंक! सुबह के घर से निकले, शाम को साबुत लौट आओ तो गनीमत! नहीं तो घरवाले दूरदर्शन पर खोये हुए व्यक्तियों की सूचना में नाम जोड़ देंगे। फिर मेरा कोई चाचा-ताया मिनिस्ट्री में भी नहीं, जो ढंग की नौकरी दिला सके...?" आशवाट भी गुस्से में आ गया— "दंगे-फसाद की क्या बात करते हो! यहाँ नहीं है अशान्ति, इधर तुम्हारे स्वर्ग में? हाल ही में जो लौस एंजिल्स में दंगे-फसाद हुए, जो घर ढहे, दुकानें जलीं, वह सब क्या आतिशबाजियाँ थीं? कितनी

लाशें मलबे के नीचे से निकलीं, कितने लोग बेघर हो गए। वह सब क्या था? वहाँ अपने देश में जो होता है उसे खुर्दबीनी आँखों से देखने के आदी हो गए हो तुम लोग, फिर भी वही तुम्हारी जमीन है। तुम्हें प्यार करनेवाले या गुस्सा करनेवाले माता-पिता हैं वहाँ, तुम्हारे अपने, जो तुम्हें सेकेंड सिटीजन नहीं समझते। यही क्या कम है सिर उठाकर जीने के लिए?"

कहने का मतलब यह है भाई साहब, कि हम तभी जान गए थे कि आशवाट अब यहाँ नहीं रहेगा। उसका मन यहाँ से उखड़ गया था। फिरंगन ने प्यार का बदरंग चेहरा दिखाकर शायद उसका भला ही कर दिया। वह जल्दी ही सुकन्या को ले आया। उसे अमेरिका के अनेक शहर दिखाए। सुकन्या गन्दुमी चेहरेवाली सलीकेदार लड़की है। हँसमुख! हम खुश हुए कि इस उजबक की जिन्दगी बना देगी।

चलो, अन्त भला सो भला! अक्ल तो ठिकाने आ गई। एक मिनट और रुकिए भाई साहब! आपको वापस हवाई जहाज पर बिठा आऊँ। पर इस बार मैं नहीं, सुकन्या और अश्वथ, हाँ, अब वह फिर से अश्वथनारायण होने जा रहा है, आपके साथ रहेंगे, चौंक गए? मैंने आपको कहा था न, कि निराशा की कोई बात नहीं। आदमी का स्वभाव है बदलना! नए-नए अनुभव हासिल कर, खूब सारी डिग्रियाँ बटोरकर अश्वथ वापस घर लौट रहा है। सुकन्या के मन में मलाल न रहे, सो उसे भी खूब घुमा लाया। अब बंगलौर में नौकरी करेगा। दोस्त कहते हैं कि बेवकूफ है, अपना उजला भविष्य चौपट कर दिया। होश में नहीं है। सेंटीमेंटल—फूल! इतनी अच्छी नौकरी! एन्वीयबल जॉब! आगे तरक्की करने की सभी सम्भावनाएँ! सब छोड़कर जाएगा। लेकिन वह खुश है। "नाम, जॉब सैटिसफैक्शन, सहूलियतें! इन शब्दों ने मेरे दिमाग में धुन्ध भर दी थी। अब वह धुन्ध छँट गई है। बस और कुछ नहीं।" मैंने पूछा, "वापस देश लौटने का इरादा कैसे बना? माँ के भेजे कैसेटों का असर तो नहीं है यह?" वह हँसा— "यार! तेजिन्दर अपनी स्वार्थी माँ नहीं बदल सकता, मैं अपनी दागदार टाँग नहीं बदल सकता, फिर हमें देश बदलने का क्या हक है?" अच्छा नमस्ते! आपकी उदासी दूर हो गई न? मैंने क्या कहा था? सऽऽब चलता है भाई साहब!

रात में सागर

वे अब घर लौट रहे हैं, श्रेया और धीरेन्द्र। सिंगापुर एयरलाइन्स बोइंग सेवन नॉट सेवन से। एक मास पहले इसी विमान से, वे भारत से लॉस एंजिल्स आए थे, माँ से मिलने। तब हवा में कलाबाजियों के बीच, आकाशी मार्ग की ऊँचाइयों और धरती से मीलों मील दूरियाँ थीं। लौटते में अब सागर की गर्जन भी साथ चल रही है।

बेअन्त समुद्र, जिसकी ऊपरी सतह पर सूर्य किरणों की झिलमिलाहट है, कहीं झाग-भरी, कहीं शान्त पारदर्शी। भीतर रहस्य-भरे अँधेरे में गोता लगाते भयावह जलजीव, मगर, शार्क व्हेल। शायद कहीं समुद्र तल के महल-दुमहले, जगर-मगर करती मरमेडें भी हों। तट पर तो बालू में फिंके शंख-सीपियाँ और ढेरों-ढेर घोंघे हैं। अतल में डुबकी लगाना कहाँ मुमकिन है?

पूरा महीना बीत गया, लगता है अभी कल ही तो आए थे। तब आशंकित उत्सुकता थी, कैसे रहती होंगी, परायों के बीच? खान-पान, रहन-सहन और जबान भी तो अजनबी! गोकि वीरेन्द्र और प्रेया की आश्वस्त करती सूचनाएँ, सब सही-सलामतवाले कलामों से लबरेज थीं।

"माँ जिन्दगी नए सिरे से जी रही हैं, भाभी। बेहद खुश। कमाल का एडजस्टमेंट है। नहीं, नहीं, उनके लिए साड़ी-वाड़ी नहीं लाना। अब तो वे ट्रैक सूट और हाउस गाउन ही पहनती हैं...। खाना? अरे भाभी, चिकन-विद मशरूम उन्हें खास पसन्द है, तभी

तो कहती हूँ कमाल का एडजस्टमेंट है उनमें...।"

माँ से सीधी बात नहीं हो पाती थी। इधर वह ऊँचा सुनने लगी हैं। हाँ, उनकी बातों के कैसेट जरूर उन तक पहुँचते, जिनमें सबका हालचाल, खैर-खबर, अपनी कुशल के अलावा कभी-कभी दो-चार वाक्य चौंका देते—"बहोत अच्छी हूँ धीर जी, कोई फिक्र मत करना। वीर जी, प्रेया दोनों लगभग रोज देखने आते हैं। इतवार को घर से मेरे लिए खाना भी ले आते हैं। नर्सें खूब खयाल रखती हैं। डॉक्टर 'आई लव यू' बोलती हैं।"

"बरामदे में बैठी हूँ। आसमान काले बादलों से अटा पड़ा है। हवा में उमस है। उफ्फ, कैसा शामियाना-सा तना है सिर के ऊपर। बारिश आती तो कुछ हल्का-सा लगता। मगर नहीं आएगी, यों ही घुमड़न होती रहेगी...।" कट। शायद वीर जी अगली बातें काट देता हो। पिचानवे की उम्र। बात करते-करते काफी कुछ अनर्गल बोलने लगती हैं माँ!

घर लौटते वक्त आज माँ के कई-कई वाक्य श्रेया के कानों में गूँज रहे हैं। क्या वे भी अनर्गल हैं?

"मेरी माँ बीमार थी, सेनिटोरियम में रखा था। मरने-मरने को थी, पर उसने प्राण जैसे मुट्ठी में बन्द कर रखे थे। कष्ट बहुत था, पर कहती थीं, जब तक घर नहीं ले जाओगे, प्राण नहीं त्यागूँगी। और जब घर ले आए तो ऐसी गाढ़ी नींद सोई कि दूसरे दिन उठी ही नहीं।"

और विदा वेला में कहा गया उनका आखिरी वाक्य—"अब ये दूरियाँ सही नहीं जातीं।"

पता नहीं कैसा लावा-सा फूटा था।

या लबालब भरा घड़ा छलक आया था।

या सागर का उफान छाती के ऊपर से गुजर गया था। पता नहीं कैसे यह उद्वेलित सागर श्रेया के भीतर समा गया, शायद धीरेन्द्र के भी! शब्दों से परे की, कई-कई अर्थों में खुलती झागल हरहराहट।

श्रेया-धीरेन्द्र इसे समझने की कोशिश कर रहे हैं। इस अथाह मन्थन का कहीं कोई कोर-किनारा नहीं, तो कौन-से सूत्र खोज इसे समझने की मुहिम उठाई जाए? क्या सफर की शुरुआत से ही शुरू करें? या इस धरती के हिस्से पर पाँव रखने से?

एक मास पहले, लॉस एंजिल्स एयरपोर्ट पर वीर जी और प्रेया उन्हें रिसीव करने आए थे। गले मिलकर खैर-खबर पूछने के बाद ही श्रेया ने पहले माँ से मिलने

की इच्छा जाहिर की थी। भावहीन चेहरा लिये वीर जी ने गाड़ी सेंटर की ओर मोड़ दी थी। दो वर्ष पहले माँ का एक्सीडेंट हो गया था, तब से वे रिकवरी सेंटर में ही रह रही हैं।

गाड़ी तारकोली सड़क पर पालदार नाव-सी बह रही थी। दाएँ-बाएँ खड़ी पाइन और ओक की हरियल कतारें, सड़क के हाथ थामे साथ-साथ दौड़ रही थीं। कोई बोल नहीं रहा था, भीतर से भरे होने के बावजूद। साँस रोके बैठी चुप्पी तभी शायद असहज लग रही थी।

अचानक वीर जी के शब्द मेंढक से उछल आए।

"माँ को जितनी केयर, जितनी सुविधाएँ यहाँ मिलती हैं, मैं तो अपने लिए उससे आधी की भी उम्मीद नहीं रख सकता।"

बिना भूमिका बाँधे कहा गया यह वाक्य, धीरेन्द्र को कुछ अटपटा-सा लगा, 'कैसी बातें सोचते हो?'

उन्हें एकाएक समझ न आया कि क्या कहें।

"पचपन पार कर रहा हूँ। शरीर में अभी से झोल पड़ने लगे हैं। क्या पता कल क्या हो?" वीर जी के हाथ स्टेयरिंग पर कस गए।

"इधर रहकर आगे के लिए सोचना ही पड़ता है भैया जी!"

यहाँ तो 'टु ईच हिज ओन' वाली पॉलिसी चलती है। कोई नाते-रिश्तेदार तो होते ही नहीं जो मुसीबत में मदद करें...। बच्चों की अपनी जिन्दगियाँ हैं, वे आगे देखें कि पीछे?"

प्रेया प्रैक्टिकल बातें करती है। बीस साल विदेश में रहना कुछ कम तो नहीं होता सीखने के लिए।

इधर-उधर के फर्क पर किसी ने टिप्पणी नहीं की। आगत के लिए सोचना कहीं भी जरूरी है। नाते-रिश्तेदारों की मदद पर इसलिए नहीं बोला गया कि आप अगर कुछ रिश्तों से दूर हो जाते हो तो रिश्ते तुम्हें ढूँढ़ते हुए तो नहीं आएँगे। सोचा जरूर, पर कहा किसी ने कुछ नहीं। धीरेन्द्र यों भी संवादों पर विश्वास खोने लगे हैं। जब दूसरा, हर हाल में अपनी बात मनवाना चाहे तो संवाद फालतू बहस बन जाते हैं।

श्रेया अभी भी शीशे की पारदर्शी खिड़की से बाहर देखे जा रही थी। दूर से सिर जोड़े दिखाई देते पेड़ पास आते ही कैसे छिटक जाते हैं। बीच की जुड़ी-जुड़ी-सी दिखती सड़क करीब आते ही, दो घनिष्ठों को दूर करती फासले बनाती है।

दरअसल श्रेया माँ जी की नब्बे पार यात्रा के पड़ावों-मोड़ों के छोटे-बड़े हादसों-हविशों के बारे में सोचती पिछले गलियारों में भटक रही थी। कितने कुछ की तो साक्षी है वह।

क्या पता अब किस हाल में होंगी? क्या सोचती होंगी? बाहर के सुख की बानगी तो प्रेया कुछ उदाहरणों से ही दे चुकी थी लेकिन भीतर की, मार-मारकर भी जी उठनेवाली, उम्मीदें, स्वप्न, योजनाएँ? अजनबी माहौल, अजनबी भाषा, और आहों-कराहों से अटे माहौल में, भीड़ में खोये बच्चे-सी निस्सहाय कैसे जी रही होंगी? हमेशा की बातूनी माँ, बिना बोले कैसे रहती होंगी?

प्रेया नर्सों की कर्तव्यनिष्ठा से गद्‌गद थी। डॉक्टरों का सेवा भाव! माँ सचमुच भाग्यशाली है।

"कमाल का डेडिकेशन है यहाँ की नर्सों में! मैं तो हैरान होती हूँ देखकर। हर तरह के बीमार, मनोरोगी, पागल...।"

वे थोड़ा रुक गईं— "आई मीन, हर तरह के बीमारों की तीमारदारी करना, उन्हें धोना-पोंछना, उनका चिड़चिड़ापन और तुनकमिजाजी सहना! यू नो, बीमारी में कितना डिमांडिंग हो जाता है आदमी! कोई कितना भी अपना हो, कभी थक, ऊब तो जाता ही है सेवा करनेवाला!"

प्रेया के स्वर में कोई झोल नहीं। वह सन्तुष्ट थी। अपनी तरफ से तो उसने कोई कसर नहीं छोड़ी। तीनेक मास माँ को घर पर रखकर सेवा की। ग्राउंड फ्लोर में ही बाथरूम-लैट्रिन का इन्तजाम किया, कमरों की तोड़-फोड़ करके। माँ अपाहिज हो गई थीं। व्हील चेयर से सीढ़ियाँ चढ़ना सम्भव नहीं था, पर उनकी शिकायतें खत्म होने को नहीं आ रही थीं।

"हम तो सन्तुष्ट हैं कि माँ को अन्तिम पड़ाव पर मन मुआफिक इलाज, सेवा और सुविधाएँ मिलीं। चौबीस घंटे नर्सें और डॉक्टरों के नियमित चेक अप्स। घर में यह सब मुमकिन कहाँ होता?" यानी सुविधाएँ खरीदनी पड़ती हैं, खरीद-फरोख्त की सीमाएँ हैं। सच है, डॉक्टरों की भारी फीस, दवाइयों और नर्सों का खर्च उठाना आसान नहीं था। प्रेया की नौकरी थी, पीछे से माँ को कुछ हो गया तो? हमेशा टेन्शन रहती थी।

प्रेया माँ जी की बातें करती है, "माँ का जवाब नहीं, हमेशा शिखर पर बैठेंगी, बैठी रही हैं। अपनी जगह से एक इंच नीचे नहीं आना चाहतीं।" यानी कि अब उन्हें स्थितियाँ स्वीकारनी चाहिए। तीन-तीन पीढ़ियों के सुख-दुःख, तीज-त्योहारों के बीच गुजरती माँ ने समय के बदलते तेवर देखे। जो महत्त्वपूर्ण था, वह फालतू हो

गया। सुच्चे-जूठे, साड़ी-सलवार के फर्कों से बाहर आकर माँ ने बच्चों की सुविधाएँ भी देखी ही होंगी। बाबू जी तो माँ के रास्तों पर मखमल भले न बिछा पाए हों, हाथों से रास्ते बुहार, पत्नी को कील-काँटों से बचा जरूर लेते थे। बच्चे कहते— "बाबू जी के प्राण माँजी के पिंजरे में बन्द हैं।" माँ हँसती, माँ रोती, "तुम्हारे बाबू जी दगा दे गए, मेरे प्राणों का पिंजरा यहीं छोड़कर चल दिए।"

श्रेया तमाम रास्ते वह सोने का पिंजरा देखती रही, जिसमें एक आहत मैना अपने जख्मों पर फाहे लगा रही थी, फिर खुरंड उचेलती, फिर फाहे लगाती, बार-बार! बार-बार!

वीर जी के भीतर कुछ खदखदा रहा था, जो प्रेशर से ढक्कन फेंक बाहर छलक आया— "सोचता हूँ, बाबू जी को इससे आधी सुविधाएँ मिली होतीं, तो...।"

"तो?" श्रेया ने उबलती धार को तन पर महसूस किया।

'तो क्या एक बेहतर मौत पाते?' कहना चाहा, पर कहा नहीं। वह यहाँ कुछ दिनों के लिए आई है। लम्बी यात्रा, भारी खर्चा उठाकर, जो न अब उसका शरीर और न जेब ही बर्दाश्त कर पाते हैं।

लेकिन माँ को देखे बिना वह छटपटा रही थी।

धीरेन्द्र ने समझाया था, "वहाँ जाकर हम ऐसा क्या करेंगे जो वीर जी, प्रेया नहीं कर रहे हैं? यहाँ आने लायक तो वे अब हैं नहीं...।" प्रेक्टिकल बातें।

उसे कोई भोंथरी कटार चुभ गई थी।

"कल अगर मुझे कुछ हो गया और मेरे बच्चे भी ऐसी ही भाषा बोलें, तो? आखिर दोनों एक साथ तो जाएँगे नहीं?"

काफी कहने के बाद भी बहुत अनकहा रह जाता है।

वीर जी ने बाबू जी का जिक्र छेड़ा। उसे भाई-भाभी से कोई शिकायत नहीं थी। फिर क्यों? उन्होंने तो अपनी जिम्मेदारियाँ निभाई थीं। शायद एक तुलनात्मक प्रसंग उठा, माँ को मुहैया की गई सुविधाओं को असरदार बताकर, उन्हें ज्यादा भाग्यशाली साबित करना चाहा, या शायद अपने भीतर बैठी किसी हीन-ग्रन्थि को धकेलने की कोशिश की हो, कि तुमने आखिरी वक्त माँ को घर निकाला दे दिया?

श्रेया के भीतर उथल-पुथल मच गई। धीरेन्द्र दाएँ-बाएँ गुजरते शॉपिंग सेंटर, ईटिंग ज्वाइंट्स, और हरे लॉनों के बीच फूलों के रंगदार गुच्छे देखते रहे।

श्रेया जैसे खुद से बतिया रही हो— "बाबू जी कई मायनों में भाग्यशाली रहे। ज्यादा देर बिस्तर पर पड़े नहीं, और उनका साथी आखिरी साँस तक उनके सिरहाने रहा...।"

"हम तो थे ही," नहीं कहा। यह भी नहीं कि तुम्हारी, माँ को दी गई सुविधाओं से अलग, उनके आसपास घर की खट-खट, खुट-खुट और रिश्तों की सौंध थी। बिस्तर पर पड़े बाबू जी वे आवाजें सुनकर चौकन्ने हो जाते— "कहीं जाना है क्या हमें?" "वीर जी आया है क्या?" "चिक्कू की आवाज नहीं सुनाई पड़ती।"

घर में गरम भात और रोटियों की सोंधी महक उनके साथ थी। चौके से उठती हींग-जीरे-मेथी की गन्ध, और घी का तड़का सूँघकर बताते—"आज मेथी-पनीर बनाई है? शलजम-नदरू कहाँ से ले आए? क्या नाथजी के घर से आए हैं?"

खुले हॉल से, नीचे की सदाएँ ऊपर उनके कमरे तक आतीं। वे जान जाते कौन हैं। दफ्तर के लोग हैं, रिश्तेदार होते तो उनसे मिलने ऊपर चले आते।

वीर जी के चेहरे पर कई रंग एक साथ आए-गए। सपाट स्वरों का दंश भी दूर तक मार करता है कभी-कभी।

"तुमने माँ को सुविधाओं के नाम पर वनवास दे दिया।"

धीरेन्द्र ने बात बढ़ने से पहले विराम लगा दिया— "इधर की जैसी सहूलियतें हमारे यहाँ कहाँ हैं?"

श्रेया को बात अखर गई। अगले का सिर तना रखने के लिए खुद को छोटा करना क्यों जरूरी है?

बाबू जी के पास रात-दिन डॉक्टर-नर्सें नहीं थे। धीरेन्द्र खुद डॉक्टर बन गए थे। बाबू जी को कैथेटर लगा था। रात-बिरात पाइप निकलता तो डॉक्टर तक पहुँचते हैरान हो जाते।

धीरेन्द्र ने खुद कैथेटर लगाना सीख लिया। बाबू जी पाइप लगाते देख धीरेन्द्र की बाँह थाम लेते—"तुम्हारे हाथ से दर्द बिलकुल नहीं होता।" हाथ देर तक छोड़ते नहीं। बेटे का स्पर्श आत्मा तक उतारने का सुख उनके चेहरे पर छा जाता। वह सुख, जो तमाम जल्दबाज स्पर्शों, सुविधाओं के बावजूद माँ के हिस्से में नहीं है। समय किसके पास है?

सेंटर का भवन शानदार था। हरे लॉन और लम्बे पेड़ों के बीच वीतराग भंगिमा में खड़ा, जाने क्यों श्रेया को उदास-उदास नजर आया। वे लिफ्ट से छठे माले पर रुके और लम्बे कॉरीडोर से होते चौकोर हाल में, मेज पर झुकी दो-तीन परिचारिकाओं, रिसेप्शनिस्टों से हाय-हेलो करते बाईं विंग की ओर मुड़े। ठीक सामने से लम्बी, दिल दहलानेवाली चीख ने उनका स्वागत किया। सुर्ख बालोंवाली औरत झुर्रियल हाथों से माथा पीट-पीट चिल्ला रही थी। तीखी कौंचवाला रुदन श्रेया को थर्रा गया।

"जेनी है, कभी-कभी इस पर दौरे पड़ते हैं।" प्रेया ने जानकारी दी।

एक सफेद बालोंवाली सजी-धजी महिला, हाथों को खोलते-बन्द करते, अपने आप से बतिया रही थी। दूसरी व्हील चेयर की बाँह पर सिर लटकाए, टी.वी. पर नजरें गड़ाए कोई फिल्म देख रही थी। स्क्रीन पर प्रेमी प्रेमिका का गहरा चुम्बन ले रहा था। व्हील चेयरवाली औरत के टेढ़े मुँह से राल बह रही थी, वह अपने मुड़े हाथों से उसे पोंछने की कोशिश कर रही थी। शायद पैरेलैटिक पेशेंट थी।

कमरा नम्बर सात के बाएँ दरवाजे पर फूलों के हार के बीच माँ का नाम लिखा था—सत्यवती रैना।

कमरे से बाहर आती नर्स मुस्कराई, आदतन। प्रेया ने अभिवादन करके पूछा, "मॉम गेव एनी ट्रबल? (माँ ने परेशान किया?)"

"दैट्स ऑल राइट।" वह जल्दी में थी। जैसे कहा, रोज की बात है। श्रेया ने देवरानी की तरफ देखा।

"आप जानती हैं माँ जी का स्वभाव। हमेशा अपनी मनमर्जी। सुबह देर तक सोएँगी। टाइम पर नहाने के लिए उठेंगी नहीं। अब इन बेचारियों को तो दसियों पेशेंट देखने होते हैं, पर माँ जी इनसे बहू-बेटियों की फरमाबरदारी की उम्मीद करती हैं। यहाँ अनुशासन में रहना होता है, पर माँ समझती नहीं। क्या करें? मुझे रोज-रोज इनकी शिकायतें सुननी पड़ती हैं।"

माँ के कमरे में धुँधलका था। एक तरफ मुँह-नाक में नलियाँ लगाए, एक मोटी काली औरत जोर-जोर से साँस ले रही थी। शायद अस्थमा की मरीज हो। बाईं ओर, तीन तरफ लम्बे पर्दों से ढके पलंग पर लेटी काया ने, आहट सुन हरकत की। वीर जी ने हल्के हाथ से डुलाया— "देखो, कौन आया है?"

अब तक चारों, माँ की चारपाई के पैताने इकट्ठे हो गए थे। माँ ने आँखें मुलमुलाकर देखा, "कौन?" धीरेन्द्र-श्रेया ने हाथ जोड़े—"अरे, तुम? मुझे बताया नहीं किसी ने। रुको, रुको, जरा ऐनक तो लगा लूँ।" माँ ने साइड टेबल पर रखी ऐनक उठाई, हड़बड़ाहट में बाँहें खोलीं, और धीरेन्द्र-श्रेया ने उनकी हड़ियल काया को बाँहों से घेर लिया।

"कैसा लगा सरप्राइज?" वीर जी चुहल के मूड में आ गए।

माँ जी उन्हें साथ-साथ सटाए बड़बड़ाती रहीं, कुछ स्पष्ट कुछ अस्पष्ट बोल, कुछ प्रश्न, और करीब आकर साथ बैठने का आग्रह।

"इधर, इधर बैठो मेरे पास। बिस्तर साफ है, रोज बदलते हैं। अच्छा, अच्छा सुनाओ कैसे हो? कितने कमजोर लग रहे हो। सब ठीक तो है न? रहोगे न कुछ

दिन? आए कब? मुझे तो बताया नहीं किसी ने...।" माँ उत्तेजना से भर गई थी।

वीर जी ने टोका— "महीना-भर रहेंगे। खूब बातें करना। अभी-अभी सीधे हवाई-अड्डे से ही आ रहे हैं।"

"हाँ-हाँ, रास्ते की थकान होगी। कितना पीला पड़ा है चेहरा। ठीक है, अभी जाकर आराम करो, कुछ खा-पी लो, कल आना...।"

माँ जी धीरेन्द्र की पीठ पर हाथ फिराती रहीं। कभी बालों पर, कभी चेहरे पर। नजरों से सहलाती-दुलारती।

"अपनी आँखों पर भरोसा नहीं हो रहा है, सचमुच तुम्हें देख रही हूँ?" वर्षों की दूरियों ने माँ की आँखें पथरा दी थीं। कैसे विश्वास आता कि उसका बड़ा बेटा, पिंडकर्ता, दूरियाँ लाँघ उस तक पहुँच आया है। दोनों बेटों-बहुओं से बतियाते उसने बाद में कहा था, "आज बहुत अच्छा लग रहा है। सचमुच आज मरने को जी करता है।"

डिनर टाइम हो गया था। नर्स व्हील चेयर पर बिठाकर डाइनिंग हाल में ले जाने आई थी। माँ आज्ञाकारिणी बच्ची बन गई। श्रेया ने पहले एक, फिर दूसरी टाँग बिस्तरे से उतार बगल में हाथ देकर उठाया और खुद ही डायनिंग हाल की ओर ले चली, नर्स मुस्कराई।

"आज मेहमान आए हैं? मॉम खुश हैं।"

"बेटा-बहू हैं, इंडिया से आए हैं।" प्रेया ने जानकारी दी।

"ओ, दैट इज वंडरफुल। इंडिया इज ए ग्रेट कंट्री।"

माँ तनकर व्हील चेयर पर बैठी, आश्वस्त, कुछ-कुछ गर्व भरी। डायनिंग टेबल पर माँ के सामने बेहद मोटा नीग्रो लड़का बैठा था। माँ ने—"माय सन् इंडिया" कहकर इशारों से बेटे का परिचय दिया। "माँ एक्सायटिड हैं।" प्रेया ने कहा।

मेज के आगे बिठा प्रिया ने माँ के गले में ऐप्रन बाँधा। एक गोरी लड़की ट्रे में डिनर रख गई। माँ ने उसे भी इशारों से बताया, "मेरे बेटा-बहू हैं, दूर इंडिया से आए हैं।" श्रेया हल्का-सा हँसी। माँजी हाथों से जबान का काम लेती हैं। उन्हें भाषा की जरूरत ही नहीं पड़ती।

ट्रे में सूप, उबले आलू, चिकन, कुछ उबली सब्जियाँ, जूस, पॉरिज वगैरह रखे थे। माँ ने दो-चार चम्मच सूप लिया। फोर्क से सब्जियाँ कुरेदकर देखीं, जूस पीकर, पॉरिज नीग्रो लड़के की ओर सरकाया।

"बस्स!" माँ के भीतर अजीब-सी बेचैनी, आवेग और सुख का मिला-जुला भावसंवेग, उसे असंयत बना रहा था— "खाना खा लो माँ, अभी हम बैठे हैं।" श्रेया

ने कन्धे से घेरा। चम्मच से दो-चार कौर खुद माँ को खिलाए।

वीर जी ने चेताया— "सुबह तक कुछ नहीं मिलेगा। भूखे पेट नींद नहीं आएगी। खा लो, आराम से, और इस शुगर पेशेंट को मीठी चीजें मत दिया करो। पहले ही इसकी टाँगों में गैंगरीन हो गया है। बेचारा मौत से पहले ही मर जाएगा...।"

'कुछ नहीं होता' वाले भाव से माँ ने हाथ हिलाया। या होगा भी तो मुक्ति मिलेगी। नीग्रो लड़का खिसिया गया।

वीर जी ने विवशता दर्शाई— "माँ कभी किसी की बात सुनती हैं? चलो, लॉन में बैठकर बात करते हैं।" प्रेया माँ को व्हील चेयर पर लिफ्ट से नीचे ले आई। पेड़ों के साये में कुछ कुर्सियाँ और बेंच लगे थे। चार-छह मुलाकाती अपने-अपने पेशेंटों के साथ नीचे हाल में बतिया रहे थे। कुछ हिदायतें, कुछ उम्मीदें, कुछ आश्वासन, टुकड़ों में सुनाई दे रहे थे।

"नहीं आ पाई पिछले वीकएंड पर, सॉरी मॉम! छुट्टी नहीं मिली।" जीन्स-जैकेट में एक युवा लड़की माँ को मना रही थी।

एक दाढ़ीवाला, कूबड़ निकला बूढ़ा पेड़ों की हिलती पत्तियाँ देखने में मसरूफ था। उसकी नातिन उसके झुके कन्धों पर हाथ रखे कुछ समझा रही थी, जिसे बुजुर्ग समझ नहीं पा रहा था। वह बराबर पेड़ों की ओर टकटकी लगाए बैठा था।

"एमनीशिया का पेशेंट है। यह लड़की आती है कभी-कभार नाना से मिलने, पर वह पहचानता भी नहीं। घरवालों ने तो आना ही छोड़ दिया है। पहले बीवी आती थी, अब वह भी गुजर गई। पता नहीं कब तक जिएगा बेचारा।"

वीर जी बीमारों का परिचय दे रहे थे। एक तीस वर्षीया, सुनहरी बालोंवाली लड़की से वीर जी गले मिले। हाल पूछा। श्रेया की ओर मुड़कर कहा, "ये लड़की जिएगी नहीं ज्यादा दिन। कैंसर पेशेंट है। उसकी माँ नहीं जानती। इसने बताया भी नहीं। हर दूसरे दिन माँ को देखने आती है, इसकी माँ को एक्यूट हार्ट प्रॉब्लम है। मुझे तो लगता है माँ से पहले बेटी ही चली जाएगी। ओ गॉड। इट्स क्रूअल।"

प्रेया माँ को मेपल के नीचे ले आई। उन लोगों ने कुछ बातें कीं। श्रेया लार टपकाते, चीखते-रोते, हाँफते-काँपते और अपने में गुम पेशेंटों को देख आहत थी। इस बीमार माहौल में माँ कैसे रहती होंगी? अभी भी प्रश्न दिमाग को कौंच रहे थे। वह स्थिति को नार्मल बनाने की कोशिशों में माँ को अतीत के कुछ सुनहरे पल याद दिलाती रही। वह मानसबल झील, वे पिकनिकें, शादियाँ, ब्याह, बाबू जी के दिए दमदार भाषण, छब्बीस जनवरी पर स्कूल में हुए समारोह पर श्रेया का तैयार किया

स्किट, जिसे आर्मी ऑफिसरों ने दो बार देखने की इच्छा प्रकट की थी...।

माँ हाँ-हूँ करती रही। उसने न झीलों-झरनों का नाम लिया, न बाबू जी का। सिर्फ धीरेन्द्र को देखती रही। बच्चों का हाल-चाल, नाते-रिश्तेदारों की खबरें पूछती रही। कौन मरा, कौन जनमा! कितना कुछ तो जानना था उन्हें।

माँ को वापस कमरे में लाकर प्रेया ने उनके कपड़े बदले। गाउन पहनाया। श्रेया को माँ की टाँगें नजर आईं। खूब सूजी हुई, हाथी की टाँगें। पैर लाल भभूका! उसका जी धँस गया। धीमे से माँ के पैरों पर हाथ फिराया। कितना लाड़ करती रही है माँ अपने शरीर का। ग्लिसरीन-नीबू पैरों पर मलना रोज का नियम ही था। वे दुबली-पतली टाँगें, मुलायम चूजों जैसे पैर! कहाँ गए?

माँ ने अचानक ही कहा, "अब पहले से ठीक हैं टाँगें। पैर भी। दर्द नहीं होता। डॉक्टर कहते हैं जल्दी ठीक हो जाऊँगी। यह देखो, कितनी दवाइयाँ दी हैं!" उन्होंने टेबल पर रखी दवाइयाँ दिखाईं। वहाँ कुछ विटामिन की गोलियाँ, कैप्सूल, कुछ क्रीम की शीशियाँ वगैरह थीं।

"बड़ी डॉक्टर मेरा खास खयाल रखती हैं।" उसने तकिये के नीचे रखी डॉक्टर की वह चिट्ठी भी दिखाई, जो उसने दूसरे सेंटर पर जाने से पहले पेशेंटों को दी थी, जिसमें उनके लिए ठीक होने की दुआएँ थीं, नर्सों को हिदायतें भी कि बीमारों का ठीक से खयाल रखें।

माँ को विश्वास था कि वह चिट्ठी सिर्फ उन्हीं के लिए थी। माँ का हमेशा शीर्ष पर रहना छूटा नहीं, सेंटर के माहौल में भी, जहाँ जानेवाले शायद ही घर वापस लौटते हों। धीरेन्द्र बोले, "माँ सन्तुष्ट लगती हैं। तुम बेकार दुःखी हो रही थीं।"

घर आकर भी माँ ही बातों का केन्द्र बनी रहीं। माँ की आदतें, माँ का गुस्सा, माँ का ऊँचा सिंहासन, और मनमानी। भाषा नहीं जानती पर गुस्से में दो बार नर्सों की बाँह झटक दी। मनमर्जी ऐसी कि जब मन हो, जागो, जब मन हो, नहा लो। अब तो सोचना चाहिए कि वे खुद कुछ कर नहीं पाएँगी। दूसरों की मुहताज हैं...।

वीर जी कुछ परेशान लगे— "समझाता हूँ बार-बार। इनके साथ जिद मत करो। ये यहाँ से निकाल बाहर करेंगी। फिर ये ऐश-आराम, ये सुविधाएँ, ये चेकअप्स कहाँ मिलेंगे? मैं कोई करोड़पति तो हूँ नहीं कि घर पर ये सुविधाएँ जुटा सकूँ।"

कितनी कोशिशों के बाद प्रवेश मिला था माँ को इस रिकवरी सेंटर में। "दो सौ पचास डॉलर प्रतिदिन का खर्चा आता है एक-एक पेशेंट पर, माँ समझती नहीं। वह तो यहाँ भी खुद को मालकिन समझ बैठी हैं।"

"माँ नहीं जानतीं कि ताउम्र वह अपनी टाँगों से चल नहीं पाएँगी, उन्हें अभी

भी उम्मीद है।" प्रेया यह बात माँ को कैसे समझाए! आखिर बच्ची तो नहीं हैं वे।

"गुस्सा तो नाक पर बैठा रहता है, चलो, वो भी सह ले आदमी। पर हर ऐरे-गैरे के सामने जो अपने बच्चों की शिकायतें करने की आदत है, इससे हमारा बहुत ही नुकसान हुआ है। अब क्या कहूँ भैया, मेरा बीस साल पुराना दोस्त माँ की वजह से ही छूट गया। प्रेया जान देती है माँ के लिए, पर उन्हें सन्तुष्ट करना किसके बस में है। आप तो जानते हो, आपके पास थीं तो हम अच्छे, आप बुरे थे, अब हम बुरे और आप अच्छे हो गए हैं...।"

श्रेया ने बड़े होने का फर्ज निभाया, "उनकी आदत रही है ऐसी, क्या करें। यों वह हम सबको प्यार करती हैं। याद है सबको कहती थीं, मेरे पास तीन लालों (हीरों) की मटकियाँ हैं—मेरे बच्चे।"

"वो सब तो ठीक है, पर हमें यहाँ रहना है। हमारे दोस्त समझते हैं हम माँ को दु:ख देते हैं, इसी से हमें माँ को सेंटर में रखना पड़ा। वहाँ सब सुविधाएँ हैं। हम भी लगभग रोज आते हैं, पर मैं दोस्तों को वहाँ नहीं जाने देता। एक बात जरूर कभी खलती है कि इमोशनली थोड़ी स्टार्व्ड रहती हैं। पर क्या करें? विकल्प क्या है?"

वीर जी ने कुछ वीडियो कैसेट दिखाए। किसी पार्टी में माँ भी शामिल थीं, व्हील चेयर पर बैठी माँ, मेहमानों के बीच घूमती, हाथ उठा-उठा नाच रही लड़कियों का साथ देतीं, खूब खुश नजर आईं।

"घर में पार्टी थी, मैं डॉक्टर से अनुमति लेकर दो-तीन घंटों के लिए ले आया। ऐसे में लोगों से भी मिलना हो ही जाता है।"

पहरेदारी में वार्तालाप। लेकिन वीर माँ को घर ले आया था एक बार। शायद वह भूल नहीं पा रहा कि माँ की भीतरी जरूरतें सेंटर में पूरी नहीं हो सकतीं। वे लोग दूसरे-तीसरे दिन माँ को देखने न जाएँ तो शायद माँ बोलना ही भूल जाए। इमोशनल स्टारवेशन। कहीं कोई अपराधबोध है, जो वीर जी के व्यवहार में प्रकट हो जाता है। अकसर अकारण चिड़चिड़ापन उसे अस्थिर कर देता है।

"अरे! ऐसा क्या अपराधबोध, ही इज डूइंग हिज बेस्ट।"

धीरेन्द्र वीर जी की सराहना करते हैं। लेकिन कुछ तो कहीं कचोटता है वीर को। क्या है वह? दूर का अतीत?

क्या कभी खामोश रातों में, माँ उसके थके पैरों पर मालिश करती नजर आती हैं? बीमार भी तो अकसर रहता था।

रात-रातभर जागकर बीमार बेटे के सिर की पट्टियाँ बदलती, उनींदी, ऊँघती, हर आहट पर चौंककर पूछती हैं—

"तुमने कुछ कहा? ठंड लग रही है? कुछ चाहिए तो मुझे पुकार लेना। मेरी नींद भी•मुझपर हावी हो जाती है, क्या करूँ।"

देखा जाए तो इसमें नया क्या है? चिड़िया भी तो अपने बच्चों को पंखों तले समेटती है। कुतिया देखते हो न, पिल्लों को दूध पिलाते कितनी चौकन्नी रहती है, उनकी कुशल के लिए?

लेकिन बच्चे उड़ना सीखते हैं, तो चिड़िया माँ पीछे छूटती है। पिल्ले चलना सीखते हैं तो माँ को पहचानना छोड़ जाते हैं। आदमी के साथ ही यह भावात्मक दिक्कतें हैं। उनके तो उम्र-भर ऋण ही नहीं चुकते। कितनी भी कोशिशें करो। फिर भी। प्रेया को इसका राज समझ में नहीं आता। या समझना जरूरी नहीं लगता।

पता, नहीं माँ को समझ आता है या नहीं। उन्होंने जीवनानन्द दास को नहीं पढ़ा, कि 'कोई किसी के साथ सदा नहीं बना रहता। यही व्यथा सहने के लिए मनुष्य संसार में आया है।' लम्बी उम्र में उन्होंने फुरसतें कम होती देखी हैं। पहले अपने बच्चों की, फिर उनके बच्चों की। फुरसतें, एक-दूसरे की जरूरतें। आगे दौड़ते, पीछे मुड़कर देखना कहाँ हो पाता है?

इस उम्र तक आकर उन्हें किसी किताब से यह जानना जरूरी नहीं है कि कोई किसी के पास सदा नहीं बना रहता। ऐसा होता तो उनके प्रेमिल पति सत्यव्रत जी ही उन्हें अन्त समय अकेले क्यों छोड़ देते?

वीर जी अमेरिका में बस गया। उमा-धीरेन्द्र भारत में ही रहे, दिल्ली-बंगलौर आना-जाना लगा रहता। घर टूटने का दुःख माँ ने धीरे-धीरे भुला दिया, भुलाना चाहा। लेकिन तब तक सत्यव्रत जी साथ थे। घर होने का सुकून था और यदा-कदा बच्चों के साथ रहने का सुख भी।

अब उम्र की सन्ध्या में यह रिकवरी सेंटर। माँ जी बेटे से मिलने आई थीं दो-चार मास के लिए, कि एक दिन सोफे पर बैठते वक्त नीचे कार्पेट पर गिर गईं, जरा-सी ऊँचाई से, कि उठ ही नहीं पाईं। फिर ऑपरेशन और उम्र-भर का अपाहिजपना।

माँ गूँगी-बहरी, नर्सों के आदेश पालने की कोशिश करती हैं। बच्चों से डरने लगी हैं। नर्सें बेटे-बहू से शिकायत करती हैं तो बेटा दुःखी हो जाता है—"तुम अनुशासन में न रहोगी तो तुम्हें यहाँ से निकाल देंगे। फिर क्या होगा सोचो...।"

सोचती हैं सत्यवती रैना। अब यही उसका घर है। सोचने की कोशिश करती है। बच्चे भी तो आते हैं देखने। कुछ बीमारों के तो महीनों कोई नहीं आता। यहाँ भी वे भाग्यशाली हैं। बात नहीं तो क्या, इशारों से समझाती हैं अपनी जरूरतें।

शाम तकिये पर सिर रखते ही सुबह का इन्तजार शुरू होता है। परदों से घिरा, कमरे का यह कोना अन्धी सुरंग बन जाता है। माँ का दम घुटने लगता है, सीने पर बोझ-सा महसूस होता है। कम्बल हटा देती हैं, तो ठंड लगती है। बटन दबाकर नर्स को बुलाती हैं। इशारे से समझाती हैं, कम्बल ओढ़ा दो, ठंड लगी है। नर्स कम्बल ओढ़ा देती है। कभी सुनती है, कभी नहीं सुनती, माँ गुड़ी-मुड़ी होकर तकिये में सिर धँसा सोने की कोशिश करती हैं। नींद में लाशों से पटा मैदान नजर आता है। वह आँखें खोल देती हैं। चारपाई के तीन तरफ के परदे भूतों की शक्ल में उन्हें घूरने लगते हैं। परदे के पीछे अस्थमा की मरीज जोर-जोर से साँसें खींचती गों-गों की आवाजों में छटपटाने लगती है, माँ उठना चाहती हैं पर उठ नहीं पाती। माँ आँख, कान बन्द कर फिर सोने की कोशिश करती हैं। लेकिन कहाँ? ये जो हुंकारता सागर दबे पैर आकर सिरहाने बैठता है, इसका क्या करें माँ? सुबह अलसाई-सी ऊँघ आते ही नर्स जगा देती है। माँ रबर के बबुए-सी आँखें खोल देती हैं। उठेंगी नहीं तो नर्स बेटे से शिकायत करेगी। और माँ बेटे को समझा नहीं पाएँगी कि कभी-कभी एक का होना ही दूसरे की परेशानियों का कारण बन जाता है। वह जब तक है, शिकायतें भी रहेंगी, तुम शिकायतों से दु:खी क्यों होते हो?

महीना-भर श्रेया-धीरेन्द्र माँ के पास रोज घंटा-दो घंटा आकर बतियाते। माँ की याददाश्त में कोई फर्क नहीं। वे दूर पार के रिश्तेदारों के बारे में जानने को उत्सुक थीं लेकिन न उसने सत्यव्रत जी की कोई बात की, न वीर-प्रेया की कोई शिकायत ही। जबकि वीर जी प्रेया को माँ के पास छोड़कर एकान्त देने की कोशिश करते— "वो तुमसे बातें करना चाहेगी...।"

यानी कि हमारे सामने संकोच होगा। वीर जी की अपनी ही कोई ग्रन्थि उन्हें भीतर से तोड़ रही थी। माँ सिर्फ, छुटपुट चीजें सँजोती, बटोरती एक-दो बार जरूर बोलीं कि "इधर उसकी चीजें बराबर गायब होती जा रही हैं। पता नहीं कौन उठाकर ले जाता है।" सब-कुछ खो जाने का अहसास माँ के भीतर जम गया था।

"अरे, यहाँ कौन चोर-उचक्का घुस सकता है?" धीरेन्द्र हँसे, यह नहीं कहा कि तुम्हारे पास चुराने लायक क्या है।

"सच कह रही हूँ। कोई मेरी चीजें एक-एक कर गायब कर रहा है। शायद वीर जी ड्रायर साफ करते फेंक देता हो, उसे सफाई की खब्त है न।"

श्रेया चुप हो गई। वीर जी ने कहा था— "ढेर-सा अल्लम-गल्लम इकट्ठा करके रखती हैं। अब इन्हें जरूरत भी क्या है सँजोकर रखने की? पर ये हैं कि समझती नहीं। यों सब कुछ रखा है ऊपर इनके कमरे में...।"

उम्र-भर का सँजोया-बटोरा माँ के हाथ से चला गया था। शायद तभी छोटे-छोटे उपहार, यहाँ तक कि शूगर फ्री के छोटे पैकेट भी वे सँजोकर रखने लगी थीं—"लो न, ये मेरी अपनी चीजें हैं। ये चप्पल पहन लो। मेरी निशानी समझो इसे। अब यहाँ मेरे पास क्या है कि उठाकर अपने बच्चों के हाथ पर रख दूँ। रुपया-पैसा तो यहाँ रखने की इजाजत नहीं है।"

माँ बच्चों के हाथ पर कुछ रखना चाहती थीं। वही, अपने ऊँचे आसन पर बैठने की आदत! मैं हूँ! अपाहिज ही सही, पर अभी जिन्दा हूँ। घर की बड़ी होने का गर्व, भले वह अहसास अपनी आब खो चुका हो।

श्रेया का गला भर आया— "सबकुछ तो आपका ही है माँ जी।"

माँ ने प्रसंग बदला— "कहीं घूमने-फिरने गए कि नहीं? वो...कई अच्छे पार्क हैं इधर, 'बीच' पर जरूर आना। हम गए थे न, जब मैं ठीक थी। जा तो अब भी सकती हूँ पर व्हील चेयर पर...अब कौन झंझट उठाए। छोड़ो, तुम लोग जरूर जाना...।"

श्रेया कुछ कपड़े लाई थी। माँ को बन्द गले का स्वेटर पसन्द आया। दो दिन बदन से उतारा नहीं। उन्नाबी रंग का स्वेटर, छाती पर कढ़े हुए फूलों का गुच्छा। माँ बार-बार छूकर फूल-पत्तियों को महसूस करती रहीं, जैसे नन्हे बच्चों को छूकर दुलार रही हों। धीरेन्द्र इंडियन स्टोर से कुछ भुजिया, चिप्स ले आए। माँ के चेहरे पर कई भाव आए-गए।

"याद रहा तुम्हें, माँ को चटपटी भुजिया पसन्द है? अब तो मुँह का स्वाद ही भूल गई हूँ...।" माँ ने फिर बात बदल दी—"यहाँ खूब पौष्टिक खाना मिलता है। मिर्च-मसालेदार नहीं।" उन्होंने पैकेट ड्राअर में रख दिए। शायद कुछ भूले स्वाद याद करें कभी।

प्रेया हँसी, "मैंने कहा न, माँ अब किसी प्रसंग को देर तक याद नहीं रखतीं। बहुत जल्दी भूल जाती हैं।"

तभी उसने बात-बात में अपनी माँ को याद करते कहा, "मेरी माँ ने कहा था, तब तक मरूँगी नहीं, जब तक घर नहीं ले चलोगे...।"

क्या माँ जानती हैं कि उनके अपनों को भी उनके जाने का इन्तजार है? 'जातस्य हि ध्रुवो मृत्युः....।' एक दिन तो जाना है। उम्र कितनी लम्बी हो सकती है! उसने श्रेया-धीरेन्द्र और वीर-प्रेया को इकट्ठे अपने पास देखकर कहा भी था, "आज बहुत अच्छा लग रहा है। मरने को जी करता है।"

"छोड़ो यह बातें, जो आता है उसे जाना ही है। हम क्या यहीं रहेंगे?" वीर

जी की बात पर माँ एकदम चुप हो गईं। सिर्फ मुँह उठाकर बेटे को गहरी नजर से देख-भर लिया।

शायद सोचा हो कुछ! बहुत मुश्किल होता है, बहुत अपनों को अपनी बात समझाना। अपने स्वप्न, अपनी इच्छाएँ। कैसे जाने बेटा माँ की आखिरी ख्वाहिश? अपनों के बीच मरने का सुख? कहने से बात कितनी उथली हो जाएगी।

अगले दिन माँ जी व्हील चेयर पर बैठी बरामदे में नजर आईं। आते ही सूचना दी— "वह छह नम्बरवाली गई।"

"डिस्चार्ज हो गई?" श्रेया समझी, ठीक होकर घर चली गई होगी।

"उँहूँ!" माँ जी ने हाथों से समझाया, चली गई। मर गई, नहीं कहा, "कोई नहीं आया उसका। ले जाएँगे शायद! कब तक इन्तजार करेंगे! पता नहीं, कोई बच्चा-वच्चा तो होगा...।"

प्रेया माँ को कमरे में ले गई—"आए हैं बच्चे, नीचे हैं। आप चलिए कमरे में। हम एक सरप्राइज लाए हैं आपके लिए।"

पता नहीं माँ बहल गई या नहीं, कुछ कहा नहीं। श्रेया-धीरेन्द्र के घर लौटने का वक्त आया तो माँ की नींद चली गई। श्रेया से कहा, "सारी रात मेरे सिरहाने सागर गरजता रहा। मैं समुद्र तल के महल ढूँढ़ती रही, परियाँ और हीरे की मटकियाँ। पर वहाँ कुछ नहीं था। सिर्फ एक राक्षस हुंकारता रहा। ऐसा क्यों हुआ बहू? दिन में सागर मुझे खूब अच्छा लगता है, वही रात को इतना स्याह, इतना डरावना क्यों हो जाता है?"

विदा वेला में धीरेन्द्र-श्रेया भी भावुक हो उठे। माँ खूब कसकर गले मिलीं। तभी बेटे को चिपकाए, उसके गले से आर्त एुकार लोरी की तरह फूट पड़ी— "मेरे लाल! अब मुझसे यह दूरियाँ सही नहीं जातीं!"

महीना-भर भीतर रोका गुबार, मुश्किल से साधा गया अनुशासन, गीत की उस लड़खड़ाती कड़ी में अर्राकर ढह आया। माँ हिलककर रोने लगीं। उनके धारासार आँसुओं में उनकी अनकही अन्त:कथाओं के पन्ने खुल गए जिन्हें बाँचना उनके बच्चों के लिए कुछ-कुछ वैसा ही त्रासद होगा, जैसा माँ का रात के अँधेरे में स्याह समन्दर का अनवरत शोर सुनना।

□□□